U0918995

新世纪高等院校艺术专业系列教材

欧美现当代名剧赏析

熊 美 严程莹 著

云南大学出版社
Yunnan University Press

总　　序

近几年来，艺术学科的建设，特别是艺术专业基础理论教育越来越引起人们的关注和重视。在国务院学位委员会刚刚审核通过的第九批博士学位授权学科、专业中，终于第一次有了艺术学一级学科，而我工作的中国艺术研究院很荣幸地成为我们国家第一个也是唯一的艺术学一级学科博士学位授权单位。这不仅对中国艺术研究院的学科建设有着重要的意义，而且对全国的艺术教育和艺术学科建设也必将产生重要影响。

对于艺术教育和艺术科研领域来说，有了艺术学一级学科固然可喜可贺，但在国务院学位委员会审核通过了九批博士学位授权学科、专业中，至今才有了“第一个”艺术学一级学科博士学位授权单位，而且还是“唯一”的，这本身就反映出艺术学科发展的现状及其在我国人文科学中所处的位置。严峻的事实表明，比起其他许多人文科学来说，艺术学科建设和艺术理论教育落后了。

这里所说的落后，主要是指艺术基础理论教育和艺术学综合研究而言。我国古代艺术教育的特点是师徒相传，自清末民初以来，新型的艺术教育突破了师徒相传的教育模式，逐渐走向了专业化和规范化，有了专门的艺术学校。新中国成立后，艺术教育受到国家的高度重视，艺术教育事业发展很快，音乐、美术、戏剧、戏曲、舞蹈、电影等专业艺术院校相继建立，为国家培养了大批专业艺术人才，极大地推动了我国艺术事业的发展。但长期以来，我们的艺术院校的教育存在重视技巧而轻视理论、重视技术素质而轻视人文素质的现象。这种失衡现象已经成为艺术人才培养中的严重缺陷，阻碍了艺术教育向高层次发展。我们的艺术院校为什么硕士点、博士点那么少，原因就在于艺术理论建设的落后及理论成果的缺乏。而就整体艺术学科建设来说，则存在着重视分类研究而忽略整体、综合的理论研究，特别是艺术基础理论研究的现象。我国在艺术分类的理论研究中其实并不落后，新中国成立五十多年来，我国在中国戏曲、中国美术、中国音乐、中国电影、中国舞蹈等领域的史论研究方面取得了非常丰硕的成果，仅中国艺术研究院的学者就在许多艺术科研领域完成了一批奠基性的著作，诸如《中国戏曲通史》《中国戏曲通论》《中国美术史》《中国民间美术史》《中国话剧通史》《中国古代音乐史稿》《中国电影发展史》《中国建筑艺术史》《民族音乐概论》《新舞蹈艺术概论》《中国古代舞蹈发展史》等等，在艺术学科领域产生了重大影响，为我国的艺术学科建设作出了重要贡献。但同样不可否认的是我们对艺术原理、艺术现象、艺术规律等等方面的整体、综合、系统的理论研究和教育，仍是一个薄弱环节。这无疑是当前艺术教育和艺术学科建设需要高度重视和亟待解决的问题。

加强艺术基础理论的研究和教育，完善艺术学科建设，是新世纪艺术发展的需要，是培养全面型艺术人才的需要，是坚持先进文化前进方向的必然要求，这对提高全民族的文化艺术素质，建设社会主义精神文明都具有十分重要的意义。

加强艺术基础理论的研究和教育，关键在于要有高水平的理论人才和系统、科学的教材，而这正是我国艺术教育中所欠缺的。从上个世纪90年代以来，为了适应艺术基础理论教育的需要，有不少专家学者为艺术基础理论教材的编撰做出了很大的努力，取得了十分突出的成果。但还是不能满足日益发展的艺术教育的需要。不要说综合性的艺术基础理论教材，就是在理论研究方面达到很高程度的中国美术、中国音乐、中国戏剧戏曲、中国舞蹈、中国电影等艺术门类，仍缺少系统科学教材体系。这不能不说是我国艺术教育中的重大缺憾。新世纪艺术教育发展，对我国的艺术理论教材提出了更高的要求，我们只有更加努力和勇于探索、勇于创新，才能适应时代和社会发展的需求。云南艺术学院和云南大学出版社联手推出的这套"新世纪高等院校艺术专业基础教材"，正是适应了这种需求。

"新世纪高等院校艺术专业基础教材"，即将推出《艺术美学导论》《民族艺术学》《艺术概论》《设计艺术概论》《美术概论》《中学美术教材教法》《艺术心理学》《艺术管理学》，还有综合云南民族民间艺术的《云南民族民间美术史》《云南民族民间舞蹈史》等。这套系列教材既吸收了数十年我国艺术理论的成果，又融会了写书者丰富的教学经验，并十分注重切合艺术类学生的特点来编写，因此有很强的教学针对性，这在艺术基础理论教材的编撰上，无疑是一种大胆的创新和可贵的探索。

21 世纪必将是艺术空前发展的时代，相信我们的艺术教育和艺术理论工作者，一定无愧于时代的召唤，为我国的艺术教育和艺术理论建设，为我国的艺术繁荣与发展作出更大的贡献。

是为总序。

中国艺术研究院副院长、研究员　张庆善

2003 年 8 月 4 日于北京

序

熊美和严程莹是我的同事，是云南艺术学院被验收通过、建成挂牌的云南省“戏剧戏曲学重点学科”的梯队成员。多年来，她们在云南艺术学院戏剧学院的教学岗位上兢兢业业工作，点点滴滴研究，积累到现在，终于以出版教材的方式，有了一次教学总结与研究心得的展示，其中甘苦，我是能够体会的。

我责无旁贷地要与同仁承担创业的艰辛，也十分乐于和同事分享成功的喜悦，所以，在她们的教材出版之际，她们一再敦促我为她们写序，我便欣然从命了。

中国戏剧的发生和发展，源远流长，祭祀活动与宗教乐舞、民间百戏、宫廷优弄等等，分流发展，万千差异，在社会经济文化的相应基础上，终于获得演艺、文学、群体、观众、消费环境等等因素的集合条件，发展成熟并高度繁荣于宋元之间。经历了明代传奇和清代地方戏的大汇流，“徽班进京”、“上有所好”促成的“京剧崛起”，中国戏剧发展到了又一个高峰，这时的中国戏剧以演出为核心的“梨园表演”为人喝彩，与明代戏剧在很大程度上是文人化的吟诵玩赏式的“案头之书”相映成趣。

但是，中国封建社会发展到十分充分的程度，没有及时走向新的社会发展阶段。居于封建社会最高峰的状态，无论如何也是无法与及时转向了工业革命、以新的生产力的推动迅猛发展起来的西方资本主义社会相匹敌的。所以，一经较量，古老而且庞大的东方帝国传奇性的魅力与表现性的强大，在短短的几十年间就灰飞烟灭。积贫累弱的形象不但为帝国主义列强所笑谈，也为中华民族的仁人志士所认同。于是，改良变法，学习别人，成了当时中国知识界的主流思潮。改良小说，关乎“群治”；观戏演戏，可以兴国。这成为了当时知识界先驱的共识。在此时代背景下，学习西方戏剧，借以进行民族的“启蒙与救亡”，在学习西方戏剧的同时，大量介绍西方戏剧的文化行为就大规模地发生了。

应该说，20 世纪初尤其是到了“五四新文化运动”的时候，是中国向西方学习的一个高潮；20 世纪 70 年代末，改革开放启开了中国向西方学习的再一个高潮。各种各样的观点、概念、思潮纷至沓来。对中国思想界、科学界、知识界、教育界、文化界、艺术界等等，起到了极大的丰富内容与刺激发展的作用。实际上，大学教材和教学内容对西方借鉴与引进，也就是在这个背景下发生的。所以，时间延续了一个世纪左右，但介绍和借鉴西方以强壮和滋养自身的活动，却没有中断过。

应该说，熊美、严程莹两位教师对欧美现、当代戏剧的评介，首先是在上述社会背景与文化运动下的一种积极努力；其次，在对西方戏剧的研究或介绍中，已经有的出版物介绍欧、美古代、近代、现代的努力较为集中，她们这次出版的教材，对于这个领域的耕耘来说，是具有重心调整意义的。她们更多地选择欧美现、当代有一定影响的戏剧作品进行分析和介绍，目的在于续接过去译介外国戏剧流派、思潮和作品的努力，让有兴趣于这个领域的人们获得一种追踪目光的延展；再次，学习戏剧的学生和从事戏剧工作的人们，能够有一本对欧美各种戏剧现象的概况较为翔实简要的背景介绍与脉络梳理的书，学习研究就有了不少便利；最后，这方面的情况，不但是搞戏剧专业的人需要研究的，而且是文学专业乃至大文科的学生、教师和工作者有必要了解和参考的。

两位同事锲而不舍，积累有年，写出一本包括 20 部剧作评介赏析的专著，一方面是多年教学备课的研究心得，另一方面也参考了不少已有成果，所以，观点与评价视角都还并不单一。

初次编写教材，在材料的安排取舍、详略轻重，观点的介绍评议、判断选择和叙述阐发的主次视点、人我关系等等方面，她们显然都还经验不足。理性判断与学术分析嫌少，造成材料芜杂、众说纷纭而主观引导与判断不够的情形是无法回避的。也许，作为教材，观点平实、客观引述能够呈现公允稳妥的面貌。但是，潜在的评价和价值的判断，还是应该有的。问题在于“度”的把握。还有，研究专著或教材编写的一些规范性问题，还有待按矩循规。他日有机会修订的时候，相信她们完全有能力弥补这些不足。另外，在评介作品的代表性与影响力方面，也还可以再斟酌。

这是她们教学和研究的一次总结，获得的成绩是值得肯定与珍惜的。愿她们以此作为自己专业发展的一个新起点，预祝她们取得更大的成绩。

吴　戈

2004 年 10 月 22 日夜于昆明麻园

前　言

20 世纪初，随着世界经济与科技的飞速发展，资本主义社会各种矛盾的进一步激化，欧美文坛发生了一场翻天覆地的变革。现代主义文学风起云涌，一个个具有创新精神的艺术家逆传统而动、标新立异，名目繁多的文学流派纷至沓来，他们在对传统文学进行批判的同时，都企图颠覆、超越传统，以一种新的方式来表达西方现代社会中备受压抑与伤害的自我，并通过表现人物严重的异化感来揭示现实社会的混乱和荒诞。

欧美现当代戏剧是带着非现实主义、反现实主义和反传统的倾向进入 20 世纪的。作为现代戏剧之父和现实主义戏剧的先驱，易卜生在把 19 世纪西欧的现实主义戏剧推到顶峰的同时，他的象征主义戏剧也对其他流派的戏剧产生了一定的影响。一般象征主义具有的神秘主义思想和梦幻色彩在易卜生的象征主义戏剧中都有不同程度的表现。象征主义的神秘色彩和梦幻因素对现代戏剧产生了较大的影响，它对于 20 世纪初出现的表现主义以及后来的荒诞派戏剧都有着重大的影响。从历史的发展角度看，象征主义戏剧作为古典主义戏剧与现代派戏剧的分界线，它最重要的艺术特点就是出现了象征体，剧作主题大多通过象征体表现出来，从而使主题含蓄，具有较强的暗示性，让人捉摸不定，难以定论。比利时剧作家梅特林克作为象征主义戏剧的领袖人物，其剧作《青鸟》以丰富的象征寓意和深刻的哲理，突出了寻找理念和精神的现代文化主题。

从19世纪末叶到20世纪初，一些具有创新意识的作家纷纷开始探索新的创作手法。在意识流小说萌芽的过程中，表现主义也开始破土而出。在短短几年内，它迅速发展成为西方现代派文学中的主要流派之一。斯特林堡作为表现主义戏剧的先驱，他的《到大马士革去》被认为是欧洲最早的表现主义剧本。表现主义戏剧不注重环境的写实和性格的刻画，而是采用象征的手法，赋予抽象概念以一定的形式。剧作内容大多荒诞离奇，场次间缺少逻辑联系，情节变化突然，人物多是类型化、概念化的象征。

德国著名的表现主义剧作家盖欧尔格·凯泽（1878—1945）以勇于探索的精神、非凡的艺术才能在其剧作中以独特的视角向欧洲传统戏剧美学进行了有力的挑战，为现代派戏剧突破从19世纪以来现实主义戏剧一统天下的局面作了不懈的努力，并成为20世纪德国舞台上最重要的表现主义戏剧家。写于1912年的《从清晨到午夜》是凯泽的早期成名作。在从清晨到午夜这一具有象征性的昼夜轮回里，采用把剧中主人公心理活动外化、情节化、动作化的艺术手法，注重人物性格的共性描写，凯泽运用表现主义常用的链式结构，鲜明地表现了凯泽表现主义戏剧的艺术特色和审美趣味。

与凯泽的戏剧相比较，和他同属德国表现主义戏剧的剧作家托勒（1893—1939）的戏剧更缺少动人的情节，人物性格更抽象。很多时候，人物变成了作者思想观念的传声筒。但作为表现主义戏剧家，托勒在戏剧语言方面却取得了引人注目的成就。他剧作的语言简洁、生动，富于表达力和文学意味。他在1918年写的《变形》，着重表现了主人公弗里德里希从自愿参战的爱国青年转变为呼吁改造社会的革命者的过程。主人公在转变过程中经历的几个驿站，充满了象征和梦幻般的色彩，成为最重要的表现主义剧作之一。

1934年瑞典皇家学院将当年的诺贝尔文学奖授予了意大利著名剧作家皮兰德娄，“因为他果敢而灵巧地复兴了戏剧艺术和舞台艺术”。皮兰德娄对世界的荒诞感觉及其理性分析促使他产生了对文学表现形式进行变革的强烈要求。他剧作中独特的幽默因素，对人物内心感受的深刻表现，富于论述性的哲理思辨以及“戏中戏”的整体构思，无疑使他成为20世纪最具原创精神的剧作家。1921年创作的《六个寻找剧作家的角色》典型地体现了他独特而新颖的戏剧观念。

布莱希特作为20世纪西欧戏剧发展过程中最重要的戏剧家之一，他对世界各国戏剧的影响是多方面的。自古希腊戏剧以来，亚里斯多德的戏剧观就一直影响着西欧戏剧的发展，是布莱希特所创立的史诗剧及其“陌生化效果”的理论从根本上动摇了人们对亚氏戏剧的推崇。戏剧可以非戏剧化，可以运用小说的叙述，可以使戏剧行动产生有意识的断裂，可以使戏剧人物的性格陌生化，从而让观念思考。布莱希特以“陌生化效果”为理论核心的史诗剧在舞台与观众之间强化的参与意识，拓展了戏剧本体的发展空间，对戏剧的本质、功能和呈现方式提出了新的认识，使他的戏剧获得了空前广泛的意义。《伽利略传》作为布莱希特最好、最成熟的叙事戏剧之一，成功地塑造了科学家伽利略的艺术形象，体现了叙事剧的艺术特色。

存在主义文学作为现代欧美影响最大的文学流派之一，西方文坛因受到它的强烈冲击而产生了根本性的变化。萨特作为现代西方存在主义哲学的主要代表人物，其存在主义思想属于无神论，其核心内容由“存在先于本质”、“存在是荒谬的”、“自由选择”三个命题构成。作为一位思想家，他同样不断对戏剧的本质与目的进行了深刻的思考，并形成了一套独特的戏剧理论，亦即具有浓厚的存在主义色彩的“境遇戏剧”。神话剧《群蝇》（1943）是萨特获得著名存在主义剧作家声誉的奠基石。他创作于1944年的独幕剧《密室》把相互角逐的一男二女置于阴森的地狱式的房间里，每个人都为一己私利而试图葬送另外两个人的幸福，但谁都不能如愿以偿，男主角加尔散不胜感叹地说：“他人就是地狱。”

以荒诞的文学形式表现荒诞的主题的文学并非真正始于荒诞派戏剧，而是早于荒诞戏剧几十年就零星出现过。兴起于20世纪四五十年代的荒诞派戏剧，先产生于法国，以后扩展到欧美，至今影响未衰。这个流派的创始人和主要代表是法国的尤金·尤奈斯库、塞缪尔·贝克特、阿瑟·阿达莫夫和让·热内，英国的哈罗德·品特，美国的爱德华·阿尔比。荒诞派戏剧实际上并没有明确统一的艺术主张或组织，之所以被称做“荒诞派”，只因为这些个人自发的创作不约而同地显示了某些共同的特点，而这些特点又恰恰反映了西方世界他们所处的那个时代精神特点。荒诞派戏剧作为一个流派，其共同特点是：强调虚构，表现手法夸张荒诞；支离破碎的舞台形象；语言的无意义。在众多的荒诞派剧作家中，贝克特虽然不是第一个创作荒诞戏剧的，但一部《等待戈多》奠定了其作为荒诞派戏剧舵主的地位，一举成为荒诞派戏剧流派中最重要的剧作家，并于1969年荣获诺贝尔文学奖。

尤金·奥尼尔作为美国现代戏剧的杰出代表，他在戏剧表现手法上的各种试验性探索，使他超越了时空的障碍成为一位国际性的大师。在他长达30年的创作生涯中，奥尼尔在其剧作中，从各个角度反映了美国现代生活，使美国戏剧更加趋向现代化，开创了美国的奥尼尔时代。他的《天边外》、《安娜·克里斯蒂》、《琼斯皇》、《奇异的插曲》等不同时期的剧作皆以不同方式给后世戏剧以影响。阿瑟·密勒作为美国现当代剧作家，在其一系列剧作中，以其现实主义的思想深度和表现手法的新颖，描写了美国社会里小人物的悲剧和“美国梦”的幻灭。首演于1947年的《全是我的儿子》奠定了阿瑟·密勒作为一个有影响的剧作家的地位。《推销员之死》（1949）的成功使他获得国际声誉，成为战后美国最杰出的剧作家之一。田纳西·威廉斯作为继奥尼尔之后美国最多产、影响最大的剧作家，他创作的《玻璃动物园》（1944）、《欲望号街车》（1947）、《热铁皮屋顶上的猫》（1959），以其独特、新颖的艺术手法深刻而细腻地剖析了在美国社会中被遗弃的小人物的内心痛苦，着力描写这些小人物在不幸中竭力挣扎与逃避现实的状况。

瑞士戏剧家兼小说家迪伦马特（1921—1990）是布莱希特叙事戏剧的重要追随者，他在创作实践中建立了一套别具一格的“悲喜剧”体系。创作于1956年的《老妇还乡》和1962年的《物理学家》就形象地体现了“悲喜剧”的创作原则与审美特征——以“喜”的形式表现“悲”的主题，奠定了他在当代剧坛的地位。马克斯·弗里施（1911—1991）是第二次世界大战后与迪伦马特齐名的瑞士剧作家之一。1961年，他以德国纳粹屠杀犹太人为背景创作的十二场教育剧《安道尔》，引起了极大的轰动，使他跻身于世界著名剧作家的行列。在《安道尔》中，弗里施向我们讲述了一个“安德利之死”的故事。《安道尔》的戏剧性矛盾冲突是建立在法西斯恶势力对于犹太人的残酷迫害上。但该剧的重大意义不仅仅是停留在表面历史的事实上，而是从教育的角度研究重大罪恶是如何开始的，由此来揭示人性的弱点。

奥地利剧作家、小说家汉德克是当代德语文坛上最标新立异、最具有激进实验性的作家之一，他的小说和戏剧体现了强烈的叛逆性。《骂观众》（1966）使他一举成名，他自称是一出“说话剧”，剧本既没有情节，也没有戏剧性的人物和对话，只有4名演员站在舞台上演讲作者反幻觉主义的戏剧观。作者试图对传统的表演与接受方式进行原则性的批判，让观众摆脱被动接受的地位，让舞台成为对现实的否定。此剧中语言被推到了极端，语言本身构成了空间，确切些说，构成了人的实质的生存空间。

20世纪真正对戏剧语言进行颠覆性活动的当数德国的布莱希特和法国的阿尔托，他们几乎同时向亚里斯多德以来的西方传统戏剧语汇作了革命性的清算。以姆努什金为首的法国“太阳剧社”集体创作的《1789》就是典型的一例。剧作以崭新视角与手段重新演绎两百年前的法国大革命。1970年底，《1789》在意大利米兰一炮打响，并迅速在法国产生了巨大影响，连续上演了三年之久。在姆努什金及其“太阳剧社”80年代之前的创作中，以大革命隐喻“五月风暴”时期法国社会的《1789》、《1793》和直接从现实生活中取材的《黄金时代》三部作品，无疑是最有影响也最具代表性的剧作，因而受到戏剧评论家们一致的注意与推崇。如果说布莱希特的理论使“太阳剧社”强调戏剧的社会批判功能的话，那么阿尔托的主张则令他们注重戏剧的表达功能。《1789》首先完成了对文学剧本的超越，在各自即兴表演的基础上，以集体创作的公式完成整个创作；其次，是表演扩散到整个空间，让观念在演出过程中参与演出，以此来加强观演之间的直接交流，从而增强戏剧的表现力；第三，《1789》具有强烈的仪式感。演员不是在表演革命场面，而是边讲述边生活，时进时出，时此时彼，使观众受其感染，似乎忘记了自己在看戏，俨然成了当时的公民。《1789》的演出在欧洲导演史上意义重大。它打破了统治欧洲戏剧300年的意大利镜框式舞台演出模式，恢复了戏剧作为大众节日的狂欢精神。

彼得·谢弗是美国50年代崛起的一位著名剧作家。谢弗的剧作既有深刻严肃的思想内容，又不缺紧张生动的戏剧张力。《皇家猎日记》、《马》（又译《伊库斯》）、《神的宠儿》（又译《上帝的宠儿》）是其代表作。创作于1973年的《马》在美国百老汇连续上演了1002场，获得了许多奖项，赢得了商业上的成功。谢弗的剧本特别长于设置悬念，善于运用“发现”与“突转”的戏剧技巧使表层具有一个精彩的故事，但在表层故事背后总含着更深 一层的意义，这也是他在严肃与通俗之间得到认同的秘密。

回顾风云变幻的20世纪，我们深深地体会到，戏剧艺术无论在美学观念还是艺术形式上都发生了许多有目共睹的变化和发展。欧美现当代戏剧作为西方现当代文化的重要组成部分，大都对战后的各种社会问题表示了深切的关注。为了生动而具体地反映现代经验和现代意识，他们在艺术形式上勇于探索、创新，丰富和拓宽了戏剧本体的发展空间，为世界戏剧的发展作出了重大贡献。为了生动而具体地反映现代经验与现代意识，他们在艺术形式上，勇于探索创新，丰富和拓宽了戏剧本体的发展空间，为世界戏剧的发展作出了重大贡献。

20世纪欧美戏剧流派众多，名作迭出。加之有的人物或有的艺术倾向或昙花一现，或几经沉浮，要对如此错综复杂的欧美现当代戏剧进行概观决非易事。因此，我们确立了以作家作品为线索的编写原则，借鉴国内有的论者“以作品写史”的做法，分别选取了不同时期、不同流派的代表性作家作品，力求做到以点带面。对于每部作品，我们力求对作品进行“历史还原”，把它放在一种戏剧思潮和流派的历史背景下，深入阐述其思想价值和艺术技巧，以便于让学生在学习时，既懂得某个作家作品的历史地位和艺术特色，也对 20 世纪欧美戏剧有一个大致的了解。有鉴于此，我们在每一篇文章中，侧重于三个方面的论述，一是作家介绍；二是作品思想内涵分析；二是作品所处时代的戏剧思潮。摆在读者面前的这 20 部剧作，包含了从 20 世纪初期的表现主义戏剧一直延续到 20 世纪 80 年代的各种实验戏剧，我们认为它们都是 20 世纪欧美戏剧著名的剧作，体现了欧美戏剧不同时期的戏剧美学价值。

当然，在作家作品的选择上，我们一是注意其在欧美现、当代戏剧发展史上的作用与影响；二是尽量选择国内已有的译本，甚至演出过的剧本；三是由于成书的设想与体例，笔者无意于面面俱到，只是尽可能在所选的剧作中发表作者在教学与研究中的些许随见，作为一本教材奉献给戏剧学院的学生和戏剧爱好者。

熊　美　严程莹

目　录

“青鸟” 的象征意味

——梅特林克的《青鸟》(1907)赏析

象征主义是古典主义戏剧与现代派戏剧的分界线，它的最重要的艺术特点就是出现了象征体。作品的主题思想是通过象征体表现出来的，因此，它的主题思想很含蓄，具有较强的暗示性，从而让人捉摸不定，难以定论。作为象征主义戏剧代表人物的梅特林克，在《青鸟》中就给我们出了一道难题，“青鸟”到底象征什么呢?

一

梅特林克，比利时剧作家，用法语写作。1862 年 8 月 29 日生于根特。父亲喜爱园艺和养蜂，对日后梅特林克的情趣和爱好有很大影响。梅特林克 12 岁进入号称比利时作家摇篮的圣－巴尔贝耶稣学校读书。毕业后，遵照父亲的意旨，入大学法科读书，并加入律师公会，1886 年去巴黎进修法律，当时的巴黎是欧洲艺术的中心，来自不同国度的诗人、画家等在此风云聚会。在巴黎小住期间，梅特林克结识了诗人维叶，又经维叶介绍认识了象征主义诗人马拉美和其他一些崇尚象征主义诗歌的人，从此决定了他日后的文学生涯和创作倾向。1889 年发表诗集《暖房》和剧本《马兰纳公主》，这是文学史上第一次把象征主义手法运用到戏剧创作中，梅特林克本人对《马兰纳公主》并不满意，认为它不过是莎士比亚戏剧的仿作而已。次年发表独幕剧《不速之客》和《盲人》，借一系列意象、场景和气氛来表现人在命运面前的微不足道，以气氛、哲理性和简单的情节吸引观众。1896 年梅特林克移居巴黎，这是他思想的转折点，就是从悲观主义者变成了乐观主义者。他先后创作了《普莱雅斯与梅丽桑德》(1902)、《莫纳·娃娜》(1902)、《青鸟》(1907)等。这时，他已成为风行一时的象征主义文学在剧坛上的代表。1911 年，梅特林克获诺贝尔文学奖。第一次世界大战期间，梅特林克创作了剧本《斯蒂尔蒙德市长》(1919)，反对德国占领。1921 年他被选入比利时王家学院，1932 年获伯爵爵位。第二次世界大战爆发后，他流亡美国。1947 年返回法国尼斯。1949 年 5 月 6 日夜间病逝，享年 87 岁。

梅特林克一生写了 20 多部剧本，比较著名的有以下 3 部。

《普莱雅斯与梅丽桑德》(1902)，五幕悲剧。描写王子高罗在森林中打猎时遇到一位身份不明的美女梅丽桑德，与之结为夫妻，带回宫中。高罗的同母异父兄弟普莱雅斯爱上了梅丽桑德，但他预感到这是不可能实现的爱情，准备离开宫廷，外出云游。在出发的前夕，普莱雅斯约梅丽桑德在花园中话别，被兄长高罗发现。高罗出于忌妒，将普莱雅斯刺死，梅丽桑德随后也郁郁而死。

《莫纳·娃娜》（1902），三幕剧。描写15世纪的意大利比萨城被佛罗伦萨的雇佣军围困，处于弹尽粮绝的境地，敌军司令普林齐瓦勒要求比萨城交出守城司令基多的娇妻莫纳·娃娜，以免遭屠城之灾。莫纳·娃娜决定牺牲个人挽救城邦。原来普林齐瓦勒自幼爱慕莫纳·娃娜，要求她到营帐去只是为了见一面，了却一段情缘。在这同时，佛罗伦萨指控普林齐瓦勒有通敌嫌疑，召他回去受审，莫纳·娃娜决定把他带回比萨，同谋抗敌大计。可是娃娜的丈夫觉得蒙受了奇耻大辱，不肯相信娃娜未曾失身的真言，娃娜决心抛弃自私忌妒的丈夫，同真心爱她的普林齐瓦勒逃走。

《青鸟》（1907），六幕梦幻剧，是他的代表作。描写樵夫的儿子蒂蒂儿和女儿米蒂儿在圣诞节夜晚做了一个美梦，梦中，他们在光的带领下漫游了记忆国、黑夜之宫、森林、坟地、幸福园和未来国，去寻找一只青鸟。一觉醒来，发觉青鸟就在自己家里。这时，邻居来为生病的小孙女讨青鸟，蒂蒂儿慷慨地送给了邻居，邻居的小孙女病就好了，可是青鸟又从小姑娘的手中飞走了。青鸟是幸福和追求的象征。该剧首先被斯坦尼斯拉夫斯基搬上舞台，后相继在德、英、法、美等各国上演，是梅特林克具有世界影响的作品。

二

1911年，梅特林克因为“他的剧作具有丰富的想象和诗意的幻想等特色”而获得诺贝尔文学奖。他既是剧作家，又是戏剧理论家，是公认的象征主义戏剧最重要的代表人物。其思想以1896年为界，分为悲观主义与乐观主义两个阶段。前者主要集中表现在他的论文集《卑微者的财富》里，后者以1902年出版的《隐秘的殿堂》为主。

在前期思想中，他提出了“静态戏剧”理论。梅特林克认为，宇宙是由物质的和精神的四大经验主体共同维系的。这四大经验主体是：看得见的世界、看不见的世界、看得见的人、看不见的人，即心灵。看得见的世界和看得见的人只有同看不见的世界和看不见的人合为一体，才具有实在性。但人对心灵传递的信息，对看不见的世界预示的征兆，不能理解，因为人的悟性太差。所以，不可知论和宿命论构成了梅特林克象征主义戏剧的基础。

他认为，人生真正的意义不是在我所感的世界里，而存在于那个目所不见、耳所不闻、超乎感觉之外的神秘之国中……神秘不可能被消灭，它只会移位。可以说人类一切思想的进步，无非就是神秘从有害的地位移转到了有益的地位。但是神秘有时不必移易地位，只须更换名目，亦便是思想的进步。例如从前叫做“神”的，如今叫做“人生”。神和人生只是一件神秘，不过名目不同。在他看来，不存在孤立的戏剧技巧，戏剧是普遍的世界观和艺术创作的本质的结合。诗人的任务就是要揭示出生活中神秘而又看不见的因素，揭示出它的伟大之处，它的痛苦之处，但这些因素却与现实主义无缘。假如我们停留在现实主义的水平，对永恒的世界就一无所知，从而也就无法懂得生存和命运及生与死的真谛。诗人必须处理那些看不见的超人和永恒的东西。

他不喜欢许多反映现代生活的戏剧中所笼罩的阴郁气氛，首当其冲的就是易卜生的社会问题剧。他认为“当时流行的杀戮、决斗或叛逆行为的戏剧是犯了时代的错误。因为，人们的生活多半已远离流血、叫喊和刀光剑影。”“今天人们的眼泪是静悄悄地流出来的，不被人看见，近乎是精神上的。”“真正的悲剧通常是内在的，是潜藏在在内心深处的，几乎很少有外部动作。”在梅特林克看来，“心理的动作要无可比拟地高于纯粹的外部的动作。”“人与人的交流往往不是通过语言而是通过沉默。因为沉默的时候，人们最容易暴露自己的内心。”“只有感到无聊的时候，人才会滔滔不绝地说话。与不喜欢的人在一起时，人总想找些话来说，因为在这种场合保持沉默是很难堪的。相反，如果回忆自己所爱的人时，想到的不是对方讲的话，而是彼此在一起度过的相对无言的时刻。”“深刻的感情不是语言所能代替的。”

梅特林克的象征主义戏剧出现在巴黎舞台充斥着自然主义戏剧之际，其剧作清丽隽永、委婉动人，剧中充满各种象征，从森林到脚印样样都有，散发着恐怖和死亡的气味，受到观众的欢迎，推动了当时戏剧的发展，成为欧洲戏剧史上一个独特的流派。梅特林克戏剧中的主人公常常由于弱小、无力抗争，而被黑暗的恶势力所吞噬，如马莱娜公主、梅丽桑德，都体现了作者对世界荒谬而不可知、命运注定而不可战胜的悲观思想。

在后期乐观主义阶段，梅特林克是一个努力克服神秘主义、悲观主义，歌颂求知进取和斗争精神的思想家和诗人，这绝不意味着他已经变成了一个唯物主义者，他仍然相信世界是二元的。所以，与其说是他的哲学观点，不如说是他的社会观点。这与他受到当时比利时革命运动和接触社会主义者有关。他反思自己早期创作时认为，这些剧作的动力是对那种包围着人类的神秘力量的恐惧，是对以死亡为形式的基督教上帝与希腊命运的结合物的恐惧，这是冷漠的、不可挽回的、摸索寻找着自己的供品的死亡。在它的周围只有卑微的、惶惶不安的小人物。然而这样看待生活是徒劳无益的，应当遵循那个“能使人尽可能地行善，尽可能给人希望”的真理。

三

六幕十二场梦幻剧《青鸟》（1907 年）是梅特林克乐观主义时期的代表作。

圣诞节前夜，樵夫的儿子蒂蒂儿和女儿米蒂儿在他们家的茅屋里睡得很香甜。忽然桌上已经吹灭的灯又自动亮了。两个小兄妹醒来，下了床，推开窗户，观看对门阔人家里圣诞节前的欢乐场面。他们正看得出神时，门开了，进来一个矮小丑陋的老太婆，自称是贝里吕娜仙姑。看上去这个妖婆很像邻居贝尔兰戈太太。她来要一只青鸟，是给她孙女找的，她孙女病得很厉害。她要孩子们立即去找，为此，她交给蒂蒂儿一顶镶有魔钻的小绿帽。谁戴上这顶帽子，一扭动那颗钻石，就能看到万物的灵魂。蒂蒂儿试着扭了一下钻石，周围的一切猛然发生了奇妙的变化。12 个时辰化成 12 名少女在美妙的乐曲声中欢笑着跳舞。面包、火、猫、狗、水、牛奶、糖、光明都变成了人形，而又不失其本来的特色。他们在屋内乱蹦乱跑。蒂蒂儿的父亲被吵醒，来敲他们的门，蒂蒂儿急忙扭钻石，由于扭得太急，面包、狗、猫、水、火、光明等来不及变回去，妖婆就叫他们与蒂蒂儿兄妹一起去找青鸟。

在妖婆的宫殿里，大家换上漂亮的衣服。猫乘机对面包、水、火等说出了自己的想法：应不惜一切代价阻止两个孩子找到青鸟。人若是找到青鸟就会什么都明白，他们就得完全听人的摆布。狗反对猫的观点，与猫辩论起来。这时妖婆与蒂蒂儿兄妹俩走了过来。她让孩子们今晚去看死去的祖父母，因为青鸟有可能藏在过去里。

在记忆国里孩子们见到了爷爷和奶奶。两位老人正在慢慢地从睡眠中醒来。只有活人想起他们时，他们才会苏醒。爷爷和奶奶见到孩子们又是拥抱又是亲吻，欢喜异常。蒂蒂儿在爷爷家里见到一只蓝色的小鸟，非常高兴，以为这就是妖婆要他寻找的青鸟，便要求把鸟儿带回去。两兄妹后来又见到七个已经死去的兄弟姐妹。由于妖婆规定的时间已到，孩子们只好依依不舍地告别。一离开爷爷家，小鸟就变成黑色，这不是真正的青鸟。

在黑夜之宫，猫又抢先向黑夜夫人报信儿：蒂蒂儿就要来此讨青鸟，还带来奇妙的钻石。光明给他当向导。黑夜惶恐不安，因为她的奥秘已有三成被人类夺走了。在迫不得已的情况下，黑夜把各种秘密大门的钥匙交给了蒂蒂儿。第一道门关的是幽灵，第二道门关的是疾病，第三道门关的是战争，第四道门关的是黑暗和恐怖，第五道门关着奥秘。蒂蒂儿走向中央大门，不顾黑夜千方百计阻挠，终于打开了它。夜光下花园里的青鸟满天飞翔，蒂蒂儿兄妹俩手里抓着满把青鸟。可惜离开夜宫后青鸟全部死去。光明告诉他们，他们没抓到真正的青鸟。

兄妹俩来到森林继续寻找青鸟。猫又通风报信，林中的树木事先得到了猫的警告。蒂蒂儿到来后，猫怂恿他扭动钻石，顿时各种树木的灵魂纷纷出现，各种动物的灵魂也都陆续出现，橡树为了保住青鸟不被夺走，号召各种灵魂一齐动手干掉孩子。双方争斗起来。两个孩子正支持不住时，狗赶来拯救他们，光明也及时赶到。黎明升起，森林明亮起来。光明提醒蒂蒂儿扭动钻石，树和动物的灵魂随即消失，森林恢复了宁静。

光明收到妖婆的便条，说青鸟可能在墓地，光明便把两兄妹带到墓地。午夜 12 点，蒂蒂儿扭动钻石，墓地奇妙地变成了仙人乐园，百花盛开，鸟儿歌唱。在这个幸福园里有各种幸福和欢乐。肥胖幸福什么也不干，整天忙于吃、喝、睡。蒂蒂儿按光明吩咐扭动钻石，肥胖幸福们暴露了丑陋、干瘪的本来面目。后来各种各样的幸福都出现了，各种各样的欢乐也出现了，特别是母爱欢乐，受到最热烈的欢迎。

在未来王国里，等待降生的蓝孩子们见到蒂蒂儿兄妹及光明立即骚动起来，充满好奇。蒂蒂儿向蓝孩子们讲述大地、活着的人。蓝孩子出世时，都要带一样东西到大地上，要么是一项发明，要么是疾病，要么是罪行。这里是不允许空手出去的。时间老人打开通往世间的大石门，招呼着该出生的孩子上船。这时有的蓝孩子要去，有的又不肯去，还有一对小情侣分别时悲痛欲绝。光明这时捉到了青鸟，并告诉蒂蒂儿兄妹迅速与她一起逃走。

拂晓，两小兄妹又重新回到了家，在门口与光明、狗、面包、水、火等告别。

蒂蒂儿的妈妈早上进屋把两个孩子叫醒，可他俩脑子里充满了寻找青鸟的记忆。母亲以为两个孩子病了，尽说胡话。这时女邻居贝尔兰戈太太来借火种，并说她孙女生病，一直想要蒂蒂儿笼中的那只小鸟。蒂蒂儿便答应把家中那只斑鸠给她。这时他发现笼中的鸟是蓝色的，正是他们寻找的青鸟。他告诉贝尔兰戈太太说现在还没完全蓝，以后准会变全蓝的。不久，贝尔兰戈太太带着小姑娘回来了，并说发生了奇迹：小姑娘一见青鸟，病就好了。蒂蒂儿这时发现小姑娘非常像光明。后来两人不慎失手，青鸟乘机挣脱飞掉了。小姑娘失声痛哭。蒂蒂儿安慰说，会给她捉回来的。

最后蒂蒂儿走到台前对观众说，如果有哪位找到了那只鸟，请还给他们，为了今后的幸福，他们需要这只青鸟。

四

就故事本身而言，《青鸟》充满神奇幻想的童话奇趣，颇能吸引孩子的好奇心。而对成人观众，在愉悦的同时，又必然关注其深刻的哲理寓意。

象征主义戏剧的主题意义往往通过象征性意象来表现。象征性意象在于暗示一定的哲理、观念，并寄托作家的某种情感、意绪，传达他们的生活评价、命运思索和人生理想，在感情的具象中显现出一般的普遍意义。而在全部象征性意象中，总有一个主导性意象，即处于作品中心的意象，它对全篇起统摄作用，透射作品的基本意旨。显然，正如作品的标题所示，“青鸟”是全剧的主导意象。它是剧中人物所苦苦寻觅的东西。因此，解读“青鸟”的象征寓意，是了解剧作思想的核心。

一般论者认为，青鸟象征着幸福。理由是剧终当青鸟飞走，蒂蒂儿向观众声明，为了我们今后的幸福，我们需要青鸟。既然是为了幸福而需要青鸟，那么青鸟不是幸福还会是什么呢？其实不然，梅特林克这位象征主义戏剧大师因其象征手法的出色运用而著称于世。仅在《青鸟》一剧中就可以发现，几乎所有角色都有其象征的意义。作家甚至还为它们贴上了象征的“标签”，如光明、时间、母爱、黑夜等。而且，我们还发现，这些“标签”与其形象的寓意完全一致。如果青鸟是指幸福的话，较难解释的一个事实是，剧本中已经有了若干个“幸福”，“幸福”们还被分成不同的类型，那样，青鸟何必又去搅乱其间呢？答案只有一个：“青鸟”不是幸福。

“青鸟”究竟喻指什么，应该从寻找青鸟的行为动机来加以判断。蒂蒂儿与米蒂儿寻找青鸟，表面上是仙姑的命令，是被动的行动，实际上，在仙姑的命令背后蕴含着更深层的意义。她借口救护她的小孙女，但又不自己去，而让两个小孩来完成，这明明是一种点化天真未凿的儿童的行为，让她所精心选择的对象通过寻找青鸟救助他人的途径，来达到认识人生真谛的最终目的。因此，我们眼前的这两个孩子活泼可爱，而且心地善良。当他们探身从窗户窥望有钱的儿童享受圣诞前夜时，淳朴的童心里萌发出的一切，丝毫也没有任何丑陋的、自私的成分。所以，他们理所当然地被仙姑选为人间天使，去完成一件艰巨的使命。

在这个“童话”中，小兄妹不是个别儿童的化身，而是人类的象征。在与其同往的“随从”中，狗是最为忠心耿耿的。它反对其他灵魂的意见，认为“咱们必须听人的，让咱们干什么就干什么……和人同生共死，一切都为了人！……人，就是神明！……”小兄妹是作为人类的代表被派去寻找青鸟的，其他灵魂只是随从。只有人才是神明。因此，作家还特意让“光明”这个圣洁的形象“站到了人的一边”。

相反，站在人类对立面的是阴险的猫、黑夜、森林等。然而，对寻找青鸟这一行动的秘密含义，猫认识得再清楚不过了：“咱们有一颗灵魂，但是，人还不认识。因此，咱们还保存了仅有的一点独立性。然而，人若是找到了青鸟，就会什么都明白，什么都看得见了，咱们就得完全听凭他的摆布。这话是我的老朋友黑夜告诉我的，她就是生命奥秘的守护者。”不让人得到青鸟，就是不让人获悉“生命奥秘”。因此，连黑夜也忧虑她的秘密被人类攫取，使得她的那些恐怖、幽灵和病魔每况愈下。

只有青鸟知道一切秘密。也只有青鸟可以告诉人类一切秘密。这就是梅特林克提示给我们的。人们得到了青鸟，就可以生活在光明与智慧中。而黑夜、猫等一系列阴性的生灵失去了青鸟，也就会无法再影响或威胁人类的生活，就会更加害怕作为神明的人。也正由于人类没有得到青鸟，所以，光明说，“人对周围的一切是孤军作战……”

在这部戏剧中，有一个细节：仙姑在开场时为小兄妹布置任务。但小兄妹归来后，她却没有露面，似乎少了一点交代。令人不解的是圣诞清晨，酷似仙姑的女邻居前来，向小兄妹讨要斑鸠来救护她的小孙女。这时，我们忽然醒悟，如果仙姑与女邻居并不是一个人的话，那就必定是仙姑首先幻化成女邻居的模样（这就解释了仙姑甚至像个妖婆的原因）提前来到圣诞前夜的小兄妹的茅屋里，并吩咐人类在此等候一位需要救助的人。小兄妹没有空手而返。否则女邻居翌日就不会来了。

光明所讲的“青鸟是不存在的”也是一种误解。青鸟存在与否，并不取决于它的颜色、变色与否，或其他的外在形式。青鸟应该是一种无形的、精神的、超越物质形态的存在。剧中那么多青鸟却没有最终成为真正的青鸟，而小兄妹的一只斑鸠却一夜之间变成了真正的青鸟。这岂不是说明了问题最根本的症结吗?

从剧情看，作品的意旨围绕人与自然的关系而设。梅特林克认为，自然既是某种神秘，同时又充满坚毅和智慧。他认为诗人的任务就是引导读者进入某种神秘的遐想，从中领悟生命的真谛。我们以为，“青鸟”意象贯穿剧情始终，它象征着在人们看来神秘、恐怖、无序的自然的奥秘。这个奥秘就是：顽强的生命意志、坚毅果敢的精神、睿智聪慧的品质。小兄妹在“取经”的十万八千里的漫长路途中，经历了“八十一难”：得而复失的沮丧、黑夜的恐吓、命运阴森的大门、黑森林中的搏斗、未来国的奇遇等等。人生真谛之所以宝贵，就在于人类要得到她，就必须付出艰苦的劳动，必须以最崇高、最无私的方式来不懈地追求。不停的失败、连续的失望，并不等于说小兄妹没有完成使命——人类实际上已经从其一系列的失败中体悟到了人生真谛的所在。所以青鸟最后的飞走已经并不重要了，因为人们已经认识到了青鸟的真实含义，又何必执著于她的外在形态呢。

在《青鸟》中，梅特林克以“丰富的想象和诗意的幻想”，“以童话的形式显示出一种深邃的灵感，同时又以一种奇妙的手法打动读者的感情，激发读者的想象”。他让万物显出灵魂与人对话：动植物、物质、天体自然、观念、体验、情感等“宇宙间一切有生无生的事物的灵魂，都从他们的物质的躯壳里呼唤出来，容他们将一向无法可发表的衷曲，尽情地宣泄一下。”这就在戏剧情境中构成人与自然的戏剧冲突即关系，青鸟意象构成这种关系之间的纽带和桥梁。幻想大师梅特林克通过剧情说明，青鸟不在温情的死亡世界，这里只有死鸟，它是虚无的；青鸟亦不在丑恶的夜宫，夜就曾坦白地说：“青鸟从来没到过这儿”；青鸟更不在所谓幸福王国，这里是慵惰与物欲的世界。那么，它潜藏在自然的哪一部分中？作者用重笔写了两场戏。第五场“森林”中，集中写到了众树和众兽的激情和生命活力，表现出它们惊人的果敢、坚毅和智慧：面对人类的砍伐和滥杀，它们顽强地生存着；面对自然的风霜雪雨，它们挥洒着灵气与生命意志。这不正是潜藏在自然品性中的“青鸟”吗？人类显然在与它们的冲突中，从对万物有灵的无知到逐渐洞悉，受其启示，克服悲剧，走向精神自由。这就是梅特林克所要传达的意旨。第十场“未来王国”进一步通过青色的世界象征已经拥有青鸟的未来人类的创造力、智慧、果敢坚毅精神和高远志向，借以再现青鸟的象征寓意，并为人类展示光明辉煌的前景。

无疑，全剧主导意象的设置和象征是成功的。它在情节上通过主人公不同情境的追寻，相互对比映衬，寓意含蓄深沉。它统领并贯穿全剧，寓意基础在于人与自然的关系，寓意内涵是关于自然的奥秘。这奥秘就是梅特林克倾情关注的自然，尤其是生灵和动植物的顽强生命意识、坚毅果敢精神和智慧灵性品质。它是人类所应具备和发扬光大的。这也许并未脱出神秘主义哲学之窠臼，但它形而上地蕴含了理想、光明，也蕴含了深刻。

五

从戏剧结构的表层来看，这是一个线性的“寻找”母题。寻找青鸟的旅程，由一场场充满情趣的戏剧冲突串联。每个情景相对独立，一次次否定，又一次次超越。每个阶段，都面临某种冲突、灾难或考验。“寻找”是欧洲文学的原型性主题之一，也是欧洲近现代文学的独特性结构模式。但丁《神曲》中冥游三界，进而在道德和精神上接近上帝；歌德《浮士德》中的5次追求，贯穿了永不满足现状、不断追求探索的自强不息精神，都是这一艺术模式的成功之作。《青鸟》也一样以“寻找”作为基本情节线索，以旅程中的一次次超越作为寻找者主体的自由意志为基础，比较成功地构建了寻找青鸟的象征意义——人类由于其渴求改变自身处境的自由意志，带着强烈的使命感，在理性的指引下，自强不息，勇于探索，方可实现自我，有所作为，这也正是现代人类精神的必由之路。

孩子们首先来到“思念之土”即死亡世界。这里“死去的人只要有人记得他们，会生活得很幸福……”孩子们由于思念而与故去的爷爷奶奶弟妹们相聚，充满亲情温馨，并唤醒了一只死了的青鸟。但离开后，所获青鸟变黑了，死了。这打破生死界限的第一站寻找，寓示着强烈的使命感并未使人沉醉在虚幻的温情中，并且，死亡是生命的终结，它是虚无的象征，这里的青鸟也只是沉寂的死亡的，一无所用。看来，人不应该沉湎于对生命终结的虚耽中，从这里可见梅特林克对自己前期虚无思想的超越。

接着来到“夜之宫”，这里的主人是“夜”。各种洞里关着浮躁的幽灵、慵懒的疾病、凶残的战争、骇人的恐怖、莫测的神秘等，蒂蒂儿毫无畏惧地依次进入寻找，但无青鸟踪迹。最后不顾夜的威胁和告诫，蒂蒂儿认为自己“应该打开这道门”，但见“一座充满夜间闪光的梦幻般的花园，成群的青鸟出没于宝石闪烁和月光之中。”他们抓到许多，可走出花园见着光明后，青鸟竟全死了。显然，夜宫里丑恶、黑暗、神秘，虽影像叠生、青鸟如云，可幻象无法再生，丑恶难见光明。无所畏惧、大胆追求，是这个片断的另一寓意。

随之，“森林”之国的经历对蒂蒂儿们来说犹如一场噩梦。青鸟寻而不得，却惊心动魄地遭遇了众树和众兽的厮杀和围攻。冲突的焦点是关于“一切事物和幸福的秘密”。人在寻找它，众树和众兽要守护它，以避免使它们的“奴隶地位变得更加难熬。”这里有深刻的象征意义，它不是关于人类了解自然征服自然的主题，而是梅特林克所独特理解的动植物之灵性、果敢、智慧、生命力等品质和作为寻找它掌握它的人类之间的关系象征。人类必须直面这种神秘和对抗并洞悉之，方可获取生命之真谛。

然后，在经过墓前墓地过渡后，蒂蒂儿们来到了“幸福之园”。他们看见“一打最肥胖的幸福”和各种美味佳肴，光告诫不能应邀入席，因为“点心很危险，那会毁掉你的意志。要完成任务，就得做出某些牺牲。”这是这段喻意故事的主旨。各种“幸福”是纯欲纯物的，绝非至精至灵。无怪乎他们就寻找青鸟的话题既吃惊又嘲笑。显然，自由的精神追求在意志境界上远高于现实的物质贪求与享受。于是，主体意识在寻找青鸟的旅程中又一次完成了从物质到精神的飞升和超越。

终于来到“未来王国”。这里是“蓝天之宫的几座大殿，即将出生的婴儿都在这儿等待”，“一切都呈现出一种虚幻的、有仙境意味的深青色。”未来的孩子们大都雄心勃勃，创造力惊人，充满智慧和探索欲求。他们要改变未来世界，发明延年药、新光、机器、探索月亮宝藏；他们有青色车间、机器、地图、方案、书本、植物新品种等；他们要探索太阳系、做九大行星国王……蒂蒂儿陶醉了！这是他寻找过程中的第一次，正如浮士德在劳动号子声中所体验的内心满足一样。可以说，寻找的精神与未来王国的生命力、创造力、智慧达到高度的和谐和融合。寻找意象在这一场景中得到终极阐释，剧作家乐观地探索追求和美好的未来，这正是对人类的警示和前景的憧憬。

第一、二幕在全剧起到了总领作用。剧一开始就竭力渲染孩子们对幸福的渴望，象征着抽象的“人”的处境和渴求，体现了作者积极向上、实现自我的哲学观。寻找的足迹与每一场戏剧情境相扣，突出渲染了自然的神秘和与人类的对抗力量，并赋予自然存在以灵性、智慧等品质。梅特林克曾认为戏剧的根本主题是人和宇宙的对抗及其悲剧性，人的悲剧主要在于对某些自然奥秘的无知。而《青鸟》则在这种对抗关系中架设桥梁：寻找本身正是人对自然奥秘和生命真谛的探索。因此，不论自然和宇宙何等神秘、对抗甚至可怕，不论人如何地“在这世界上是单独对付一切”的，人总要不息奋斗、理性追求，才可能克服无知、实现自我，了解并掌握自然的某种奥秘，探寻生活的真谛并走向未来、走向光明，这才是克服悲剧的必由之路。从而形成了渴望——受命——追求——启示——呼唤这样一种具有很强寓意性的深层结构。

在梅特林克看来，人类经过漫长的历史进化，在理性和科学的照耀下，已经熟知洞悉了以往由于对自然的无知而潜藏的奥秘，并且，人类终将洞悉和把握自然的一切奥秘，因为真和美不仅存在于自然界，它更存在于人类的心灵世界。只要真诚寻觅、勇敢探索，那么，人类获取并领悟自然的智慧信息终将是可能实现的。从这个意义上，剧作以梦幻式诗情画意，通过人与宇宙灵魂的对话，叙写了一部现代精神预言。作品突出了寻找理念和精神的现代文化主题，而青鸟式的理念和精神源自宇宙自然的启示和人的心灵，这明显超脱了十九世纪末期以来西方文学中较常见的“寻找自我”却自我失落、精神失却的主题。《青鸟》告诉人们，人类开始意识到自己的智慧和力量，敢于探索，勇于探索，终将找到生活的真谛。这就是梅特林克的乐观主义和理想主义思想。

【参考书目】

1.《中国大百科全书·戏剧》，中国大百科全书出版社 1989 年版。

2. 廖可兑：《西欧戏剧史》（上册），中国戏剧出版社 2001 年版。

3. 李万钧、陈雷：《欧美名剧探魅》，海峡文艺出版社 1987 年版。

想像的图像

——斯特林堡的《鬼魂奏鸣曲》(1908)赏析

斯特林堡是19世纪以来瑞典最伟大的戏剧大师和作家。也是欧洲表现主义的先驱人物。作为剧作家，斯特林堡以浪漫主义开始他的创作道路，然后经过现实主义和自然主义走向象征主义。他的剧作重在人物心理分析，特别是人物的变态心理和精神分裂状态，他的自然主义被称为心理的自然主义。他一生共写出六十多部剧本，并以现代派戏剧的鼻祖而享有世界声誉。

一

斯特林堡，1849 年 1 月 22 日生于斯德哥尔摩。父亲是船舶经纪人。1867 年，斯特林堡进乌普萨拉大学，仅仅一个学期就离校去当私人教师，然后开始写戏。1870 年又回到乌普萨拉大学。这一年，他写出《在罗马》一剧，由瑞典皇家剧院搬上舞台。这大大激发了他的创作热情，于是又写了《被放逐者》（1871）。1872 年斯特林堡离开大学在斯德哥尔摩从事新闻工作，并在布兰代斯的影响下写了《奥洛夫老师》（1872），但被皇家剧院拒演。1874 年，斯特林堡到瑞典皇家图书馆做助理馆员。此后，他因发表小说《红房间》（1879）引起纠纷，不得不于 1883 年携家出国。1884 年，他的短篇小说集遭到控诉，他回国接受审判，结果被判无罪。1889 年他在哥本哈根成立了一座实验剧院，揭幕之日上演了他的名剧《朱丽小姐》。

1894—1896 年，他大部分时间是在巴黎度过的。1896 年，斯特林堡回到瑞典。

1907 年，他和法尔克合作，成立了一个对他的剧本进行实验演出的剧院，再一次发挥了他的暴风雨般的天才创造力，两年的时间写下了 10 部剧本。1910 年，他的健康状况急剧下降，剧院随之关闭。1912 年 5 月 14 日与世长辞。

斯特林堡是北欧继易卜生之后的又一位戏剧大师，留下了数十卷的各种体裁的文艺作品，仅剧作就有 60 多部。他是一位具有独创性的戏剧家，对现代欧美戏剧有广泛的影响。斯特林堡的戏剧创作大体上可以分作四个时期。

从开始创作到 1882 年为第一个时期。创作了十几部剧本，其中最为重要的是《奥洛夫老师》。剧本描写 16 世纪初马丁·路德的宗教改革运动传到信奉天主教的瑞典引起的斗争。

1886—1892 年为第二个时期。斯特林堡写了一批反映现实生活和世态炎凉人与人之间残酷无情关系的剧本，如《父亲》（1887）、《同志》（1888）、《朱丽小姐》（1888）、《债主》（1888）、《强者》（1889）等。这些剧本表明，斯特林堡的戏剧创作接受了左拉自然主义的影响。

《父亲》是一部三幕悲剧。描写一对夫妻为争夺控制女儿的权利而发生的一系列矛盾纠葛。最后男主人公怀着无比愤慨的心情发出“生是地狱，死是天堂”的哀鸣，充分反映了斯特林堡个人的情绪。

独幕剧《朱丽小姐》是一部“自然主义的悲剧”。描写伯爵的女儿朱丽小姐爱上了青年侍从，正准备私奔之际，父亲突然回家，朱丽小姐按侍从指点，拿剃须刀溜出自杀。通过朱丽小姐的行为，斯特林堡对封建贵族的生活作风和思想作风作了无情的揭露和尖刻的讽刺。该剧最早由柏林自由舞台和安托万的巴黎自由剧院上演，后在其他国家陆续演出，并4次被拍成电影。

1892年一年当中，斯特林堡从《借方与贷方》到《婚约》，共写了6部独幕剧，大都描写夫妻关系或家庭问题。

1893—1898年以前为第三时期。斯特林堡在巴黎接触过反自然主义运动和梅特林克的象征主义戏剧，1898年，在梅特林克的影响下，他相继完成了《到大马士革去》三部曲中的前两部（《到大马士革去Ⅰ》、《到大马士革去Ⅱ》）和《降临节》，《到大马士革去Ⅲ》则是1901年完成的。除此以外，他还写了一些象征主义戏剧。

从1899年开始为第四时期，斯特林堡还写了一批历史剧，如《古斯塔夫·瓦萨》（1899）、《厄里克十四》（1899）、《古斯塔夫·阿道尔夫》（1900）、《克里斯蒂娜女王》（1901）、《古斯塔夫三世》（1902）等。《古斯塔夫·瓦萨》和《厄里克十四》是斯特林堡这批历史剧当中比较重要的作品。前者写古斯塔夫·瓦萨平息贵族叛乱统一国家的业绩，后者写的是瓦萨的儿子厄里克十四被他的兄弟推翻的历史事件。在斯特林堡晚期创作中，比较重要的作品是《梦剧》（1902）、《鬼魂奏鸣曲》（1907）。

二

《鬼魂奏鸣曲》写成于1907年。作者把它列为“小型剧”，是专为他自己经营的小剧场撰写的剧本。斯特林堡1907年在瑞典德哥尔摩与奥古斯特·法尔克创办“密友剧院”。“密友剧场”只是一间租来的仓库，有161个座位。他专为此剧院创作了五出室内剧。它们是：《暴风雨》、《烧掉的房子》、《鬼魂奏鸣曲》、《塘鹅》和《黑手套》。斯特林堡创作的室内剧，原意上是要使主题和上演均显简朴，以便抛弃佳构剧与商业性戏剧的一切束缚。“斯特林堡接受了当时流行的‘音乐’的形式的观念正是起因于这种看法。这种形式与这种独特的剧作的主题相适应并保障了风格的统一与一致。室内乐的观念将转用到戏剧上，而主题则将像一首赋格曲那样被重写。《鬼魂奏鸣曲》的取名，确实是起自斯特林堡最喜欢的贝多芬的D小调钢琴奏鸣曲。”《鬼魂奏鸣曲》已成为斯特林堡剧作中经常上演的剧目，也是他表现主义戏剧的代表作之一。

《鬼魂奏鸣曲》一开头是斯德哥尔摩典型的市郊街景。这是一个阳光灿烂的星期天早晨，教堂的钟声丁丁当当地响着。教堂里管风琴声和一条轮船上的丁当声也传了过来。其情景是一座豪华的邸宅的屋外、屋里，影影绰绰的宅内人在走来走去忙着各种事。戏的节奏缓慢且对话含混古怪，但景象却是一片繁忙景象，一切事情从别的方面来说也显得几乎是正常的。然而，豪宅和街道的表象之后却隐藏着人的种种不幸。在这邸宅的外面，一个年轻“大学生”和一个坐在轮椅里的残废的“老人”雅各布·汉姆尔正透过窗户向里瞧着。在这一场进行的过程里，汉姆尔劝大学生，企图使后者对他那位私生女儿“年轻女士”产生兴趣，她就是后来上场的“风信子姑娘”。就这样，居住在这屋子里的13个古怪的人的其中几个，便被一笔带过地给我们予以了介绍，而这十多个人的生活与命运，则互相纠缠在一起。

这是一个被表现为充满了超现实主义的五光十色的想像的家庭，其间现实的和非现实的混为一体。我们清楚地看到了在第一场中只是一闪而过的一个姑娘的白色大理石雕像，还看到了位于舞台外的在摆有风信子的房间里的那位“年轻女士”。汉姆尔现在拄着拐杖，他以前的情妇，也就是那姑娘的母亲，以保存在一个小室内的一具木乃伊的形式出现并像只鹦鹉那样人云亦云。在《鬼魂奏鸣曲》里，斯特林堡设计了一场荒诞的情节结构。让死尸、亡魂与活人同时登场。这是一个自欺欺人的家庭，在这一场里，“他们围成一圈默默无言地坐着”，像是茶会上各自心怀鬼胎的一群坐着不动的人。人人口是心非，表里不一，而他们每个人都装模作样，而汉姆尔则一一把他们揭穿。他一直快活地这样干着，但到了最后，先前一直那样自信的他，这时却被那位木乃伊戳穿了其真实面目，随之他便也开始像鹦鹉那样学嘴学舌了。“老人”是死亡的带来者，是吸血鬼，这时便加入到这些活死人的行列里，开始了全剧中的重场戏——即与鬼魂共进晚餐。“鬼魂的晚餐”最初本是这出戏的标题，而这种阴森可怕的场面则是构思该剧的核心。

在最后一场里，我们随着“大学生”穿过这屋子暴露无遗的核心地方，一直走到摆满风信子的卧室，其间仿照的是一个爱情的场面。舞台美得有似天堂，但“年轻女士”那使人动情的青春与娇媚得一触即碎的美实际上却是处于腐朽之中：她那寄生虫似的“厨子”正在把她周身的血吸干。然而，“年轻女士”本人也被人揭露是另一种吸血鬼。面对自己这种丑恶的真实，她活不下去了，随后尸布便盖住了她。于是，带来生命的太阳把一大片阳光射了进来，而“大学生”也从她的奴役下摆脱了出来。房间消失了，阿诺德·波克林的油画“死亡之岛”在一片“柔和、甜蜜、忧伤”的乐曲声中出现了，而这乐曲声听来就像是从那个岛上传过来的。

《鬼魂奏鸣曲》1908 年在“密友剧场”举行首演，评论者们对之进行了猛烈的抨击，结果只演了 14 场便停演了。直到 1916 年，该剧才得到人们的注意并开始逐步被认为是戏剧史上的一部重要作品。

使《鬼魂奏鸣曲》获得最大注意的导演是英格马·伯格曼，他分别于1941年、1954年、1973年执导过此剧的3次演出，一次比一次更有吸引力。伯格曼认为此剧是第一部荒诞派剧作，又是瑞典最伟大的一部剧作。他甚至把《鬼魂奏鸣曲》当做斯特林堡本人的梦来处理，突出其从部分的现实主义向怪诞成分的变化并在演出中间多次在布幕上映出作为一个老人的斯特林堡的巨大画像。伯格曼还通过一人饰双角的办法来增强此剧的连贯性和一致性。他要同一个人饰汉姆尔与"大学生"这两个角色，目的就是为了突出从一代人到另一代人的经验的重复，但实践证明这是不可能的。他又让同一个演员饰演"年轻女士"和木乃伊却取得了出奇的效果，他甚至让女演员头上梳的发式和双臂抱持的姿势与那雕像一样，从而使雕像的存在含有更多的用意。

为了增强恐怖感，突出腐败与腐朽这一主题，伯格曼在舞台呈现方式上进行了大量的创新与实验。伯格曼对此剧的处理所产生的最后效果是一种冷峻的表现主义式的批判，批判的对象是构成了《鬼魂奏鸣曲》的那些卑鄙的人们。

在《鬼魂奏鸣曲》里，斯特林堡用一种与现实主义截然不同的手法，设计了一场荒诞的情节结构。作者让活人与死尸、亡魂同时登场，通过老人汉姆尔和木乃伊的一场戏，把登场人物几十年间的恩仇纠葛一一展示，把物欲横流的资本主义社会里人与人之间互相倾轧、虎视眈眈的世相，刻画得淋漓尽致。在作者笔下，人间是一个罪孽深重、苦难无穷的世界，充满着迷惘、罪恶、苦难和死亡，在这里找不到贞洁的姑娘，找不到体面和忠诚，这类崇高美德只能到童话世界里去寻找。人生活在这样的环境中，永远感到痛苦，只有死亡才能使人得到解脱。虽然全剧的基调由愤世嫉俗的情绪和偏激的语言构成，在结尾处，作者仍然表达了对理想和光明的向往。

三

从19世纪末叶到20世纪初期，是欧洲文学史上一个波澜壮阔的时代。19世纪的现实主义手法已不能满足作家的要求。一些具有创新意识的作家纷纷开始探索新的创作手法。自然主义、象征主义、颓废主义等新流派相继产生，在意识流小说萌芽的过程中，表现主义也开始破土而出。在短短的几年里，它迅速发展成为西方现代派文学中的主要流派之一，创作上以戏剧、小说为主。它的创作方法对后来的荒诞派戏剧有直接的影响。斯特林堡在他的《鬼魂奏鸣曲》里，用一种非理性主义的哲学来观察社会和人生，把人生写成本能与欲望冲突的过程，社会则被写成一个类似疯人院的病态世界。

表现主义认为，文艺的目的不是为艺术而艺术，不是给人们提供一种美的享受，而是为了改造社会，改造人们的生活进程；自我是宇宙的中心和真实的源泉，因而强调表现“本质的东西和深藏在内部的灵魂”；艺术是表现，是创造，而不是模仿；内容与形式应该有机地结合起来，而且为了加强表现力，应该打破各种艺术种类之间的界限；在反映现代资本主义社会各种异化现象的同时，强调描写人类永恒的品质。

斯特林堡作为表现主义的先驱，他的《到大马士革去》被认为是欧洲最早的表现主义剧本。这出戏是由主人公一人的独白和幻觉而展开的。在这部作品里，作者自比“陌生人”而被迫就像萨奥鲁斯曾去大马士革一样——向“无形者”屈服。《鬼魂奏鸣曲》里活人、死尸、亡魂同时登场，梦境与粗糙的现实别具一格的混合，都带有明显的反传统的特点。通过怪异的方式表达主观精神，以沟通内心的幻象；不是模仿自然，而是再造现实，追求一种由思想和幻觉构成的内部世界。提倡下意识地表现瞬间，以展示灵魂深处，表达神秘感。它谋求一种心理的和精神的现实，反对描写，反对解释，更反对转弯抹角、遮遮掩掩，主张用诗一般简练的语言，通过象征、隐喻、抽象、压缩等方法，直接明白地把事物的“原形”逼出来。

在戏剧领域，表现主义的共同特征是内容荒诞离奇，结构散乱，场次间缺少逻辑联系，情节变化突然，鬼魂与活人同时出现，生与死、梦幻与现实之间没有明确的界限。人物类型化，只能充当抽象概念的象征。

表现主义戏剧不注重环境的写实和性格的刻画，而是采用象征的手法，赋予抽象概念以一定的形式。《鬼魂奏鸣曲》中的人物分别用“老人”、“死人”、“木乃伊”、“大学生”、“上校”等来表示，我们看不到栩栩如生的人物和典型化的环境，作家正是通过这些象征性的隐喻来寄托自己对社会的愤懑。特别是剧中的人物和大量舞台形象的象征性，始终让人无法把握，而与现实的联系也过于单薄。此外，众多人物的动机也从未充分加以解释，他们互相之间的关系始终模糊不清。剧中豪华的邸宅也是一个抽象的象征物，象征着虚幻的世界和丑恶的现实。

表现主义认为，艺术创造的过程就是表现人的内心世界的过程。为了做到这一点，剧作中大量采用内心独白，强烈的对比，表现人物复杂、多变的内心世界。把人物的内心活动变成了看得见、摸得着的视觉形象，使人物思想感情得到了强有力的表现。

《鬼魂奏鸣曲》作为表现主义戏剧的先驱之作，在强调作家的主观感受、通过怪异的方式曲折地表现现实上，为表现主义文学开了先河，对后来的现代派戏剧产生了深远的影响。

【参考书目】

1. 《中国大百科全书·戏剧》，中国大百科全书出版社 1989 年版。

2. 廖可兑：《西欧戏剧史》（上册），中国戏剧出版社 2001 年版。

3. 李万钧、陈雷：《欧美名剧探魅》，海峡文艺出版社 1987 年版。

出路在何方

——凯泽的《从清晨到午夜》（1916）赏析

德国著名的表现主义剧作家盖欧尔格·凯泽（1878—1945）以勇于探索的精神、非凡的艺术才能在其整个艺术生涯中创作了四十多部戏剧，他的戏剧风格多样，结构流畅，语言简练深刻，以大胆的视角向欧洲传统戏剧美学原则进行了有力的挑战，为现代派戏剧突破从19世纪以来现实主义戏剧一统天下的局面作了不懈的努力，并成为20世纪德国舞台上重要的表现主义戏剧家。

一

1878 年 11 月 25 日凯泽生于德国马格德堡的一个商人家庭。他早年是个过于敏感的孩子，患过癫痫病，不爱上学，对于戏剧和音乐很感兴趣。他也曾学习推销员的业务，1898 年被一家发电公司派往布宜诺斯艾利斯工作，后因气候和疟疾问题不得不缩短他的工作时间回到德国来。1901 年，他曾见到当时有名的德国戏剧家魏德金德，早期从他那里接受了不小的影响。在他的《卡莱市民》（1913）问世以后，凯泽不仅成了著名的剧作家，而且取得了表现主义戏剧家的领导地位。他勤于写作，毕生创作了六十余部戏剧。他的创作事业是和德国表现主义运动紧紧联系在一起并同时达到顶峰的。第一次世界大战结束后，他写出了大量的戏剧。在希特勒上台以前，只有他像豪普特曼那样，是德国戏剧界经常有戏上演的戏剧家。但是在这一时期，他仍旧住在柏林附近过着贫苦的生活。1921 年凯泽被指控为共产党遭到逮捕，他为自己辩护——

法律对我并不适用。一个作出如此多创造的人，应该享有优先的豁免权。

我对自己负的责任要高于我对法律负的责任。

那种认为法律面前人人平等的说法是毫无意义的。

我不是“人人”，我是伟人，所以我有权打破法律。

即使我会被人认为幼稚可笑，我还得宣布，我是个不容置疑的伟人！

我的被捕不仅是我个人的灾难，而且是整个民族的灾难。为此，我们的国旗应该下半旗。

德国法西斯匪帮是敌视凯泽和他的作品的。希特勒上台以后，凯泽的剧本被禁演，他的德意志学院成员资格也被剥夺；但是他仍然继续写戏，只是尽量避免当权者的干预，把创作主题放到个人生活上去了。1938 年，他在贫困中应一位瑞士戏剧家的邀请到了瑞士，在这里他还是不断地进行创作，并把创作主题又转到反对德国纳粹政权及其发动的战争和军国主义的残酷性和愚蠢上来了。与此同时，他努力研究古希腊文化，利用希腊神话写戏，借以反映他对于人类前途的希望。1945 年 6 月 4 日他死在瑞士小城阿斯柯那。

凯泽可称得上一个多产作家，一生创作颇丰，共有 74 本剧作、3 部长篇小说、170 多首诗等问世。第一次世界大战后有 40 余部戏剧作品被竞相译成多种文字，在国内外演出。

在德国剧作家中，凯泽被称为“思维剧作家”。他的作品反映了一定的现实生活，更多的是他的主观幻想。无论就其作品的表现内容还是形式来说，凯泽都使表现主义戏剧创作达到一个新的层次。他的作品紧扣时代脉搏，围绕人的痛苦和觉醒，寻找“新人”成为他的中心主题。其中的人物乃是各种力量和思想意识等等的拟人化，通过他们的生活说明人类在机器社会里丧失个性，然后经过爱情力量和牺牲精神得到拯救。在这里要求人类新生的表现主义观念是和人道主义观念紧密地联系在一起的。同时凯泽也把自己对人类社会发展进程的几个阶段的思索依次通过这一系列先后问世的剧本在舞台上表现出来。和一般的表现主义戏剧一样，凯泽的剧本具有各种各样的主题，没有传统的情节发展过程，而是表现一些连续的场景。他的作品风格多样，具有缜密的逻辑性，结构流畅，舞台场景变化极快，犹如电影中的镜头切换。语言深刻、简练，常用电报、口号式的短句，重复句很多，通过快速、高声调、强节奏而又冗长的独白表现出人物的感受。再加上音响和灯光效果的运用，使他的剧作成为 20 世纪初叶德国舞台的重要实验戏剧。总的来说，作为表现主义戏剧创作的先锋，凯泽一方面拓展了戏剧空间，把大都市、大工厂搬上了舞台；另一方面，他塑造了现代社会中无个性、职业化、抽象化了的典型舞台人物。这一创作方向对 20 世纪二三十年代的德国及美国社会批评剧都产生了深刻的影响。

二

《从清晨到午夜》的剧情梗概是一个银行出纳员在小城 W 与母

亲、妻子和两个女儿过着平淡的市民生活。全剧七场。

剧本的第一场是“外地银行内景”，写的是一个从佛罗伦萨来的阔太太要在这个银行支取3 000马克的活动。表面上，作者主要是描写她和银行经理之间的交谈，出纳员坐在一旁，未曾和她互相交谈一句话。实际上通过他的个别动作和表情的细节，作者已把他被阔太太迷住的心理活动完全揭示出来了。在这场戏的结尾处，我们就看到“出纳员连忙往衣袋里塞钞票，然后从衣钩上取下外衣……走出屋子。”不难设想，他是找阔太太去了。作为给主人公造成致命后果的情节，这可以说是写得再简单不过了。从这场戏里，我们还可以看到戏剧语言的简洁性，它的表达力也很强。事实证明，出纳员离开银行以后，果然就到阔太太这里来了。

在第二场里面，他偷来了6万马克，表示希望和他一起逃走。但是当他发现她并非想像的那种坏女人时，他就感到事情不妙，马上离开了她，决定一个人卷款潜逃。这场戏也只是在出纳员一来一往的顷刻间进行。作者注意描写的还是他此时此地的内心世界。

第三场戏更简单，它只是一个很长的独白，表现出纳员从阔太太住的旅馆逃到积雪很深的原野，他在这里演的是独角戏。此时恰是正午，太阳透过一丛低垂的树枝，投下蓝色的阴影。在这种情况下，作为一个逃犯，出纳员由于神经紧张而产生的反常心理和下意识活动是显现得特别清楚的。忽然间，天际里卷来了一阵风雷，这就更使他感到他的问题的迫切性，于是树变成骷髅的幻象出现了。骷髅象征着死亡，这积雪的原野象征着墓地。白茫茫的一片，四大皆空，这里显然就是一个窃贼的最后归宿。那么出纳员为什么不在这里死去呢？看来这象征着生命和希望的春风和阳光，显示了大自然的迷人之处，因此他虽然想到严酷的现实将要无情地夺去他的生命，但是眼下他还不愿死。

那么他想到哪里去呢？对他来说，最好还是回家一趟，于是在第四场里他就回家了。这是剧本里悲剧性最为强烈的一场戏。生死有命，听其自然，他是怀着这种无可奈何的心情回家的。事实上，他已不是正常人，神智越来越不清醒，讲的那些含含糊糊的话使家人听了感到心惊肉跳。最后他还要坚持离开家里，到外面去好好过一天，结果弄得家破人亡，十分凄惨。

第五场的背景在室内自行车比赛场的一间办公室。正要举行一场自行车比赛。一些犹太绅士和办事员走出走进，他们的衣着和形象非常相似，这也是表现主义喜欢建立的集体形象。从此，剧本的意义在扩大，从个人、家庭，扩大到国家民族。这就是社会现实，是战场，是整个德国的象征。这些绅士实际上都是商人。在他们看来，赛车也像打仗，不管谁胜谁败，谁死谁活，他们照样可以赚钱。但是在出纳员看来，在赛车场上，人如潮涌，热血沸腾，一切桎梏都被打破，哪一等级的人都不受阶级局限，谁都不受礼仪的束缚，虽不太干净，却是自由的。可恨的是，就是这一点自由活动也被皇室成员的出现破坏掉了。出纳员不仅对皇室成员而且对那些在皇室成员面前俯首帖耳的奴才也表示了他愤怒的感情。

在第六场里，出纳员走进了一家有歌舞表演的餐馆，准备大吃大喝一顿。他不知道要什么，但一切都要最高级的。接着他带进几个假面人，这也是表现主义戏剧中常常出现的人物，是表现主义戏剧艺术的特征之一。这些假面人是女人。他们醉生梦死，苦中作乐，反映了战争时期人们无可奈何的颓废心理状态。出纳员让招待员为他安排了食谱，其实他已感到死神即将来到，对任何东西都不发生兴趣。他在餐馆挥金如土，对于为救世军募捐的小孩却一毛不拔，这也表现了他自己对待战争的态度。接着，出纳员又招来一个舞女，为他跳舞。可那个舞女却迟迟不跳。出纳员又掏出钱来，这才发现那个舞女的一条腿是假的。出纳员失望至极，扔下一张 1 000 马克的钱币夺路而去。出纳员在夜总会的怪异举止引来了两个绅士模样的人，他们来到出纳员的包间，发现了出纳员留给侍者的 1 000 马克，两人便无耻地将钱拿走了。

到了最后一场，出纳员走进救世军布道厅。这里反映的是资本主义社会生活的又一个侧面，其中充满了讽刺意义。那些教人悔过和悔过的人都同样是些没有灵魂的人。我们甚至不了解他们讲的话是什么意思。有一个救世军士兵说：“我给大家讲讲我犯的罪。在我过去的生活中，我从来没有想过我的灵魂。我关心的只是我的肉体。我的身体养得又肥又壮，好像一堵厚墙；我的灵魂堵在墙后面，一点也显露不出来。我利用我的身体寻找名利，这堵墙又厚又大，灵魂在他的阴影里面越来越萎缩……”这里反映了尼采哲学对作者的思想影响。为了获得自己的灵魂，人们必须坦白他们的罪行。出纳员最后不仅坦白他偷窃银行巨款的行为，而且把他偷来的钞票扔出去了。可笑的是，当钞票一落下来，人们马上就伸手去抢接，并因此打得难解难分，使整个大厅乱成一团，只有救世军女孩一个人在讲台上，自始至终没有参加这场混战。没想到警察一到，她便迫不及待地把出纳员指点给他，说是奖金应该发给她。至此出纳员才发现，女孩也和一般群众一样，并不同情他。

剧本结尾时，大厅里的挂灯霎时间全部熄灭，从左边射进一道光线照在缠绕着的一团电线上，它构成了一具骷髅的轮廓，警察封住了大厅唯一的出口。面临此景，出纳员发出了绝望的质问：“出路在何方”，然后开枪自杀了。出纳员在这里找到了离开人间的道路。

表现主义戏剧强调揭示各式各样的灵魂，出纳员是个绝望的灵魂。他的生命最后一天的痛苦经历，主要是他的精神状态和心理活动，在《从清晨到午夜》中有着强有力的表现，具有“引起怜悯与恐惧来使这种感情得到陶冶”的作用。它是一部现代悲剧。

三

《从清晨到午夜》是凯泽的早期成名作，写于1912年，1917年4月在慕尼黑首演，并在三年后被改编成电影。在从清晨到午夜这一具有象征性的昼夜轮回里，凯泽通过描写主人公的种种经历，塑造了一个与严酷现实世界发生冲突、觉醒了的个人以及他悲剧式的命运，从而深刻地揭露了金钱的本质及资本主义社会的种种弊端。本剧围绕着三个主题展开。

一是对金钱至上的否定。剧情展示了金钱的二重性——金钱的万能与无能。以“钱”为线索，剧作者层层展开，将笔触深入到人性的痛苦及人类挣脱这种痛苦的种种尝试。在凯泽笔下，出纳员并不是因为贪婪而偷钱，他把钱作为通向自由世界的手段。出纳员在有了钱之后，并未受到钱的束缚，他唯一的目的只是要用钱来交换那种能将命运掌握在自己手中的自由自在的平等生活。《从清晨到午夜》中的银行出纳员身居金钱世界的中心，每天像机器一样机械运转，来自意大利的夫人所具有的异国风情唤起他对陌生世界的向往和对爱情新生活的渴望。他一厢情愿地周密策划了与那位夫人携款出逃的计划。在他将钱送到贵夫人房间，并要求她跟随自己一起离开时，误认为贵夫人与其丈夫同来，说道：“他在哪？我要和他谈判，他会和我谈的。我有办法，我该给他多少？……我可以出1.5万！……2万、5万！”当他卷款潜逃，遭到阔太太的拒绝后，他已无路可走，只有逃亡。畏罪潜逃是他行动的动力，在潜逃的过程中出纳员通过各种生活场面感受到了金钱的魔力。

再譬如第六场舞厅餐馆一场戏，出纳员这时非常有钱，他想用这钱来享受一下，他对这灯红酒绿的花花世界曾是梦寐以求的，这时他向侍者要最好的美酒佳肴，然而当这一切欲望都实现以后，出纳员从潜意识里对这一切并不能认同，因为他的经济地位并不属于这个经济阶层，不可能经常出入这个地方，他感到陌生，感到失落、茫然，戏剧中出现的假面舞女实际上是出纳员内心世界的一种折射，已成定式思维和世界观的出纳员只能悄悄地离去，而不可能做出违反常规的举止。

又如出纳员在体育场一掷千金的豪举。他自己对赛车一无所知，对比赛结局以及工作人员如何分配自己的奖金毫不关心，他只是沉醉于因为自己而煽起的全场观众的激情当中，他在体育场上观赏的是观众由此而爆发的狂热——不分贫贱、不分富贵、不分座位等级，整个体育场“从第一排到最后一排都被激情融合在一起了，差别消失了，伪装都褪去了，只有激情……就要这些，值了……”，“去掉那些标签——自由、人类、自由的人类，不要等级——不要差别

——不要阶级……不要纯洁，只要自由！”而当全场观众因为皇帝的到来现出奴隶般的虔诚、顺服时，出纳员深感失望，他收回了赏金，表现了他对权势的蔑视和憎恶：“我不想浪费我的钱……你们以为我疯了，会为了听几声狗叫而扔十个芬尼吗?”

出纳员一直都在寻找着一种值得他用所有的金钱去等价交换的“商品”，却始终没有找到。在救世军集会上，人们将他扔在地上的钱哄抢而光，而他爱着的姑娘也在金钱的诱惑下出卖了他。由此，凯泽警示世人金钱的毁灭作用，并借主人公之口，指出了金钱的本质：“金钱贬低了价值，金钱掩盖了真实，金钱是所有欺骗行径中最低级的把戏。”

二是对人们的心灵失落和沉沦的描写。凯泽笔下的大都市 B 很容易使人联想到当时的首都柏林（Berlin）。以夜总会里两个道貌岸然的绅士为代表，凯泽揭示了在物欲横流的社会中人性丧失，没有同情心的阴暗面：这两个人将出纳员留下的 1 000 马克酒钱揣入自己的腰包，准备去舞厅寻欢作乐，侍者发现酒钱不见了，苦苦哀求：“……我有老婆、孩子，我已经失业 4 个月了，又得了严重的肺病，您们不会让我再遭不幸吧?”这两人却无耻地说道：“你的肺病跟我们有何相干？我们也有老婆、孩子。……我们可是正经客人，喝多少，付多少。”随之将侍者反锁在包间内，扬长而去。侍者砸门不开，发出绝望的喊声：“让我出去，你们用不着付钱了。我去跳河！”这一场景的刻画，以及剧作者借救世军集会上作忏悔的众人之口暴露的社会弊端及人的种种卑劣行径，都无一不表明了当时社会及人的畸形病态发展：“疾病和犯罪是这个散发着沥青味的城市中最平常不过的。这是一场大的瘟疫，谁都不能幸免。”

三是对虚假的宗教狂热的揭露。凯泽用介于喜剧与正剧之间的艺术手法表现了人们在救世军集会上作忏悔的情景：军官声嘶力竭的鼓动，听众的窃笑、怪叫声、斥骂声一直充斥整个会场。当出纳员自以为终于在宗教中找到了解脱，而把钱撒向空中作为赎罪时，却引起了前来忏悔的众人，包括救世军士兵的哄抢。这个场面无疑是对整个事件的莫大讽刺。人们一面在慷慨激昂检讨自己如何只为获得功利、名誉、金钱而奋斗，口口声声要珍视心灵，重建信仰，而一面却又无法抵住金钱的诱惑，就连救世军中的姑娘也为了几个赏钱而出卖了他。人们的虚伪、宗教的空洞可见一斑。在充分展示了出纳员与他身临的环境发生的种种冲突之后，死亡便成了他在这个无情的世界中的唯一出路。

出纳员没有在金钱世界里找到安慰，而是在具有象征性的特殊环境中，分别同各种各样的人物交往，构成了一个又一个戏剧情境，发生了不同的戏剧冲突，使他对金钱的信念在这个充满欲望的社会中逐渐得到检验、碰撞。戏剧的结尾出纳员虽然被金钱势力毁灭了，但他终于在救世军的聚会堂中，在众忏悔者的感悟中找到了灵魂的归宿。

四

剧作家为了成功地塑造出纳员形象，在创作时采用把剧中人物心理活动外化、情节化、动作化的艺术手法，注重人物性格的共性描写，运用表现主义戏剧常用的链式戏剧结构，鲜明地表现了凯泽表现主义戏剧的艺术特色和审美趣味。

1. 心理活动外化、情节化、动作化

欧洲传统戏剧在表现人物内心世界，塑造人物性格时所运用的戏剧手法之一就是内心独白，一般来说这种内心独白是戏剧人物一种具有理性思维的心理活动，它是一种成熟的，而非随意的、显露于外的心灵世界。然而表现主义戏剧在描写人物的内心世界时所运用的主要方法也是内心独白，但这种内心独白严格区别于传统戏剧。表现主义戏剧中的内心独白是一种似梦幻的、潜意识的、带有很大随意性的心灵自白，剧中人把自己内心深处的潜意识外露出来，全面展示出自己的心灵世界以及意识的流程。由于这种心理活动带有很大的偶然性，缺乏一种理性的逻辑成分，思想意识流动快、跳跃性比较大。

戏剧人物心理活动外化、情节化、动作化在《从清晨到午夜》第三场中表现得比较突出。出纳员窃巨款后打算同阔太太一起出走潜逃，但他遭到斥责和拒绝，这时的他何去何从心中非常茫然，因为他已失去了精神的依托和道德的支撑点，似幽灵一样鬼鬼祟祟地溜到了郊外一片积雪很深的原野上，此时此刻出纳员的内心冲突是激烈的，意识流动是迅速的，思维路线呈放射性状态。他心怀惆怅，思绪万千，他用内心独白表述了自己的心情，他认为人像一架奇怪的机器，由人联想到手，再想到两只袖口。出纳员想到了自己早上还是一个非常可靠的雇员，到了中午却成了彻头彻尾的坏蛋。出纳员想到了自己的太太，想到了银行的经理，想到了6万马克；他想到了警察的追捕，想到了自己这样漫无目的的游荡。剧作家凯泽在这里运用了人物心理活动外化、情节化的方法使人物的心理活动完全突破了戏剧情节的框架，成为作品的中心内容。欧洲传统戏剧在表现人物内心独白时都伴随着情节的发展，这种内心独白常常依赖于人物的语言和行动等外部动作来表现，是戏剧情节的附属品。在这部戏剧中，人物心理活动已不再是附属于情节主干上的枝叶，而成为剧作家所追求的中心，这也许是剧作家为了表现银行出纳员那种惊恐不安，情绪波动，以及心灵与思维竭力摆脱戏剧情节束缚的一种方法。

表现主义戏剧善于剥开掩盖人物心灵的外表深入到人物的内心深处，将隐藏在背后的真实，即心理的真实直接揭示出来，将人物主观感受加以外化，使之成为诉诸观众听觉或视觉的有力动作。《从清晨到午夜》第三场中在积雪的原野上，树木在出纳员直抒胸臆的过程中渐渐变成一具骷髅。在这里作家把道具化为现实中人物心灵的折射物，将人物心灵的思绪外化，成为人物“第二自我”。凯泽把出纳员在特定环境中精神上所受到的严重折磨，用象征的道具把人物心中的死亡意识形象生动地表现出来。《从清晨到午夜》采用了将内心冲突外化手法，从而打破了写实主义戏剧直抒胸臆、白描景物的老方法，体现了表现主义戏剧的主观性与内向性。

《从清晨到午夜》第六场中出现了四个假面舞女，从表现主义戏剧实践来看，面具的使用在于揭示人物内在心灵的复杂含义，使之成为心理的直观形象。假面舞女的出现对出纳员来说，表现出对周围环境有一种距离感、陌生感，这种感觉的出现是因为这个地方并不属于他这个阶层。因而当出纳员走进这座豪华的餐馆时仿佛是进了一个梦幻的世界，戏剧在这里为观众了解出纳员此时此刻的心理活动提供了依据。从这部戏剧我们可以看到将内心独白化为戏剧的情节，将心理活动外化为观众一目了然的戏剧动作，这是表现主义戏剧所追求的目标。

2. 重共性而非个性化的人物性格

表现主义戏剧在塑造人物时往往着重人物的共性，而非个性化的人物性格，这一艺术特性深受德国美学家沃林格以及德国表现主义绘画艺术的影响。

德国美学家沃林格有这样一种观点，在纷繁复杂的事物变化中，抓住某些稳定的因素，用一种抽象的形式使它获得永恒，从而使内心与外界保持平衡，导致精神的解脱和心理的平静。表现主义戏剧是剧作家对客观世界的主观反映，是用一种概念式的艺术形式来概括外界纷繁复杂的生活。表现主义戏剧是剧作家一种心灵的外化物，因为表现主义剧作家反映外部世界是用自己的心灵和感觉来体验的，带有很强的思想性和抽象性，剧中人是剧作家主观感受的产物，具有很强的共性而非个性化性格。剧作家凯泽的确抓住了剧中人物这个稳定的因素，将自己抽象的思想和千变万化的外界生活融合在一起，化为人物的行动。《从清晨到午夜》的剧中人身上表现了许多抽象的、类型的东西，这完全同作家反映现实的方式是相通的。出纳员的形象是作家内心世界对外部环境思考的一种结果，其有一定的现实性，但同时，出纳员又具有抽象性，因为他并不是以某个人为原型，具有独特的个性，他是作家对外部世界的一种抽象的感受和思考。在戏剧中我们也同样能够感受到作家虽然对人的复杂内心冲突比较感兴趣，但却无意于这一内心冲突属于张三或李四，在戏剧中我们只能看到代表人物的职业或某种关系的名字，譬如在这部戏剧中的出纳员、阔太太、经理、胖绅士、跑腿的小孩、紧裹围巾的人、阔太太的儿子、出纳员的母亲、妻子和女儿，还有救世军女孩，救世军军官，假面女人一、二、三、四，救世军士兵一、二、三、四等等。从以上情况我们可以看出这些人的职业和关系在作家的眼里只是一种变相的面具，它表现着某一类人的外部面貌，象征着某些人的基本特征。这种象征是暗示性的，而非一目了然；它是人物心灵中的一个面具保护层，给人一种抽象的视觉感，你要去查询他到底是这一类人的哪一个这完全是多余的事情。作家在表现这种人物的外表时使其具有了普遍性，使得人们在认识这些人物的同时，能将他们提高到一个哲理的高度，因此他们能够成为某一类人物的代表。另一位德国表现主义戏剧作家托勒说过："在表现主义戏剧中，人物不是无关大局的个人，而是去掉个人的表面特征，经过综合，适用于许多人的一个类型的人物"。

表现主义戏剧《从清晨到午夜》不同于现实主义戏剧的最鲜明的特点在于剧作家对现实的视角，现实的人在现实主义剧作家眼里是复杂的，具有鲜明的个性，充满着矛盾的性格，现实社会是人物赖以生存的环境；而表现主义戏剧则认为这种复杂性并不是某人特有的，而是带有普遍性意义的，纷繁复杂的现实只不过是人活动的场所，人与现实是陌生的又是认同的，人的心灵中有自己的一份天地。

3. 链式戏剧结构

关于戏剧结构最早是古希腊文艺理论家亚里士多德提出来的。他在《诗学》中强调戏剧行动（情节）整一性时特别指出："有人以为，只要写一个人的事，情节就会整一，其实不然。"亚氏在书中竭力主张把戏剧作品中纷繁曲折的布局和情节锤炼成"一个完整的行动"。这里不是指一个具体的行动，一个孤立的举止，而是指戏剧内在结构极为完整、紧凑、合理的一系列行动。亚里士多德这种观点影响欧洲戏剧达两千年之久，现代西方戏剧仍然沿用这种观点，然而表现主义戏剧《从清晨到午夜》却对这种戏剧结构模式提出了有力的挑战。

《从清晨到午夜》被称作现代道德剧。剧情很简单，不分幕，总共有七场戏，一天的时间象征着人生，银行出纳员从剧本第一场到第七场的活动，是一个人全部然而是被扭曲了的生活经历，写得很集中，每件事都很新奇却没有因果关系，只是由主人公的行动联系起来。戏剧动作都是在梦魇的气氛中进行，它揭示了主人公的紧张而又反常的心理活动和潜意识的活动。地点是到处移动的。剧中人物很多，都像中世纪道德剧中的人物那样抽象，没有一个人有具体姓名。这种结构不同于传统戏剧结构模式，从戏剧矛盾的开端、发展、高潮、最后矛盾解决，有一系列动作贯穿全剧。在《从清晨到午夜》中每一场都有新的情境，每一场都有戏剧的矛盾、悬念，但是这些矛盾都是在本场次中从发生、发展到解决，使每场戏剧都能成为一个独立的单位，你甚至把其中个别场次删掉戏剧也能继续演下去。每一场戏仿佛像散乱的珍珠一样被出纳员的行动线索穿在一起，使全剧有机地统一起来。

【参考书目】

1. 袁凤殊：《20 世纪西方现代派文学名著导读·戏剧卷》，天津人民出版社 2000 年版。

2. 汪义群：《西方现代戏剧流派作品选》（第三辑），中国戏剧出版社 1992 年版。

3.《中国大百科全书·戏剧》。

4. 周江林：《对抗性游戏》，中国人民大学出版社 2003 年版。

为和平而写作

——托勒的《变形》(1918)赏析

表现主义产生于20世纪初的德国，1910年到1925年被看做是表现主义的全盛时期。在这十余年中，西方社会发生了重大变动，既完成了工业技术的重大革命和经济的飞速发展，又经历了人类历史上一场最大的战争浩劫。这些重大变化对西方人思想和心理上所造成的巨大影响，在表现主义戏剧中都得到了真实的反映。德国著名剧作家托勒的《变形》就是这样一部作品。

一

托勒（1893—1939）是德国剧作家、表现主义戏剧的代表人物之一。1893年托勒出生于普鲁士的边缘城市萨摩奇的一个犹太商人家庭。萨摩奇的社会结构类似卡夫卡笔下的布拉格。小城里居住着德国人、犹太人和波兰人。人与人之间因为种族、宗教和社会地位的差异而分离出不同的阵营。德国人与犹太人因为经济上共有的优势而结成反波兰人的同盟军。当时尽管没有公开反犹，但是德国人和犹太人之间也存在看不见的限制和距离。托勒过早地体验到社会的不公平。

1914年第一次世界大战爆发时，托勒正在瑞士学习法律，宣战的那一天，他回到德国。像许多年轻的大学生一样，托勒被卷入统一的狂热中……不再有党派，不再有种族之分，所有人说同一种语言，所有人维护一位母亲——德国。托勒自愿报名去了前线。在前线，托勒经历了众多的死亡和阵地战的恐怖，他也看到即使面对死亡，上下级之间、德国兵和犹太兵之间也存在不可逾越的鸿沟。现实让他冷静下来，他开始怀疑，无条件承担义务的神话开始动摇。战争的苦难促使托勒转向和平主义。1916年他被准假去慕尼黑，后去海德堡学习文学和国家学。

在海德堡，托勒与著名学者古斯塔夫・兰道尔建立联系，兰道尔《呼唤社会主义》一文决定性地影响了他。1917年托勒对德国的精神生活，头面人物的夸夸其谈、无所事事深感失望，倡议成立“德国青年文化政治联盟”，目的是要联合所有反战和反军国主义的人，以达成跨国家的共识。这个行动虽然未获成功，但在行动“纲领”中托勒的某些主张走在了1920年表现主义政治化之前。他认为应当以爱心激发民众，以“人性”取代“物性”，消除人民与知识分子之间的鸿沟。知识分子应当以“爱”来发掘大众被埋没的人性和创造性，在个人内心转变和觉醒的基础上建立理想的社会。在表现主义运动中，个人远比其阶级属性重要。在《纲领》中出现了表现主义的两个重要概念：纯粹的人类之爱和真实的精神理念。《变形》一剧的部分构思也产生于这个时期。

成立联盟的行动被禁止后，托勒逃往柏林。在此他结识了作家、戏剧家和和平主义者库尔特·艾斯勒。艾斯勒既是知识分子，又是深受爱戴的工人领袖。1918年托勒随艾斯勒前往慕尼黑，参加工人大罢工，并在集会上演讲，罢工失败后被抓入军事监狱。在牢房托勒阅读马恩著作，阅读巴枯宁、拉萨尔及卢森堡，初步接触社会主义理论和社会、经济历史，并完成了剧本《变形》。这是托勒的第一部戏剧作品。

1918年12月托勒参加巴伐利亚“十一月革命”。巴伐利亚成立“委员会共和国”以后，托勒短期出任工、农、兵委员会中央委员会主席和红军指挥官。委员会行使最高立法权，托勒在此期间签署了一系列法令，但无一死刑。战争期间托勒虽然不得不放弃“非暴力原则”，但是他尽量避免流血。1919年4月共和国因寡不敌众而失败，托勒被判5年监禁。

1919年至1924年，托勒在5年监狱生活中创作了《群众和人》、《捣毁机器的人》、《德国人辛克曼》等与政治现实紧密相连的剧作。《群众和人》（1921）是他的代表作，剧本试图表现作者认为无法克服的群众和个人间的对立。《捣毁机器的人》于1922年6月30日在柏林首演，恰逢共和国的外交部长被大学生暗杀后几天。在剧终，当演到群众被奸细煽动以致打死了他们的领袖时，5 000名观众自发地站起来，他们把舞台变成了时代的论坛。而作品与现实的并行发展则在1927年托勒的《喔唷，我们还活着》一剧上演时达到顶峰。这是一个有序幕的五幕剧，其中有一群革命者被捕入狱，判以极刑，等待枪决。一个叫卡尔·托玛斯的人，是这一群人的领导人之一，因神经错乱而被送往疯人院，八年后才被释放出来。原来的革命者当中有人背叛了组织，一个叫基尔曼的人还投靠敌人当了内政部长。其他的成员继续战斗，但改变了斗争策略，变得机灵、和解、为自己打算了。基尔曼要求托玛斯放弃他的理想主义，托玛斯却把他看做是他的主要敌人。托玛斯企图杀死基尔曼，但是此人却被别人杀掉了。托玛斯因此被拘留审查，最后在牢里自杀了。他自杀说明他对人类丧失了信心。本剧非常贴切地表现了战后德国的生活，表现了“黄金的20年代”，一个社会轻浮的、无忧无虑而实际上又危机四伏的生活。

1933年希特勒夺取政权后，是年4月1日戈培尔在其臭名昭著的反犹宣言中提出几名犹太人代表，宣布他们为纳粹意识形态战线的头号敌人，首当其冲的就是托勒。他的剧作被禁演。后来，他经瑞士、法国、英国，流亡到美国，对前途悲观失望，1939年在纽约自杀身亡。

二

《变形》带有自传体性质，全剧由6幕、13幅画面组成，表现了主人公弗里德里希由自愿参战的爱国青年转变为呼吁改造社会的革命者的过程。作者没有写明历史时间和地理位置，剧情展开于“新生前的欧洲”。这是一部表现主义戏剧，情节在这里并不重要。作者着重表现一个人在转变过程中经历的几个阶段，如同一个个驿站，它们往往是象征的梦幻般的，其中的人物也具有抽象意义。

序幕：死人兵营。一位战争中的死者和一位和平中的死者一同来到一片广阔的墓地，这里埋葬着整个连队的士兵和军官。战争死者得意地向和平死者炫耀军队的秩序：随着他的口令，头戴钢盔的官兵骷髅们紧张地操练。和平死者却不以为然，他把这种自欺欺人的战争狂大大嘲笑了一番。

第一站（两个景）：弗里德里希本想成为雕塑家的，现在却到处闲逛，觉得自己变成了传说中注定终生流浪的犹太人阿哈斯文，永远孤独，无家可归。妈妈看他这样，十分发愁，劝他找个工作，为今后打下个基础。可是弗里德里希最听不得这种劝告：让他去学朋友家的那些循规蹈矩的乖孩子；让他去学他叔叔那种商人气；或者跟着妈妈去教堂做礼拜；可这全是白费心机。他看透了这一切，甚至对他父亲，弗里德里希也觉得不能原谅，是他用各种说教限制了他的青春，而母亲尽管无微不至地照料他，也不过是在物质和金钱方面，从来不关心他的灵魂。这时他的朋友给他带来殖民地战争爆发而征集志愿兵的消息。弗里德里希顿时感到振奋，他希望战争能使大家变成一个人，伟大的时代将使人成为伟大的人。

第二站（两个景）：在前线，士兵们纷纷厌战，惟有弗里德里希还自信在为祖国战斗。

一群骷髅兴高采烈地在一起跳舞，庆贺他们终于摆脱了尘世上的一切差别，不分敌我，不分贵贱，不分肤色和男女，人人平等了。

第三站（两个景）：弗里德里希受了伤，躺在医院里。当他听说自己人打了胜仗，杀死上万个敌人时，大吃一惊。难道自己属于那杀死上万人的“胜利者”？难道这就是解放，就是伟大的时代？这些人就是伟大的人？

战争致残的伤兵们求生不得，欲死又无路，痛苦万分。这时一教士跑来传播上帝的福音，护士们给他们分发药物，一位衣冠楚楚的医学教授得意地向学生们宣讲着他的哲理：对消极的军火工业来说，医务工作是积极的休闲养息。二者相辅相成，治愈的士兵又可以去为国家尽义务。残废者们愤怒地拒绝医治，他们谴责这种修修补补的行当，质问他们为什么不早在和平的时候保卫他们，现在已经为时太晚了。

第四站（一个景）：弗里德里希从战场回到家里，精心雕塑了一尊巨大的人体塑像“祖国胜利”。可是胜利是对谁而言，又是谁决定了另一个人是敌人？他常常为此陷入沉思，使工作无法进行下去。这时一对战争中的残废人夫妇进门来行乞。那妇人毫不掩饰她对“祖国”的憎恨：战争仅仅为那些富人和剥削者服务，祖国纵容他们，并且以其他所有人的利益为代价。听了她的话，弗里德里希把他那件即将完成的作品捣毁了。他绝望地准备继续追随犹太人阿哈斯文，永远不停地在荒漠中漫游。这时一位姐妹走进来，告诉他，有一条路可以带他到真正的上帝那儿去，这个上帝是理智、爱和力量，他就和人类生活在一起。而谁要想到人民当中去，谁就必须首先在自己身上发现“人”。但是他必须在黑夜里从荆棘中开辟这条路。傻子会说这是罪恶，而只有他既是被告又是法官。弗里德里希顿开茅塞，他感到眼前有了阳光，他看到了这条路。

第五站（四个景）：一位貌似弗里德里希的人住在一个可怜的工人家里。这个家庭的父亲死于工伤，母亲发了疯，10个孩子中，大的已经早早进了工厂，小的白天忍饥挨饿，晚上肮脏疲倦地上床。

在一座俨然是监狱的大工厂里，监工活像狱吏，工人与囚徒别无二致。看守向非正式的法官诉说一名囚犯的犯罪事实。他希望一个讨厌的人死去，现在他又自杀——他两次犯了宗教的戒规。那囚犯仍旧有一张弗里德里希的面孔。他在自言自语，周围的一切对他来说都是灰色的泥潭，他唯一看到的一朵红花却是他自己的心，这颗心也被灰色的虫子和他自己嚼食了。他喃喃地说，他唯一的罪过是对于他的妻子和即将出世的孩子，人们自己在走着痛苦的道路，还把孩子带到世上，缚在他自己的十字架上。怎么办呢？也许绑上十字架，我们便可以解脱，囚徒就这样痛苦地死去。

在一次群众集会上，一位当年参加过殖民地战争的老人慷慨陈词，他留恋地回顾所向披靡的战场英雄，鄙视如今为饥饿而抱怨的平民；一位大学教授大肆鼓吹科学救国是神圣高尚的事业；一位神甫引经据典地为战争辩护。听众愤怒地把他们轰下讲台，高喊“富人滚开！我们饥饿！”这时一位小职员走上台来，他分析了“国家”、“科学”和“教会与神甫”的实质，号召大家为面包、生活、工作和自己的权利起来战斗，向自由进军。弗里德里希却在这时给激昂喧腾的人群泼了桶凉水。他指出，小职员讲的不过是半个真理，他今天虽然把人民说成是上帝，明天却会说上帝是一部机器，这样，人民就变成了机器。他不懂得人民，因为他不相信自己，不相信“人”。群众对他的话将信将疑。

第六站（两个景）：两个人在攀登一座峭壁，眼看就要到顶上了，其中一个退却了，另一个长相如弗里德里希的人不顾一切向顶峰前进。

群众集会后的第二天，市政厅前广场上，弗里德里希的母亲、叔叔都不理睬他的表白，一个病人和一个妇人也讥笑他的热忱，说他是个傻瓜。弗里德里希向群众发表演说。他述说了自己对各种各样人的了解，但是在他看来，他们不过是真正的人的扭曲了的形象。只有当他们相信自己，在精神上得到充实的时候，他们才真正能够成为“人”。他说了这些话后，号召人们进军，到掌权者那儿去，揭穿他们，到富人那儿去，启发他们的良心，但是要以诚相待，因为他们也是可怜的糊涂人。他最后高喊：穿过我们自由的土地，革命，革命。

三

表现主义的出现轰动一时，标志着艺术史开始了一个新时代。1910 年至 1925 年是这一新的戏剧流派最为兴盛的十五年。但表现主义剧作在这之前就已经产生，并逐渐形成了独特的戏剧题材、戏剧理想和戏剧美学。

在戏剧题材方面，表现主义戏剧有一个由大而小、由外而内的转变。20 世纪是一个革命的世纪、战争的世纪，是空前庞大的政治军事集团之间发生世界规模的大战和进行长期“冷战”的世纪。在 20 世纪的西方，戏剧与政治的关系之紧密，是过去任何一个世纪都不曾有过的。战争题材成为早期表现主义最主要的题材之一。这一点，德国戏剧尤其突出。德国曾经出现过“戏剧政治化”运动，从而出现了像皮斯卡托那样的戏剧家，主张戏剧教育功能的布莱希特出现在德国并不奇怪，他的思想是有传统的。早期德国剧作家如凯泽、托勒等人的剧本中充满了由于暴力、流血和千百万人的牺牲而引起的绝望情绪。事情往往归咎于父亲，他们的暴君式统治象征着当权者的残暴统治。于是，英雄们奋起反抗那种使人与人互相敌视的制度。在表现主义者们看来，只有人的富于诗意的复活，人与人精神上的交往、沟通，才是唯一的出路。但是，它的持续时间不过十来年，伴着革命形势的低落和资本主义相对稳定时期的到来，以及艺术上的一些原因，德国政治戏剧逐渐走向衰落。

随着时间的推移，德国早期表现主义戏剧以世界政治、阶级斗争、反思旧日等“大题材”渐渐缩小为表现个人生活与内心生活的“小题材”。由于这些戏剧实际上表现的是个人与个人之间的政治关系以及主体与自身之间的政治关系，因此，它们仍然被视为“可以用政治标准衡量”的作品。这种题材由大而小、由外而内的转变，孕育了像奥尼尔那样的表现主义戏剧大师。

在戏剧理想方面，表现主义戏剧着重关注理想状态下的人的生存。一直到第一次世界大战以后，表现主义艺术仍旧宣传一种关于“善良的人”的理想。其最主要的题材是，资本主义世界丑陋可怕的日常生活、技术对人的奴役、劳动的机械性和大都市主义带来的灾难。表现主义是一种复杂而矛盾的现象。它在哲学上是唯心主义的，它对现实的理解是非理性主义的，它充满了乌托邦式的理想，这一切都妨碍这个流派深入探索社会发展的历史规律，洞察生活的进程。然而，表现主义艺术对现实提出的强烈抗议使得人们，尤其是那些左翼的艺术家们觉得它与当代有着紧密的联系。表现主义往往通过政治的、社会的旋律来表达它改造社会的理想。尽管它往往采用抽象的表现方式，但毕竟还是强化了戏剧的社会作用。

在开拓新的题材领域之后，表现主义产生了新的美学，并大大丰富了戏剧的表现手段。托勒、哈森克列弗、凯泽和其他表现主义剧作家的剧作提出了“游戏条件”。戏剧演出由许多简短的、迅速变换的场面所组成。心理刻画被社会的和职业的符号所取代，人物形象变得如同机械。演员们掌握了新的表演风格，热衷于夸张与强调。不再需要塑造有血有肉的性格，不需要钻研角色，需要的是强烈地表达精神上的紧张和吞没一切的激情。台词必须响亮地、满怀激情地说出来，起作用的只是台词的节奏，而不是它们的意义。由于追求怪诞与抽象，面具、木偶得到了运用，面部往往化妆成白色或者强烈的色彩。在表现主义戏剧的演出中，现实的轮廓被描绘成歪斜的、仿佛是摇摇欲坠的墙壁。空间经常使人觉得是充满着恐怖。布景失去了历史的具体性和世俗生活的特征，然而却被赋予表现主题的使命。为了体现一定的理念，人物在空间中的分布、他们所处位置的高度便成为极为重要的因素。舞台上的活动地板被分割成许多高低不等的小平台。第一次运用了在斜面上的运动方式，以表现世界的不稳定性。舞台上留出空旷的、暴露的一部分。在这上面是一处略为隆起的、类似讲台的小平台。主人公就站在这上面朗诵慷慨激昂的独白，或发出号召，或对观众进行说教。演出中还有一个最重要的因素是灯光。它创造出舞台气氛，感染人们的情绪。灯光是变幻无常的：光线特写出处于黑暗中的脸孔，勾勒出人物的身影；聚光灯有意地不加掩盖，直接射向人们的眼睛。主人公在光圈中出现，这个光圈好比是一个小平台，是一个自我表现的圈子，而周围是一片黑暗。“灯光导演”就是当时新起的一门艺术。整个演出充满了狂热奔放的朗诵和怪诞的形式，为诉说人类的痛苦和抗议世界的不公平而大喊大叫。它是作为一种引人注目的导演戏剧而出现的。

托勒是诗人，也是政治活动家。特别使他不能忘怀的是1918—1919年德国革命时期他所从事的政治斗争生活。总的说来，表现政治内容的作品在托勒的全部戏剧创作中占有主导地位，他要求以一种新的人道主义社会代替资本主义社会，但是第一次世界大战后德国的政治进程使他大失所望，因而产生了严重的悲观主义思想。

他在剧本里着重表现的是种种抽象概念，而不是具体的革命行动。和凯泽的戏剧相比较，托勒的戏剧更缺少动人的情节，有更抽象的人物性格。他们在许多场合都在彼此进行对话，亮明各自的观点，展开说理斗争，实际上把他们自己变成了作者的思想观点的单纯传声筒。有的评论家也把这种戏剧称做是观念戏剧，这主要是就它宣扬作者的种种观念而言的。作为表现主义戏剧家，托勒在戏剧语言方面却取得了引人注目的成就。它简洁、生动、富于表达能力和文学意味。如果说它也有把句子缩短到令人看不懂听不懂的地步，那应该说是个别的现象。

托勒与布莱希特及凯泽等作家不同，他们的戏剧语言具有鲜明的个人特征和连续性。托勒的每部剧作都属于不同的剧作种类，形式各不相同，四部作品仿佛出自四位作家：《群众和人》是“观念剧”，《捣毁机器的人》是一部仿现实主义的“大众戏”，《辛克曼》是存在主义的“问题剧”，而他在1918年写成的《变形》在今天仍然是最重要的表现主义剧作之一。

四

《变形》一剧于1919年首演。因卡尔·海因茨·马克的导演才能而取得轰动性的成功。在谈到《变形》一剧的写作动机时，托勒说了这样一段话："《变形》写于战争之中。1918年初，我在战地医院用油印机将这些剧本一场一场地印出，将它们交给妇女们在罢工时散发。我写这个剧本时，头脑里只有一个念头：为和平而写作。"

他在自传里谈到了一件看来似乎纯属偶然的事件：一次在挖战壕时，他突然发觉自己的铁镐插进了一个埋在土里的死者的内脏。他当时的感觉是："一个死去的人！不是一个死去的德国人，也不是一个死去的法国人，而是一个死去的人。"正是这一偶然事件，激发了他强烈的反战情绪。这一思想在他的剧本《变形》、《群众与人》中都有所体现。这种和平主义倾向，其特征是反对一切战争和一切暴力。《变形》一剧所表现的战争是一场没有标明时代与地点的战争，就进一步阐明了托勒关于任何战争都是不人道的这样一个观念。

一、表现主义的"场景剧"。它是一部典型的"场景剧"，这是表现主义戏剧的基本形式，最早出现在瑞典剧作家斯特林堡的三部曲《通往大马士革的道路》。这种场景剧形式在凯泽的《从清晨到午夜》中得到了发展，在托勒的《变形》中被推向了极致。

《变形》由6个场景组成，这6个场景进而又分解成13个画面。这13个画面是围绕着第7个高潮画面结构的（弗里德里希的转变）。前6个画面和后6个画面呈对称状态。前6个画面表现弗里德里希从不成熟到经历战争直到觉醒的过程，从第8个画面起觉醒的弗里德里希仿佛又回到起点，重新经历生活，展现了他从觉醒到自觉地呼唤革命的成长历程。

二、现实与梦幻两个场景的交替。在这 13 个场景中，凡遇奇数的场景都是现实主义，偶数场景则带浪漫主义的梦幻色彩。剧作打破了时间、空间以及逻辑顺序，将现实画面和梦境画面交叉在一起，造成了扑朔迷离的梦幻特征。

三、人物的类型化及身份转化技巧。表观主义作家常常着眼于人性中共同的东西，而无意于创造具有个性特征的人物性格。因此，在表现主义戏剧中，常常是类型化的或者抽象的人物代替性格化的人物。表现主义作家既承认人的内心世界的复杂性，又认为这种复杂性并不是某人特有的，它本身是带有普遍意义的。他们感兴趣的是人的复杂的内心冲突，却不去深究这一内心冲突是属于张三的还是李四的。因此，不少表现主义戏剧中的人物，甚至连姓名也没有，我们只知道他们是男人、女人、父亲、儿子或医生、职员、乞丐、妓女，有的甚至用 X、Y、Z 等抽象的符号来代替。托勒曾说过："在表现主义戏剧中，人物不是无关大局的个人，而是去掉个人的表面特征，经过综合，适用于许多人的一个类型人物。表现主义剧作家期望通过抽掉人类的外皮，看到他深藏在内部的灵魂。"除主角外，剧中其他人物也没有清晰的形象，他们既是现实中人，又好像梦幻中人，模糊不清。剧中人物如母亲、朋友、妹妹、战地急救员等等都是主人公的投影，或是他思想的外延。如"母亲"是要表达他对没有归宿的失落，"妹妹"是他忽然觉醒的催化剂。这些人物的出现，伴随着主人公内心活动的轨迹，从各个侧面衬托出他的内心变化。

在表现主义作家看来，文学作品的"真实"，依赖于"内心视觉"的真实，外部世界往往随内心认知的变化而变化。于是，他们放弃了对客观世界的描摹，而着力塑造主人公内心所经历的世界。因此主人公弗里德里希的身份也随着场景的变换而不断变化：一会儿是车厢里一名缄默的士兵，一会儿成了医院的伤员，后来又演变成雕刻家、囚犯、演讲者等等。作者企图通过人物身份的变化来追溯一个革命者一生各个阶段的历程。同时也表明，这个人物有许多共性，代表着芸芸众生。

四是奇特的语言。人物的语言也一反写实主义戏剧那种日常会话式的语言，而代之以夸张的，要么像梦呓一般特别缓慢迟钝，要么像得了热病似的狂热而亢奋的语言。有时用冗长不堪的大段独白，有时又用简短而不连贯的电报体，其目的也是为了将本质从具体细微的外部形态中剥离出来，以表达一种更为深刻、带有共性的东西。

托勒跟随着凯泽把德国表现主义戏剧运动推到了高峰，这是20世纪20年代前半期的事情。这个运动在希特勒上台以后便销声匿迹了，但是表现主义戏剧的影响却相当深远，而且大大地超出了德国的范围。

【参考书目】

1. 袁凤殊：《20世纪西方现代派文学名著导读·戏剧卷》，天津人民出版社2000年版。

2. 汪义群：《西方现代戏剧流派作品选》（第三辑），中国戏剧出版社1992年版。

3. 廖可兑：《二十世纪西欧戏剧》，中国美术学院出版社1994年版。

扑朔迷离的戏剧时空

——皮兰德娄的《六个寻找剧作家的角色》(1921)赏析

1934年瑞典皇家学院将当年的诺贝尔文学奖授予了意大利著名戏剧家皮兰德娄，“因为他果敢而灵巧地复兴了戏剧艺术和舞台艺术”。在获得诺贝尔文学奖为数不多的剧作家中，皮兰德娄无疑是20世纪最具有原创精神的一位剧作家。对世界荒诞的感觉及其理性分析促使他产生了对文学表现形式进行变革的强烈要求。1921年创作的《六个寻找剧作家的角色》就典型地体现了他那独特而新颖的戏剧观念。

一

皮兰德娄（1867—1936），意大利小说家、剧作家。1867 年 6 月 28 日出生于西西里岛阿格里琴托城一个商业资产阶级家庭，先后进入帕勒莫大学和罗马大学学习，后在德国波恩大学研究文学和语言学。1892 年回到意大利，执教于罗马高等师范学校。大学时代曾写过一些抒情诗。由于 20 世纪初发表的长、短篇小说，才使他跻于意大利著名作家的行列。他一生共写了长篇小说 7 部，短篇小说近 300 篇，取名《一年的故事》，共计 15 卷。

但是，真正给皮兰德娄带来世界声誉的是戏剧创作，其戏剧创作可分为三个阶段。

1898—1916 年是早期阶段，作品主要是真实主义的方言剧和表现资产阶级生活的通俗剧，多以家庭生活为题材，揭示人与人之间不正常的关系，谴责资产阶级的社会秩序和道德观念，表现出作家对资产阶级传统价值观念的怀疑，对民族复兴运动的失望情绪。艺术特点是注重写实，并精心刻画人物的心理活动，具有心理的深度和哲理性。代表作是《别人的权利》（1899）、《西西里柠檬》（1910）、《利奥拉》（1916）、《想一想，贾科米诺》（1916）。

1916—1925 年是第二阶段。皮兰德娄在这 10 年里创立了他的独特风格，写出了一批哲理剧、怪诞剧和“戏中戏”式的剧作。1917 年上演的《就是这样，既然你们这样认为》标志着皮兰德娄开始了新探索。这是一出哲理剧，没有完整的故事情节，而以主要人物之间的亲属关系无法确认的事件直喻绝对真理不存在的哲理。作家借用表现主义的手法把抽象的观念寓于象征性的事件和人物形象之中，以主题思想为中心，而不是以情节或冲突为中心将戏展开。从此，他的写作方式从写实转移到主观表现，艺术性质发生了变化。怪诞剧《帽子和铃铛》（1917）、《各尽其职》（1918）、《人、兽与美德》（1919）等描写一些离奇古怪、荒诞不经的故事，用夸张事物的外表形态的手法来揭露事物本质上的变态和畸形。他的两部代表作《六个寻找剧作家的角色》（1921）和《亨利四世》（1922）也创作于这一时期。

1927 年，皮兰德娄的戏剧创作进入第三阶段，这一阶段的戏剧表现出存在主义哲学的思想倾向。《寻找自我》（1932）一剧用精神分析法描写女演员处理职业与爱情关系的经过，通过幻觉、意识流刻画人物的心理活动。这样的作品在表现人物心理活动的手法上有所创新。皮兰德娄还写了 4 部神话剧，表现出对社会、人生和艺术的新思考。他改变了过去否定一切的做法，转而歌颂母性、科学、宗教，肯定这些资产阶级的所谓绝对价值，企图描绘出一个朦胧缥缈的希望。神话剧《高山巨人》（1934）通过一个剧团在巨人之乡演出皮兰德娄本人的诗剧遭到喝倒彩、被驱逐，甚至女主角被杀害的可悲遭遇，表现他对自己作品命运的忧虑和对戏剧艺术的价值的怀疑。神话剧体现了剧作家思想上和创作上的危机。

皮兰德娄一生共创作了近 40 多部剧作，1934 年他获得了诺贝尔文学奖，1936 年 12 月 10 日他安然与世长辞。

二

创作于 1921 年的《六个寻找剧作家的角色》是一部三幕喜剧。

一家剧院的排演场里正在排练皮兰德娄编写的话剧《各尽其职》，六个脸色苍白、幽灵似的人物突然闯进来。他们自称是被作者废弃的某剧本中的人物，想获得舞台生命，请求导演充当作者把他们的戏记录下来并且给予上演的机会。正在排练的戏被打断。导演和演员们觉得他们的话不可思议，认为剧中人是由作者虚构出来的，不可能有真实生命，不相信他们是所谓“剧中人”。“剧中人”之一的父亲便竭力说明生活中的人变幻莫测，有着不稳定的多重人格，而剧中人的性格固定，人格是永恒的，他们的存在比普通的人更实在。另一个“剧中人”——大女儿开始在舞台上卖弄风骚，且唱且舞，风流妖娆。父亲的高谈阔论和女儿的舞姿激起了人们的好奇心，导演同意他们讲述自己的故事。

这些“剧中人”追述起自己的经历，也就是报废的剧本情节，讲到得意处就表演起来。他们的遭遇渐渐吸引住导演，他吩咐提词员把“剧中人”的对话记录下来，并同父亲一起商量整理成剧本。导演考虑舞台条件的限制，对原有的场景作了一些改动，引起“剧中人”的不满。导演让演员们模仿“剧中人”忠实于原作的表演，结果总是大相径庭，受到“剧中人”的讥笑。演员们生气了，不肯演下去，于是“剧中人”便完全占据舞台表演起来。

原来这六个人在戏中是一对离异的夫妻和四个同母异父的兄弟姐妹。父亲是一个自以为是的小官吏，母亲出身低微，淳朴谦逊，思想感情与丈夫格格不入。20 年前他们结婚后生下大儿子。当时父亲手下有一个为人忠厚诚恳的秘书，时常上他们家来，母亲与他言语投机，关系融洽。父亲看到这种情形，便逼母亲与秘书私奔，把儿子送往乡下寄养。

母亲同秘书移居他乡，生下一男两女。后来秘书病故，一家人生活无着。母亲带着孩子们回到原籍，以替人缝补为生。大女儿不幸中了服装店女老板帕奇夫人设下的圈套，被迫在她开设的秘密妓院里卖笑。父亲遣送了妻儿之后，成了孤独的鳏夫，难耐空屋的寂寞，时常去妓院厮混。他对妻子后来的境遇一无所知。一天，他在帕奇夫人那里遇上妻子的大女儿，不知底细，丑态毕露，幸亏母亲这时恰巧到来，认出前夫，阻止了一场可悲的乱伦发生。母亲这时才发现女儿已堕入娼门，不胜痛苦。父亲十分震惊，他没想到妻子的处境如此凄惨，他原以为让她与情投意合的人结合是一桩善举，他更没想到会在这种情景下夫妻重逢，他感到羞愧、内疚和懊悔。

父亲觉得自己一手制造了母亲的悲剧，决心赎补自己的罪过，同时他在饱尝孤独的苦味之后，也渴望得到家庭的温暖。他将母亲的一家和在农村的大儿子都接回家中，希望建立一个和美的家庭。但是时间造成的裂痕难以弥合，重聚的一家人互相怨恨。大女儿对继父印象恶劣，成见至深，对他嬉笑怒骂，毫无顾忌，全然不把他当长辈尊重。大儿子认为父母抛弃自己，一直怀恨在心。他对父亲总是出言不逊，恶语伤人，对母亲则傲慢无礼。在弟妹面前，他盛气凌人，飞扬跋扈。小男孩在家庭的变故中养成了抑郁孤僻的性格，终日缄默无言，没有半点少年人的活泼，总是惊惧不安地看着家里发生的争吵。小女孩只有四岁，天真可爱，但是很难从心事重重的家人那里得到爱抚，她喜欢走出阴冷的房屋，独自在花园的草地上玩耍。母亲疼爱所有的孩子，但孩子们个个令她伤心。她看到大女儿沦落风尘后变得玩世不恭，小儿子沉闷消极，呆若白痴，大儿子冷漠无情。她对大儿子感到内疚，很想多亲近和关心他，却总是碰钉子。母亲愁苦日甚，成天唉声叹气，以泪洗面。父亲面对四分五裂的家庭束手无策，焦急忧虑。在这重聚的家庭里，人们关系紧张，毫无生气和乐趣。

有一天，母亲走进大儿子的房间，想找他倾诉苦衷，可是大儿子一言未发就冲出房门，走向花园，母亲急忙追赶。大儿子看见无人照看的小女孩已跌入水池中，急忙跳下去抢救。小男孩也在花园里，他躲在一棵大树背后，痴呆呆地站着不动，眼睁睁看着小妹妹淹死，随后掏出一支手枪，把自己打死。此时舞台上响起的是真的枪声，小男孩真的死去。导演和演员们难辨真假，疑惑不解。六个“剧中人”随之从舞台上消失。原来他们的戏演完了，生命也就结束了。

导演看时间已晚，不能继续排练皮兰德娄的那个剧了，就让演员们回家。他后悔自己白白浪费了时间。

三

我们先来了解一下皮兰德娄的世界观和美学主张。

瑞典皇家学院在授予他诺贝尔文学奖的授奖辞中说到：“作为一名道德主义者，皮兰德娄既不荒诞也无公害。一种崇高的传统的人道主义精神始终贯穿于他的人生观。深沉的悲观主义并未窒息理想主义，敏锐的思辨植根于生活的土壤。欢乐虽然没有弥漫他想象的空间，然而给予生活以尊严的一切依然能够从中呼吸到足够的空气。”

在皮兰德娄的思想中有两点是特别值得关注的：一是怀疑主义与相对主义思想。由于受爱因斯坦相对论的影响，他认为，任何关于真理的论断都是相对的，从来就没有什么放之四海而皆准的、普遍有效的、客观的绝对真理。与相对主义相一致的是，他对现实中的一切现象所具有的客观意义都持怀疑态度。二是悲观主义。父亲的破产导致家道中衰，妻子由于精神受刺激而住进医院，战争中儿子身负重伤而成了战俘，现实生活的严酷曾经使皮兰德娄想用自杀来了却痛苦，在他看来，人生是一出非常可悲的滑稽剧，个人与存在、人与自我、生活与形式之间永远存在着一种既相互依存又彼此失调的微妙关系。这一切都使他的哲学思想蒙上了一层悲观主义的色彩。

在美学方面，皮兰德娄为自己的世界观找到了以下四种独特的艺术主张。

一是幽默主义。1908 年，皮兰德娄发表了一篇题为《幽默主义》的论文，阐述了自己的艺术原则，概括了在他看来最为重要的塑造艺术形象的方法，他在后来的戏剧创作中同样奉行这些原则。对生活的可悲的滑稽本质的发现，使他成了一个独特的“幽默作家”。皮兰德娄在剧作中保留了真实主义描写社会阴暗面和人物病态心理的传统素材，但他以夸张的手法和强烈的主观宣泄走到了与真实主义相对立的表现主义的极端，他的剧作中，故事情节离奇，而且变化突兀。夸张怪诞的剧情把人物放到了令人难以置信的荒唐环境中，使人物迸发出内心深处的呼喊和对其处境作出哲理性的解释，在收到由悬念造成的触目惊心的戏剧效果的同时，新颖的思想见解也起了振聋发聩的作用。他的作品具有强烈的感官上和思想上的双重刺激性，这是皮兰德娄戏剧的独到之处。

二是心理现实主义。他认为，19 世纪的现实主义手法不足以表现新的社会内容，他以自己的戏剧创作实践着这一观点。他没有直接从正面去写历史事件或社会问题，而是以现代中小资产阶级普通人物日常的灰色生活为题材，重点刻画人们内心的感受，通过对资本主义社会中生活的本质与现象的矛盾，人与人之间的隔膜，人的自我本质分裂这些主题的描写，暴露出资本主义进入帝国主义阶段后传统的价值观念遭到怀疑和否定的历史事实，展示了资产阶级普遍的、全面的精神危机。他把人类的心理活动直接搬上了舞台，使故事情节变得复杂离奇，并以冷峻幽默的笔触开拓人物的心理，着重描写现实的荒诞和人生的苦恼，描绘出人们颓伤苦闷的情绪和被扭曲的心灵，显然，这是一种有深度的心理现实主义。于是，他逐渐地超出了写实的界限，走进了现代派小说家的行列。

皮兰德娄在人物心理刻画方面相当成功，他不以人物的遭遇来说明人物性格的形成，而是截取人物生活中某一时刻的特殊处境，表现人物特有的感受和独特的思想，勾画出人物的灵魂，这是一种写人的心理变化和思维演变的戏。皮兰德娄的戏剧不是以情节的传奇性吸引人，而是以人物的客观真实性打动人。皮兰德娄说过:“不是戏剧创造人，而是人演出戏”。他笔下的人物形象不同于传统文学的人物形象，往往较少个性特征，概括性多于具体性，共性大于个性，然而人物身上渗透着的时代精神却放射出近乎光怪陆离的奇异色彩，给人留下强烈的印象。皮兰德娄塑造了一些诸如《亨利四世》中的主人公那样悲观绝望、孤独苦恼的现代资产阶级人物形象，他们与乔伊斯的尤利西斯、穆西尔的“无身份的人”以及卡夫卡笔下的人物非常相似，都是同样地渴望生存而不得生存，寻找出路而无出路，这是资产阶级人物画廊中新的类型，具有深刻的认识价值。

三是哲理化倾向。他的剧作不仅有心理深度，而且以富于哲理性见长。他借剧中人物之口长篇大论地宣扬相对论和不可知论，这虽然不是科学的认识论，但却是与当时盛行于意大利法西斯主义的“唯意志论”和“超人”哲学形成了鲜明的对比，这种消极的怀疑主义的眼光，表明他对形形色色狂热的反动帝国主义思潮的否定，他在思想界独树一帜，勇敢地反潮流，起到了一定的进步作用。

皮兰德娄不仅是剧作家，而且有他自己的戏剧理论，用以指导他的创作。他是意大利即兴喜剧的继承人，他的剧本包含着滑稽、幽默、讽刺、夸张、怪诞等等因素，但是隐藏在这些因素背后的是它的深刻的悲剧内容。他在德国求学时期学习过康德和黑格尔等人的哲学，叔本华的悲观主义思想对他的影响特别大。再加上当时意大利可悲的社会生活环境使他感到他的祖国以至整个人类似乎都没有什么较好的前途。他的剧本反映了多方面的现实生活，揭露了资本主义社会的种种阴暗面，同时也反映出他自己的悲观主义的思想情绪。

四是“戏中戏”的结构模式。皮兰德娄对戏剧进行的改革，突破了许多旧框框。他在以表现冲突为特点的戏剧里，加进了比重相当大的说理性议论，主角的大段独白经常是独立完整的论证，非情节性因素的增多，改变了戏剧以剧情动人的功能，而是更多地诉诸观众的理性，把舞台变成了讨论问题的场所。戏剧本来是以动作为主要表现形式的，在皮兰德类的戏里，人物以说话为主要手段，其他活动很少。这自然有利于重点表现人物的心理和思想活动，但这种戏不容易吸引观众，必须依靠巧妙的构思捕捉观众的视线。皮兰德娄几乎每一出戏的结构都别出心裁，做到了内容与形式的统一。他的戏将舞台时间和空间的限制打破，用巧妙的编排方法消除了过去与现在、幻想与现实之间的界限，有时台上台下连成一片，演员甚至跑到剧场外的广场上，以种种方法扩大戏剧的容量。

皮兰德娄不是唯美主义者，他不是为艺术而艺术，他的新颖的编剧法是严格为他的创作宗旨服务的，这就是反映生活的真实！他不仅要写出“是什么”，还要写出“为什么”，他的戏剧也被称为“后设戏剧”，即将后台发生的一切前置，从而打破戏剧幻觉，创立一种特殊的“间离效果”，以引起我们深深的思索。从这个意义上说，皮兰德娄明显继承了19世纪批判现实主义的传统。但是，他放弃了传统戏剧夸张的典型化手法，打破了传统戏剧的编剧方式。他和梅特林克一样，重视挖掘人物的心理，探索人们精神世界矛盾的根源，他属于强调写心理的现代派。然而他说：“我不喜欢象征性的艺术”，他的编剧法自成一格，正是在创作一种与批判现实主义和象征主义不同的戏剧形式上，他取得无可置疑的独创性的成功。他的戏剧又以“悲喜交集”、“幻想和现实混合”、“新颖复杂的滑稽状态”风格首开荒诞戏的先河。

四

这个剧本表面上是写一出家庭悲剧，但它的意义要深刻得多。

一是人与人之间的隔阂问题。皮兰德娄声称：“对我来说，表现一个人物及其性格特征并非为表现而表现，叙述一个快意或悲痛的事件并非为叙述而叙述，……但是还有其他一些作家，……他们只写那些生活中具有特殊意义并从中获得普遍价值的人物事件和自然景色。这些作家，更确切地说，是富于哲理性的作家，我不幸是属于后者。”作家是借一出家庭悲剧来探索人与人产生分裂的原因。

剧中六个角色除了天真烂漫的小女孩外，“每一个人物都有自己的不可告人的苦恼”。丈夫看见妻子和秘书“趣味相投”，辞退秘书后他很“孤独寂寞”，出于“怜悯”之心，主动让她和秘书建立新家庭。其实他的思想感情很矛盾，既有恨，也有爱。妻子只强调丈夫抛弃了她：“是他把另一个男人硬塞给我的！他迫使我跟那个人一起出去。”继女与父亲不和不仅仅是因为父女几乎乱伦，更主要的，是父亲既不体谅继女被迫为娼的痛苦，又恨她视自己为禽兽：“要用我有生以来唯一不体面的那件为时极短的事情，给我戴上永世不能解脱的耻辱的枷锁。”继女则认为她的堕落要由父亲“承担责任”，又以为父亲鄙视她：“先生，在那件事情之后，难道他能把我当一个正派、纯洁、有教养的娇小姐看待吗?”只恨儿子不认母亲和弟妹，未能理解他自幼被母亲抛弃以及他对父亲可耻行为的厌恶。14岁的男孩自从被带入新家后，就“感到被人收留的屈辱和哀伤”而准备“毁灭自己”，但家人谁都不了解他可怕的心事。

为什么人们彼此不了解呢？剧作家借父亲的三段台词作出回答：

“每个人都有一个自己特殊的内心世界，假如我说话时掺进了我心里对事物的意义和价值的看法，而听话的人照例又会用他心里所想的意义和价值来加以理解，我们怎么还能互相了解呢?”

“每一个人在别人面前，总是装得一本正经，但是他自己清楚他心里有些什么不可告人的东西。”

“我们大家都认为‘良心’只有一种，其实不然，有许多‘良心’，彼此天差地别，当你的某一行动使你陷入一种不幸的困境，突然遭到人们的冷嘲热讽时，你就会发现，人们用这唯一的准则以这一次行为来判断你的一生，仿佛你的一辈子都断送在这件事情上了，因此而羞辱你，这是多么的不公平。”

31年后，皮兰德娄为此剧作序，对此问题又作了说明：“这也正是多年来我自己精神上感受到的痛苦和折磨：在人的关系中由于说空话、说假话造成的无法收拾的相互欺诈，在每个人身上都可能找到的多重人格，瞬息万变的生命和使其固定不变的形式之间固有的悲剧性冲突。”

这就是说，造成人们彼此分裂的原因是由于每一个人都有自己的内心世界，但人们很难把内心活动披露出来，人的思想感情不是固定不变的，而是变化发展的，而每一个人看别人时却只能看到一个戴上假面的他，一个片面的他，或者在某一时空中的静止的他，错把这当做全人，并且各有各的批评尺度，因此人们便互不理解，互相责难。剧中这个家庭的悲剧就是这样造成的。你看，父亲与继女事后说了真话，但事前都戴上假面具。继女强作欢颜接客，父亲也以“嫖客”面目出现。母亲只是事后才知道父亲还有“好心肠”，父亲的所谓“怜悯”，其实是妒忌。母亲的“痛苦”与父亲的“悔恨”都是不断发展的，每个人的心理都有很大的变化。而这家庭成员只看见对方思想感情的过去的、暂时的、伪装的形式，以偏概全，于是造成“悲剧性冲突”。

那么，作者是否认为人与人之间永远不能相互了解，包括亲人在内也如此呢？我们还是根据剧本来回答比较好。在此剧中，这对夫妻最后还是说出了心里话，彼此增进了了解，父亲知道母亲的

“痛苦”，母亲也知道他的“悔恨”。小男孩自杀后，原来蔑视他的异父哥哥，也了解他孤寂的悲苦，也觉得内疚了。作者通过剧本告诉我们，人与人的相互了解往往要付出沉痛的、昂贵的代价。因此，人们要珍惜这种了解，善于检讨自己并调整与别人的关系。这应该是“角色”的故事的“哲理性”，是“这出悲剧的最大价值”。

事实很明显，皮兰德娄在这个剧本里，无非是想通过剧中人物的生活遭遇来说明人生的悲剧是由于自身存在的两种观念造成的：一是所谓的客观论，因为每个人都有一个他自己特殊的内心世界，对事物的意义与价值的看法各不相同，所以人们互不了解，彼此责难，甚至互相敌视。其实，有什么样的观察方式就有什么样的世界，世界从来就不是客观的。“横看成岭侧成峰，远近高低各不同”，目之所及，道之所存，佛学唯识宗讲“识外无相”，不要侈谈认识之外的事物，海德格尔更进一步说，语言之外无物存在，你看到的就是真实的。二是绝对论。如果把这种认识当做是普遍的、绝对的真理就更是错上加错。有的人还追求“无懈可击的、道德上的健全”，认为“某种良心”永远是大家行为的准则，殊不知这个人有这个人的“良心”，那个人有那个人的“良心”，彼此天差地别。而且人们的“良心”是各式各样的，形形色色的，应有尽有的。如果用这唯一行为准则和仅仅一次的行为来判断一个人的一生，那显然犯有片面性的错误，也是不公平的。这里面反映了皮兰德娄的相对论和不可知论的观点，显然，皮兰德娄的思想与中国的老庄思想具有某种相似性。

二是“戏剧”与“生活”的关系问题。皮兰德娄强调戏剧必须反映自然的本来面目，它通过“角色”与导演的争论以及将“角色”的表演与演员的表演相对照，表达了他这种见解。他认为戏剧的生命在于反映真实的生活。剧作家、演员、批评家都必须严格遵从生活的真实去写、去演、去评才能获得成功。皮兰德娄坚决反对脱离生活的“浪漫感伤”的“虚构”。父亲说：“请你们千万别说虚构，你们不要再使用这个词，因为在我们看来，这两个字格外地残酷可怕。”作者借父亲的嘴批评了那些“玩弄艺术技巧，以此把对现实的虚构达到尽善尽美的地步”的剧作家、导演、演员，指出他们从事的不是严肃的艺术，而是“艺术的游戏”。作者认为戏贵在于一个“真”字，角色们一再强调他们的戏是一出“真的戏”。剧本第二主题具有十分积极的意义。

在排演的过程中，通过剧中人物和导演之间的争论以及剧中人物的表演和演员的表演之间的差别，皮兰德娄阐明了他的一些戏剧观点。在他看来，剧中人物是作者的思想感情的忠实体现者，演员则容易玩弄艺术技巧，加上自己的东西，把剧本演变了样。他让剧中人物登台表演，就是要求作者直接在舞台上和观众见面，将在舞台上隔开作者和观众的障碍缩小到最低限度。这也和表现主义的观点很相似，演员的作用被否定了。

五

这个剧本自始至终是写排戏的过程。它的故事情节和现实主义戏剧传统相比较就显得很不完整了，它的人物性格也是比较抽象的。这都和表现主义戏剧相类似。

《六个寻找剧作家的角色》中六个“活的角色”是父亲、母亲、儿子、继女、小男孩、小女孩。他们从剧作家的幻想中诞生了，但剧作家不愿意或没有能力使他们成为“艺术世界的实体”。他们想获得舞台生命，请求导演把他们的戏排出来。于是原来排演《各尽其职》中断，导演兼经理人找他们要剧本，他们说剧本就在他们身上，于是在导演的协助下，原来的演员们成了观众，看着这些“角色”把自己的遭遇表演出来。

此剧的角色无名无姓（除了母亲叫阿玛丽亚外），与传统戏剧中的人物大不相同，但不等于说他们没有个性。父亲的“悔恨”、母亲的“悲哀”、继女的“报复”、儿子的“轻蔑”、小男孩的“孤独”都不是抽象的心理，而是具体的心理，是“这一个”的。父亲之所以悔恨，是因为他出于一种过分妒忌的心理而把妻子硬赶走了，还以所谓“高尚”的“怜悯”来掩饰，因此一手造成家庭的不幸。继女的报复是不原谅父亲，时刻让父亲像针刺一样记住他的耻辱和应负的责任。儿子的轻蔑是对父亲、母亲、同母异父的诸弟妹的轻蔑，即对一切亲人的轻蔑，他自有轻蔑他们的理由。母亲的痛苦是与儿子的分裂，还因为她承担一切亲人的痛苦。每个“角色”表现感情的方式也不相同，小男孩的孤独是以毁灭自己的可怕方式表现出来的。正因为他们的心理都有各自的个性特征，他们的生活方式也是西方社会的生活方式，所以他们才是有血有肉的人物，才是现代西方人的代表，决不会与其他时代的人物混同。

此剧的角色没有什么鲜明的正反之分，但不等于说作者没有倾向性。作者的同情显然在母亲与两个死者身上，他说母亲是“一个非常有人性的人物”。他对父亲及儿子是又批评又给予谅解的，他说父亲“遭受了无法解释的厄运，并竭尽全力与命运苦斗，期望找到出路。”作者是带着关切的感情描写这个家庭的不幸的，因为角色都是西方社会的普通人，作家并不把他们脸谱化，他们身上不是一切都坏，一切都好，但他们的遭遇都是很不幸的。在六个角色中，继女的形象与众不同，具有最大的生命力，作者最关心的是她，曾借“角色”的口说她的形象比别人更能唤起他的创作冲动。作者由于担心她太固执、太放纵甚至不愿意把她创造出来。她最后出走，是离开家庭小天地，到人生大世界中去拼搏。作者赞美她“对生活的渴望”和“反抗”，肯定她朦胧的追求与奋斗精神。在剧中，导演与演员们都同情她，也只有她揭示了“人”的尊严，坚持了“人”的尊严。她憎恨美化“人的兽性”的“哲学”，批判虚伪的道德，主张“人”应该有“美好的追求”、“纯真的感情”，应有“理想、责任、情操和廉耻”。在继女身上，寄托着作者对“人”的正面理想。

六

皮兰德娄此剧的形式是十分新颖的，不仅与古希腊悲剧，莎士比亚、易卜生的戏剧迥然不同，也与同属现代派的前辈斯特林堡、梅特林克的剧作大不相同。皮兰德娄“打开出路的新方法”，堪称前无古人。

首先，他在此剧中开创了“戏中戏”的新形式。在现实生活的舞台上，绝无角色上台演自己的新鲜事，他就借用“戏中戏”的形式来表现。西方戏剧史上的“戏中戏”不少，如《哈姆莱特》、《浮士德》、《高加索灰阑记》，但全是由演员扮演其中的角色，属于一种局部性的戏剧技巧的范畴，如《哈姆莱特》中的“捕鼠机”是用“回顾”法促进哈姆莱特与叔叔的戏剧冲突，《浮士德》中的“海伦被劫”是进一步加强悬念，引出浮士德追求海伦的情节，而皮兰德娄的“戏中戏”是全局性的构思，用以说明戏剧与生活的关系，表现此剧的主旨，与前人的大不相同。前人“戏中戏”的两个“戏”是截然分开，很少相互交流的，此剧的两个“戏”却是难分难解，相互交流。前人的“戏中戏”仅是一个片断，作为穿插，此剧则从头到尾都可说是“戏中戏”，它与前人的不同，第二个戏才是主戏，才是完整的，第一个戏不是主戏，不完整，只是一个框架，为第二个戏服务。它具有巧妙的结构，角色上场提出全剧悬念，结局角色下场交代结果，开首从结尾演起，首尾衔接恰与传统剧颠倒，情节多以叙述方式介绍，但绝非没有动作的重点，中间选择父女相遇及两个死的事件，是动作的典型化。在父女相遇的情节中，又穿插角色纠正演员不真实的表演，通过对比，加强逼真感。情节虽然淡化，但关键突出，一个家庭的悲剧表现得相当完整。

“戏中戏”的结构模式创造了两个时空，这两个时空各自独立又相互呼应，很好地传达了本剧多主题的戏剧效果，同时，借用时空错位的手法，突破时间和空间的界限，让角色超越时空距离进行交流，借此加强戏剧冲突。角色时而表演过去，时而表演现在，过去与现在重叠交织在一个场景之中。例如父亲和继女一面表演他们在帕奇夫人客厅中的相遇，同时说出事后他们各自的看法，他们的行为与心理有两个层次，观众同时看见角色在两个时间和空间中的两副面孔和两种内心活动。这种写法完全突破了传统戏剧的局限，大大加强了戏剧的表现力。

第二，他把角色的内在心理形象化地表现出来。母亲并没有亲眼看见父女在帕奇夫人客厅几乎乱伦的一幕的全部经过，她只是最后才赶到的。她当然也没有事先就揪住帕奇夫人不放，诅骂她坑害自己的女儿。但作者却虚构了这两个情节，以加强表现她内心的痛苦，实际上，是把母亲事后的心理状态加以形象化，这种虚构以母亲的全部心理为根据，因此具有艺术的真实性。作者这种心理外化的手法又是交流的手法，母亲不是演独角戏，她是在与父女与帕奇夫人的冲突中表现内心的痛苦与愤恨的。在虚构的戏剧冲突中真实地把角色的心理外化，这是皮兰德娄手法的特色。

第三，角色上下场新颖的设计。第一次是先由剧场传达通报他们到来，角色尾随走进剧场，导演与演员们惊奇地往台下望，悬念性极强，一下子吸引住台上台下的注意力。第二次导演与角色入内商议剧情，演出真的停顿 20 分钟。后来是布景员错把幕布落下，当幕布再次拉起后，舞台已经换景，角色无须再上场就演出第二幕戏。不禁令人拍案叫绝。最后一次上场作者自说是“禁止使用语言的艺术”，“好像灯光员听错了话，在白色的天幕后面，一只绿色的聚光灯亮了，清晰地映出除了男孩和女孩以外的其他角色的巨大影子。经理看见后，惊恐地疾速退下。这时，聚光灯熄灭，台上出现原来的蓝色夜景。慢慢地，从白色天幕的右侧走出儿子，后面跟着向他伸着双臂的母亲，然后从左侧走出父亲。他们站在舞台中央，仿佛是梦幻中的人物。最后继女从左边走出来，跑向小梯子，她在梯子的第一级上停一会儿，望着台上的三人尖声大笑，然后匆匆走下梯子，跑到观众席之间的甬道上，再次停下来望着台上大笑。她走出剧场之后，还能听见她逐渐远去的笑声。片刻之后，幕落。”这真是“禁止使用语言”的戏剧艺术，无一人说一句话，而戏味十足。儿子、母亲、父亲出场富于雕塑感，继女下场富于动作性，用她的笑声与目光把台上台下连成一个整体。静态与动态，过去与现在有机结合。而最令人惊服的是它表现出生活的浓厚的逼真气息，使观众不能不承认这是一出“真的戏”。剧中最后一句台词即经理兼导演说的“上帝哟！你至少留一盏灯亮着，让我看清该朝哪里迈步伸腿啊”更是意味深长，值得咀嚼。

第四，把小说的“叙述”与戏剧的“对白”结合起来，使“叙述”变成独创性的戏剧手段。皮兰德娄此剧中的叙述成分很重，但这是一种多角度、多层次的叙述，也就是说，同一件事，由几个角色分别。从不同角度叙述出来，同时讲出他们彼时彼地与此时此地的想法。皮兰德娄此剧的“叙述”同时又是“对白”，角色们边叙述，边对驳。

《六个寻找剧作家的角色》从 1921 年在罗马作首次演出以后，就陆续在世界各国上演。那些剧中人物和演员开始在舞台上下的活动，越来越随便，不大像演戏的样子。这种情况在罗马首演时曾经引起骚动，观众和演员对骂，甚至发生斗殴。皮兰德娄和他的女儿也遭到了围攻。但是几个月后，这个戏在米兰演出时，观众就比较能够接受，不再发生上述行为。从 1922 年开始，《六个寻找剧作家的角色》便被译成几十种文字，在世界各国受到广大观众和读者的欢迎。

【参考书目】

1. 吴正仪译：《皮兰德娄戏剧两种》，人民文学出版社 1984 年版。

2. 陈世雄、周宁：《20 世纪西方戏剧思潮》，中国戏剧出版社 2000 年版。

3. 廖可兑：《二十世纪西欧戏剧》，中国美术学院出版社 1994 年版。

4. 斯泰恩：《现代戏剧理论与实践》，中国戏剧出版社 2002 年版。

小人物的悲剧

——尤金·奥尼尔的《安娜·克里斯蒂》(1921)赏析

尤金·奥尼尔是现代美国戏剧的杰出代表，也是美国戏剧史上最负盛名的一位作家。在他创作生涯的三十年中（1913—1943），共完成长短剧四十余部。他的作品集中反映了两次世界大战之间美国人民的生活与思想、迷惘与追求。他在戏剧表现手法上的各种试验性探索，使他超越了时空的障碍，成为一个国际性的大师。

一

尤金·奥尼尔 1888 年 10 月 16 日生于纽约。父母双方的家族都是爱尔兰天主教移民。父亲曾是演员，母亲由于种种刺激染上了长达 25 年的吗啡瘾。因此，当奥尼尔懂事时，家庭的不幸和母亲的恶习在他心灵留下了巨大的阴影和难以医治的创伤。在奥尼尔 15 岁时，发生了影响他终生的事件，他责怪上帝不帮助他母亲戒毒，愤而放弃宗教并开始放荡起来。

1906 年，奥尼尔进入普林斯顿大学，但不满一年就退学了。奥尼尔的叛逆性格和许多恶习的形成，与他的哥哥杰米有关。他纵容奥尼尔酗酒，带他逛妓院，介绍他阅读形形色色的具有叛逆色彩的哲学、政治、文学书籍。其中，无政府主义思想、尼采哲学和王尔德的作品，对奥尼尔早期世界观的形成有决定因素。离开大学后奥尼尔在社会上游荡。1909 年，他只身前往洪都拉斯淘金，结果是身患霍乱，一无所获地返回美国，但神秘的丛林让他惊叹不已。在一个剧团工作了一段时间，便开始了海员生活，先后到过南美和南非等地。在航海生活中，奥尼尔获得了关于大海、波涛、甲板、码头的丰富知识，结交了一批性格粗野但心地单纯、对生活绝望的海员朋友。奥尼尔的思想发生重大变化。这段经历提供了奥尼尔早期创作的素材。回到纽约之后，由于生活的穷困潦倒，他甚至产生过自杀的念头。

1912 年，奥尼尔到新伦敦《电讯报》当记者。不久染上肺病住进盖洛德农场疗养院。在这里，他系统地阅读了欧洲戏剧家的作品。这些作品唤醒了奥尼尔的创作冲动，经过一番反省，他立志成为一名剧作家。病愈后奥尼尔完成了《渴与其他独幕剧》，由他的父亲资助出版。1913 年秋到 1914 年春奥尼尔又写了《东航卡的夫》等 9 部剧本，其中有 8 部是独幕剧。并在 1914 年 7 月进入贝克教授主持的哈佛大学英语系“47”号戏剧创作班。1916 年夏天，《东航卡的夫》由普罗文斯顿剧团上演，给奥尼尔以极大的鼓舞。1916—1917年，他又完成了《鲸油》、《在交战区》、《远航归来》和《加勒比的月亮》等独幕剧，大都在纽约的剧作家剧院上演，为奥尼尔赢得了初步声誉。

1918年奥尼尔写出了名剧《天边外》，这是他第一部在纽约百老汇上演并首次获得普利策奖的戏剧。之后，奥尼尔以其大量作品引起了国内外戏剧工作者的高度重视，对美国的戏剧事业作出了重大的贡献。正像许多美国戏剧家指出的那样：美国戏剧走向民族化、现代化的康庄大道，是1916年6月28日从普罗温斯顿镇那个小渔村的废弃码头出发的。20世纪初，美国戏剧界开始了一次声势浩大的改革运动，奥尼尔的戏剧创作活动汇入现代美国戏剧波澜壮阔、多姿多彩的历史画卷中。

奥尼尔的大多数重要作品是在20世纪20年代和30年代完成的。1920年，除了上演《天边外》以外，他还写了四部长剧:《黄金》(1921)、《安娜·克里斯蒂》(1920)、《琼斯皇》(1920)和《与众不同》(1920)。其主要作品包括《天边外》(1918)、《安娜·克里斯蒂》(1920)、《琼斯皇》(1920)、《毛猿》(1921)、《上帝的女儿都有翅膀》(1923)、《榆树下的欲望》(1924)、《伟大之神布朗》(1925)、《奇妙的插曲》(1927)。1929年开始，奥尼尔开始着手写他最有代表意义的作品《悲悼》，花了3年的时间才完成。《悲悼》一剧将奥尼尔的戏剧创作成就推到了高峰。此后，他的剧作逐渐减少。后期最重要的作品有《卖冰的人来了》(1939)和《进入漫漫长夜的旅程》(1941)。

奥尼尔是美国戏剧的骄傲。他一生先后四次获得普利策大奖及美国艺术科学院的奖牌。其获奖的四部作品是《天边外》(1918)、《安娜·克里斯蒂》(1920)、《奇妙的插曲》(1927)和《进入漫漫长夜的旅程》(1941)。

奥尼尔共留下剧作40余部。由于他在戏剧创作上的卓越成就，1936年他荣获了诺贝尔文学奖，得奖题词是：“因为他那体现了传统悲剧概念的剧作所具有的魅力、真挚和深沉的激情。”此后，他的身体衰弱，作品数量锐减。1953 年 10 月 7 日病逝在波斯顿旅馆的一间套间里。

奥尼尔早期作品基本上是采取现实主义的创作方法。继《天边外》之后，奥尼尔逐渐探索表现主义、象征主义等创作方法，《琼斯皇》是其表现主义代表作。在经过一系列的创作方法探索之后，奥尼尔在 1941 年又用现实主义的方法创作出了他晚年最杰出的作品——《进入漫漫长夜的旅程》。

奥尼尔的戏剧创作大体可分为三个时期。1920 年以前是作者对戏剧艺术的探索期，他逐步从稚嫩走向成熟，从业余剧社走向百老汇舞台。其早期作品大多以海洋为背景，塑造了各具个性的海员群像。1921—1934 年，是作者创作丰收期和艺术手法实验期。奥尼尔借鉴和运用各种表现手法进行创作，进行了多种卓有成效的实验，取得了骄人的成就，许多重要的作品都是这一时期完成的。1934—1945 年，是奥尼尔的沉寂期。12 年中他没有新作问世。1946 年，奥尼尔带着他的《卖冰的人来了》、《月照不幸人》重返纽约舞台，这两部剧作使奥尼尔的思想深度和艺术技巧都达到了巅峰。

奥尼尔是一位对美国戏剧、文化有着杰出贡献的戏剧家，他以自己不懈的努力，改造了 19 世纪末、20 世纪初美国那种浅薄的通俗戏剧，而使其走上严肃悲剧的创作道路。作为一位意识超前的剧作家，他在戏剧表现手法上的各种实验性探索，使他超越了时空的障碍，成为一个国际性的戏剧大师。

二

《安娜·克里斯蒂》(1920)是奥尼尔第二次获得普利策奖的现实主义戏剧。女主人公安娜·克里斯蒂的父亲克里斯一辈子过着艰苦的航海生活，家里许多当海员的人都葬身海底，为此，克里斯让安娜从小就住在内地，以免她和海员恋爱结婚。不料她被人奸污并沦为妓女以后，还是来到了海边，而且爱上青年海员马特·伯克。

经过种种矛盾冲突，安娜和伯克终于可望结为夫妇。然而伯克又不得不出海远航。剧本结束时，海上大雾弥漫，伯克和克里斯都怀着沉重的心情和安娜话别，准备启程。全剧以一个具有象征意义的结局结束。

1. 奥尼尔与大海

一般说来，作家的个人的生活经历跟其创作有密切的关系。奥尼尔年轻时代的生活经历，特别是海上生活经历对他早期的创作有着明显的影响，为他后来的戏剧创作提供了丰富的素材，他当年的许多朋友成了他后来剧中人物的原型。在奥尼尔眼中，大海体现了自然界伟大神秘超人的力量，他支配着人类的命运。大海还标志着自由、浪漫和诗情，她与阴郁、丑恶、苦难的陆地形成鲜明的对照。奥尼尔在1920年以前创作的十几部独幕剧和7部多幕剧中有12部直接以大海为背景，或跟大海有密切关系。他早期的剧作大多是在新伦敦或普罗温斯敦镇的海边创作的。

奥尼尔的海上生活经历在以格伦凯伦号轮船的航行为背景的4部剧中，以忧伤细腻的笔调叙述了水手们枯燥单调、粗野放荡的航海生涯，刻画了他们对陆地、家园和正常人生活的向往，表现了大海的神秘感和威慑力以及对水手们的巨大诱惑和精神压力。奥尼尔在剧中塑造了一群栩栩如生、颇有个性的海员群像。《捕鲸船》被誉为奥尼尔早期短剧中最成熟的一部。它描写瞬息万变的大海给航海者精神上的压力，以及愚蠢的荣誉感和固执的个性所造成的感情悲剧。《十字形标记》描写了父子两代人对大海复杂的感情和对财富痴狂的渴求，全剧充满了恐怖色彩。后来的以大海为背景的《天边外》和直接写大海题材的《安娜·克里斯蒂》等剧作的成功确定了奥尼尔作为重要剧作家的地位。写大海题材和主题成了他的戏剧创作传统之一，即大海依然经常出现在他以后的剧作中。奥尼尔有丰富的海上生活经历，他喜欢大海、迷恋大海，大海赋予了他创作灵感，大海一直在作者脑际萦绕，并不时浸入到他中期和后期的作品中。

2. 小人物的悲剧——《安娜·克里斯蒂》

《安娜·克里斯蒂》是奥尼尔1920年创作并赢得第二次普利策

奖的剧本。他是作者根据一年前的作品《克里斯·克里斯托芬森》改编的。在后者中，奥尼尔把剧情重点放在克里斯身上，写他如何阻止大海对安娜的诱惑，但最终安娜还是嫁给了一个远洋轮二副。在剧中，安娜是一个纯洁无邪、充满幻想的姑娘。她在英国长大，接受了良好的教育，曾是优秀的护士和秘书。她迷恋大海，是因为她渴求探索和了解世界，渴望在生活和精神上获得独立。剧本充满了诗情和浪漫色彩，但结构过于松散，情节缺乏紧张感和吸引力。

改编后的《安娜·克里斯蒂》基本上保留了初作第一幕父女见面的情节和运棉驳船雾中遇险的基本场景，把笔力集中在安娜形象的塑造、她与水手贝克的爱情磨难，以及与父亲的冲突上。其中最本质的变化是安娜从原来的纯情少女改变成身心遭受摧残、对生活和爱情已经绝望的妓女。在风格上，该剧褪去初作的抒情性，更加现实主义化并充满强烈的悲剧震撼力。

《安娜·克里斯蒂》共有四幕剧。第一幕发生在纽约港区酒吧里。退休老水手克里斯接到女儿安娜的要来探望的信，不免又惊又喜。他出生于瑞士一个世代以航海为业的水手之家。目睹了父兄、儿子、同伴接连丧命大海和妻子死于孤独贫困，克里斯把它归咎为大海的诡计与罪恶，决计逃离远航生涯。现在他是往返纽约、波斯顿的一艘驳棉船的船长。安娜在母亲死后，寄养于明尼苏达州舅舅的农庄，和父亲已经15年未见面了。但亲情很快克服了陌生尴尬，安娜随克里斯来到驳船上。

第二幕开始时，已是10天以后的夜晚，父女俩正坐在从普罗温斯顿港出发的驳船上。浓重的大雾使人如置仙境。安娜感到大海洗涤了受污染的身心，抚平了精神的创伤，她热爱大海。但克里斯对女儿的这种感觉却惊恐不安，甚至后悔带她到船上来。这时父女俩搭救起几个落难水手。其中的爱尔兰裔司炉贝克很快爱上了安娜，却与克里斯发生了冲突。两人威胁争吵，都想垄断安娜的感情。

安娜被贝克的真诚所感动，对父亲干预自己生活的蛮横态度极为不满。她向这两位男人诉说了不堪回首的往事。在舅舅家农庄时，不仅像奴隶一样地劳作，而且还在17岁那年，遭到表哥的强暴，最终沦为妓女。她愤恨地责问父亲：为什么 15 年间对她的再三求助无动于衷？然后安娜又告诉贝克，现在大海改变了她，大海不仅埋葬了她的过去，也使她在精神上获得新生。经过一番波折，三人终于言归于好。克里斯和贝克都与一艘远洋货轮签了约，发誓为了安娜的幸福，再与海魔拼搏一场。但剧本的结局是悲凉凄婉的，克里斯最后无可奈何地说："雾，雾，雾，老是雾。你看不出你是到哪儿去。只是这个老鬼家伙，海——只有它知道！"哀切的喟叹，反映了水手们内心的痛苦，对大海的畏惧，因看不到出路而感到的迷惘。

《安娜·克里斯蒂》是一部质朴的现实主义作品。剧作家把他全部的同情倾注给了三位被侮辱被损害的小人物。写出他们对命运的抗争，对操纵并控制他们生活的社会势力和大海的诅咒。全剧结尾看似有一个幸福的结局，但笼罩着一种捉摸不定的气氛，一种对前途的茫然，对幸福的怀疑和对命运无法操纵的悲哀。正如奥尼尔所说："剧终时大家都有一个隐隐约约的预感，虽然他们有过得意的时刻，但命运的裁决还是操纵在战胜了安娜的大海手中。"

3. 从安娜悲剧看奥尼尔的悲剧意识

奥尼尔一生写过许多家庭悲剧也塑造了许多令人难忘的女性形象。在他一系列的戏剧作品中，他的女主角有母亲，有妻子，也有女儿。她们有许多缺陷，但也有许多可爱之处，有时令人百思不得其解，像人面狮身那样的谜，有时又令人突然清醒，她们就活在我们中间。但不少评论家对奥尼尔的女主人公持否定态度。他的传记作者路易斯·希佛认为奥尼尔"塑造的大多数女性不是淫荡凶悍的恶女人或给人带来灾难的坏女人便是心灵崇高的让人难以置信的好女人。"女权主义者更是断言奥尼尔作为男人是不可能把真正的女性形诸笔墨的。纽金特说："在奥尼尔的经典作品里，女人似乎只能具有两种姿态：不是幼稚单纯便是飞扬跋扈。无论哪种情况，他们总是遮遮掩掩讳莫如深，好操纵别人，充满危险而又让人无法理解。"巴罗批评奥尼尔在刻画女性时几乎没有"摆脱西方文化和文学中流行的传统的男性观念的狭隘的局限，或者更确切地说，偏离他在成长过程中所接受的天主教的思想。"

奥尼尔自己曾说过："女人应该发挥的作用便是为男人牺牲。"但这种传统的妇女观并不妨碍他理解女人的问题和痛苦。从《天边外》里的露斯、《安娜·克里斯蒂》里的安娜、《榆树下的欲望》里的阿比、《奇异的插曲》中的尼娜、《悲悼》三部曲里的莱维尼娅、《进入漫漫长夜的旅程》里的玛丽和《月照不幸人》里的乔茜，可以说，奥尼尔从他早期到晚年的创作中，塑造了一系列富有个性的值得同情的女性形象。

《安娜·克里斯蒂》作为奥尼尔第二次获普利策奖的剧本，其用现实主义的笔法塑造了安娜这样一个有别于他其他剧作中的女性形象。如果说奥尼尔在许多剧本里描写了男人对富有母亲气质的理想女性的追求，那么《安娜·克里斯蒂》里的安娜则是一个有许多缺陷，但也有许多可爱之处，令人难忘的女性形象。

安娜出生于一个世代以航海为业的水手之家，大海吞噬了许多亲人的生命。为了逃避大海的诡计与罪恶，安娜在母亲死后，被寄养于明尼苏达州舅舅的农庄里，和父亲已经 15 年未见面了。在纽约港区的一个酒吧里，安娜和父亲见面了。安娜的轻佻、艳俗和脸上露出的疲倦、玩世不恭的神色，父亲的苍老邋遢、胆小使双方都感到了一种陌生与尴尬，但亲情化解了一切，安娜随父亲来到驳棉船上。

10 天以后的夜晚，安娜与父亲坐在从普罗温斯顿港出发的驳船上，空旷的一望无边的大海，弥漫着浓重的大雾，使人如梦如幻，安娜感到了从未有过的超脱，仿佛回到了久违的家园，她爱上了大海。安娜的这种感觉让父亲惊恐不安，多年的分离不就是为了逃避大海的诱惑吗，父亲甚至后悔带她上船。这时父女俩搭救起几个落难的水手。其中的司炉贝克体魄强健、性格单纯鲁莽。他很快爱上了安娜，于是与父亲克里斯发生了激烈的冲突。两人围绕着安娜的情感展开了一系列的矛盾冲突，这构成了全剧主要的戏剧冲突。安娜无法理解父亲，对他干预自己生活的蛮横态度极为不满。而父亲之所以要阻挠安娜的婚姻，是因为家族和同伴一系列的海难使父亲感到了大海的莫测与无情，它之所以把女儿送走，就是让女儿远离大海，远离灾难，获得幸福。“我想安娜还是住在乡下好，那么她不知道有这个讨厌的大海，不知道有像我这样的一个父亲。”他不曾想到，长久的分离，并未能阻止海对女儿的诱惑，并还要把自己一生的婚姻生活和大海连在一起。父亲激动地对安娜说：“女人嫁给水手，一定是个疯子，蠢货！你母亲如果在的话，也一定会对你这样说的。”贝克：“你污辱了海。海曾给你机会，它将你打倒，你不能像一个男子汉大丈夫，立起来再和它挣扎，却瘫了下来，后半世只干喊着海是个杀人的家伙。”父亲极力的阻止和贝克的真诚，使安娜向两人诉说了自己不堪回首的往事。在舅舅农庄像奴隶一样的劳作，表哥的强暴，沦落为妓女的悲惨遭遇。她愤恨地责问父亲：为什么 15 年间对她的再三求助无动于衷？

现在大海改变了她，大海不仅埋葬了她的过去，也使她在精神上获得新生。她渴望爱，渴望幸福。最终父亲与贝克为了对安娜的爱握手言和，他们发誓为了安娜的幸福，再与大海拼搏一场。

剧中的安娜基本上生活在一个没有父爱的家庭里，和父亲仅有的几次见面并未在她的童年留下什么印象。寄居舅舅家凄苦的生活和不幸的遭遇使她无奈地沦落风尘。即使是这样，当她 15 年后与父亲相见时，对亲情的渴望及时化去了无数挥之不去的怨恨。与贝克的相遇，使她燃起了对纯真爱情的向往。通过她与贝克的爱情磨难，她与父亲的冲突，安娜明白，她早已丧失了做一个好妻子、一个好母亲的资格。

在剧中，奥尼尔对安娜这位被侮辱被损害的小人物寄予了深深的同情。安娜在一个没有温暖的家庭和无奈社会里，成为了一个对生活和爱情已经绝望的妓女。其悲剧深刻之处还在于当她重新找到了家庭的温暖和纯真的爱情时她早已丧失了资格，成为了一个不洁的女人。虽然最终父亲和贝克都原谅了安娜，愿意给她幸福，但全剧落幕之前，剧作家描绘了这样一幅图画：“雾，雾，雾，老是雾。你看不出你是到哪儿去。只是这个老鬼家伙，海——只有它知道！”这幅剪影不由得使观众想到：“即使是安娜渴望幸福，父亲和贝克也愿意给她幸福，但是三位处于社会底层的小人物能得到他们的幸福吗?”该剧初演时，一些评论曾对该剧幸福的结局颇有微词，但我们认为这正表现了奥尼尔悲剧创作的价值尺度，在一种喜剧的、看似如愿以偿的结局中，透露出希望的渺茫和人生路途的艰难。对安娜来说，这是一个幸福的结局，但它会让人们久久的思索。奥尼尔一生致力于悲剧创作，在每一部悲剧里，他都苦苦地思索，层层挖掘悲剧产生的根源，力图给处于恐慌与绝望中的现代人一缕理性的光芒，尽管奥尼尔自己也对无法解决许多现代难题感到懊丧，对那些不解决任何问题的答案感到厌恶，但他对于现代社会犀利的解剖，对现代人精神领域的深入探索，对现代悲剧产生的根源与表现形成的敏锐洞察，无疑会给我们以巨大的启迪。

三

尤金·奥尼尔是一位对美国戏剧、文化有着杰出贡献的戏剧家，他以自己不懈的努力，改造了 19 世纪末、20 世纪初美国那种浅薄的通俗戏剧，而使其走上了严肃悲剧的创作道路。同时，他还是一位具有超前意识的剧作家，他在戏剧舞台表现手法上的大胆探索，使他超越了时空的障碍，成为一个国际性的戏剧大师。

奥尼尔的创作始于 1913 年，止于 1943 年，期间的发展起伏不平。1913—1920 年是他初露锋芒的阶段。奥尼尔这一时期的创作多以独幕剧为主，大多以他本人早期的海上生活经历为题材。这些作品短小精悍，又富有实验性，同时也形成了他的自然主义——象征主义的基本创作风格。到 1934 年，奥尼尔共上演了 34 个剧本，发掘了各种题材，尝试了各种手法，从各个角度反映美国现代生活，使美国戏剧在内容和形式上更加趋向现代化。《天边外》、《安娜·克里斯蒂》、《奇异的插曲》3 次获得普利策奖，从而确立了奥尼尔戏剧的文学价值，也开创了美国戏剧的奥尼尔时代。不久奥尼尔剧作闯入欧洲各国剧院，很快与萧伯纳、契诃夫、皮兰德娄、布莱希特、斯特林堡和易卜生齐名。他在 1936 年荣获诺贝尔文学奖，从此确立了他在世界戏剧界里的泰斗地位。

可以说，奥尼尔的戏剧成就是辉煌的。他不同时期的创作皆以不同方式给后世戏剧以影响，特别是以《琼斯皇》为代表的一组表现主义戏剧尤为使人关注。

奥尼尔20年代的戏剧有两点是值得注意的。在内容上，不受世俗趣味的约束，内容严肃、贴近生活，反映最平凡、最普通的生活，反映社会生活的各个方面，主题意蕴深刻，题材领域广阔。在形式上，奥尼尔不借助戏剧情节的变化来抓住观众，而是通过探索人类的心灵和展示人类的命运来吸引观众，引起他们的共鸣。它的戏剧较少精心设计的外部矛盾冲突，而是较多地展现人物内心矛盾。他刻画了美国现代社会里处于社会底层的一群小人物，有水手、农民、失业者、酒吧招待、妓女等等，并对他们寄予了深切的同情。他对人物的塑造是现实主义的，但人物对理想的追求是浪漫主义的。他对环境的渲染是自然主义的，而在现实主义的铺叙中总是闪耀着对形象、气氛和场景富有诗意的想像。他为了寻找有效的表现手段，一方面继承自古希腊悲剧以来的欧洲戏剧传统，一方面借鉴欧洲现代思潮和现代技巧。他大胆尝试了当时西方戏剧的各种流派，尤其是表现主义。他把朴实无华的现实主义和大胆创新的表现主义结合起来，把现代戏剧的自然主义和诗意结合起来，把小说技巧和戏剧技巧结合起来，形成了自己的风格。他在戏剧创作中曾经大量使用面具、象征性角色、旁白、内心独白、合唱、场景效果、音响效果、群众场面、程式、灯光及舞蹈动作等手法，以丰富戏剧表演的形式，提高戏剧的艺术表现力。

奥尼尔是带着9幕悲剧《悲悼》进入30年代的。这是奥尼尔奉献给世界戏剧的又一杰作，也是他30年代最成功的作品。1934年在纽约上演的象征主义剧作《无穷的岁月》没有获得预期的成功，使奥尼尔深感失望。由于种种原因，奥尼尔从此退入书斋，长时间保持沉默。

正当人们以为他和他的作品都已随着历史发展而成为过去时，他荣获1936年诺贝尔文学奖。当然，奥尼尔自1934年退入书斋，并不等于他完全放弃了戏剧创作。在这一期间，他先后完成了《更加富丽堂皇的府邸》（1938）、《卖冰的人来了》（1939）、《进入黑夜的漫长旅程》（1941）、《休伊》（1942）、《诗人气质》（1942）和《月照不幸人》（1943）。在这些剧本里，人们可以看到他已放弃实验，重新回到写实主义的创作手法，而且更加内向，更加强调揭示人物的内心世界。

奥尼尔到了后期创作时，对外部世界和社会背景早已不甚关心。他追求的是更深一层的心理分析和对人生的洞察力。于是他的剧作更加内向，更加集中于个人命运。他让情节退居次要地位，着重人物的内心冲突，着重人物的心理描写。于是，内心独白长于对话，过分占用剧本的篇幅，对往事的叙述过于重复，意识流小说因素往往超过戏剧因素，严重影响了戏剧动作的节奏，令人感到拖沓、冗长、沉闷、压抑。奥尼尔后期作品的悲观色彩过于浓重，这是他消极人生观的反映。他认为“人是生活的嘲弄及他自己的牺牲品”，“我们本身就是悲剧，是已经写成和尚未写成的悲剧中最令人震惊的悲剧”，“除艺术品外，没有任何东西使人感到幸福。”这种悲观情绪与二战后美国在经济、军事、文化上出现的繁荣和大多数美国人的乐观天性是极不谐调的。

50年代奥尼尔戏剧的复出是美国戏剧界的重大事件，为人们重新认识他和他的作品创造了有利条件，也为奥尼尔剧作的经典化铺平了道路。从此以后，奥尼尔作为美国现代剧的开拓者之一，载入了史册。

【参考书目】

1. 周维培：《美国现代戏剧史》（1900—1950），江苏文艺出版社1997年版。

2. 廖可兑：《尤金·奥尼尔研究论文集》，外语教学与研究出版社1997年版。

3. 汪义群：《当代美国戏剧》，上海外语教育出版社1992年版。

灵魂的拷问

——布莱希特的《伽利略传》（1938）赏析

布莱希特（1898—1956），是德国著名的剧作家、戏剧理论家、导演、诗人。布莱希特不仅是叙事戏剧的代表作家和导演，而且是20世纪西欧戏剧发展过程中最重要的戏剧家之一，他对世界各国戏剧的影响是多方面的。

一

布莱希特1898年2月10日出生在巴伐利亚州奥格斯堡。1917年进慕尼黑大学学习文学，兼攻医学。1918年写出第一部短剧《巴尔》。1920年写出《夜半鼓声》。1922年写出《城市丛林》，同年获“克莱斯特奖金”。1924年应著名导演M. 莱因哈特聘请赴柏林任德意志剧院戏剧顾问，创作剧本《人就是人》。

1926年，布莱希特研究马列主义，并与演员、导演、音乐、舞美合作，从事戏剧活动。这个时期，布莱希特开始形成自己的艺术见解，初步提出史诗（叙事）戏剧理论与实践的主张。他在歌剧《马哈哥尼城的兴衰》（1927）的说明中，将戏剧式戏剧与史诗式戏剧作了侧重点的区分。1928年发表《三分钱歌剧》，布莱希特开始享有国际声誉。1930年写出《屠宰场里的圣约翰娜》。1930年前后，布莱希特写了几部被称之为教育剧的短剧，包括《措施》、《例外与常规》等，尝试适用马克思主义的观点解释社会问题。1933年，希特勒上台，他带着家人，开始了长达15年的流亡生活，1948年10月返回东柏林定居。1949年与妻子海伦·魏格尔一道创建和领导柏林剧团，并亲任导演，全面实践他的史诗戏剧演剧方法。1956年8月14日因心脏病突发去世。

在近四十年的戏剧创作活动中，布莱希特写了将近50部多幕剧和短剧。他的创作分为3个阶段：①试作阶段（1918—1926）。这个时期的剧作以炽热的感情揭露资本主义社会的种种弊端，揭示现实生活中的丑恶现象，表现出布莱希特激进的小资产阶级政治立场。②教育剧创作阶段（1926—1933）。这个时期他试图用马克思主义观点去认识世界，并且初步形成独立的艺术主张，在导演E. 波斯卡托的实践基础上，提出史诗戏剧理论的构想。③史诗剧创作阶段（1933—1956）。这个时期他应用陌生化理论进行戏剧创作实践，目的是打破戏剧的有机构成形态，把戏剧的假定性直接暴露在舞台上。

《大胆妈妈和她的孩子们》、《伽利略传》、《高加索灰阑记》等一系列重要剧作奠定了布莱希特作为一个具有国际影响的戏剧家的地位。

在题材和形式上，布莱希特的戏剧分为大众戏剧、寓言剧和历史剧三种类型。布莱希特的重要剧本有：《三分钱歌剧》（1928）、《四川好人》（1930）、《母亲》（1932）、《大胆妈妈和她的孩子们》（1932）、《潘蒂拉老爷和他的男仆马狄》（1940）、《高加索灰阑记》（1945）、《伽利略传》（1947）、《公社的日子》（1948—1949）等。

除剧作外，布莱希特以他独特的戏剧理论驰名于世，重要的理论著作有《戏剧小工具篇》（1948）、《戏剧小工具篇补遗》（1952—1954）、《大胆妈妈和她的孩子们》等剧的导演分析。

布莱希特曾任德意志民主共和国艺术科学院副院长，荣获1951年国家奖金和1955年列宁和平奖金。布莱希特是西欧戏剧发展过程中最重要的戏剧家之一，他对世界各国戏剧的影响是多方面的。

二

就对现当代中国戏剧的影响而言，布莱希特可以说是继易卜生、斯坦尼斯拉夫斯基之后最重要的外国戏剧家，也是争议最多、影响最为复杂的戏剧家之一。

由于布莱希特最早阐述自己对戏剧的新观点的文字，多以剧本的跋文、说明等形式写成，像最早的《跋歌剧〈马哈哥尼城的兴衰〉》、《跋〈三分钱歌剧〉》等，直到《戏剧小工具篇》的出现。由此给后世理解带来了不少的困难，以至于他的理论观点常常被曲解，甚至自相矛盾。其间引起广泛争议的就是他的“陌生化效果”，可以说如何理解“陌生化效果”是评价布莱希特戏剧理论及实践的关键。布莱希特独创的非亚里士多德式戏剧——叙事剧（或译史诗剧），其最为显著的特征就是“陌生化效果”，因此，从这个意义上说，我们有理由把“陌生化效果”作为布莱希特戏剧理论与实践的核心。

布莱希特作为一位具有历史意识和创新思维的戏剧理论家与实践者，这不仅体现在他与众不同的戏剧主张，更体现在他对西方传统戏剧理论的深刻反思上。可以这么说，布莱希特最早创立叙事剧的动机是出于他对传统戏剧的强烈的厌恶。声称他所反对的西方传统戏剧为亚里士多德戏剧。众所周知，亚里士多德在其《诗学》中有关戏剧的论述，特别是以"净化"说为其特征的悲剧学说，奠定了西方古典戏剧的结构与特征，两千多年来一直是西方传统戏剧必须遵循的原则与方法。而他从亚里士多德的戏剧理论入手来反思西方戏剧发展的历史，并把亚里士多德式的戏剧作为反叛的目标来建立自己的新剧种，可说是体现了作为一个杰出的戏剧大师具有的高瞻远瞩的魄力。

我们知道，亚里士多德式戏剧最主要的特征就是强调对生活的摹仿，要求演员化身为角色，最大限度地使观众与剧中人产生共鸣（即移情）。那么，布莱希特为什么要反对亚里士多德式的戏剧呢？最主要的原因有两个：其一，他之所以反对是基于一种社会学的考虑。面对一切美好的事物在资本主义社会遭到毁灭的现状，如何找到一种帮助人们改变现实的艺术样式，把娱乐的目的手段变成教育的目的，并把娱乐场所改变成宣传机构。他在1940年写的《关于现实主义写作方法的札记》第六节中写道："对于现实主义作家的实践来说，重要的是，文学理论要把现实主义同它的各种社会功能联系起来。"在布莱希特看来，作为现实主义的文学艺术不仅要具有改变世界的功能，而且要具有批判社会的功能，这源于他强悍的社会历史使命和对马克思主义历史唯物主义和辩证法的理解。他在《戏剧小工具篇》中写道："一切进步，在生产中导致社会改造的每一摆脱自然束缚的解放，人类按照新的方向所从事的一切改变他的命运的尝试，不管在文学中作为成功或失败加以描写，都赋予我们一种胜利的或者信赖的感情，带给我们对于一切事物的转变的可能性的享受。"基于以上的认识，布莱希特认为，必须打破传统戏剧给观众制造的幻觉，重铸戏剧的社会功能。其二，他之所以反对，是来自戏剧美学自身的要求。由于传统戏剧强调对生活的摹仿，制造幻觉，最大限度地要求观众与剧中人产生共鸣，这一切皆有违他重铸戏剧社会功能的初衷，因此，他反对观众和剧中人的一体化，以便使观众能够超越戏剧所表现的现实并进而改变他们置身于其中的社会。既然以摹仿和共鸣为特征的西方传统戏剧妨碍了人们去改造现存世界，那么就必须寻找一种能够帮助人们改造现实的艺术形式，布莱希特写道："戏剧艺术这种社会作用的转变使得有必要完全改变戏剧艺术的手段。"于是，布莱希特从对社会学的反思转到了对戏剧美学的探索，从改变舞台与观众这一最基本的关系入手来建立自己新的戏剧样式，这就是以陌生化为特征的史诗剧。

可以这么说，布莱希特创立与消极无为的戏剧相抗衡的能动的戏剧热望促成了"陌生化效果"理论的诞生。他曾给"陌生化"下过一个简洁的定义："陌生化的反映是这样一种反映：对象是众所周知的，但同时又把它表现为陌生的。"针对传统戏剧要求演员化身为角色，他要求演员与角色保持距离，"必须把观众从催眠状态中解放出来，必须使演员摆脱进入角色的任务。演员必须设法在表演时同他扮演的角色保持某种距离。演员必须对角色提出批评。演员除了表现角色的行为外，还必须能表演另一种与此不同的行为，从而使观众作出选择与批评。"针对传统戏剧的共鸣作用，布莱希特要求观众以一种疏离与陌生的态度来看待剧中人，从一种被动的"共鸣"转变为一种批判性的观察，通过戏剧呈现的可变的现实来改变社会。布莱希特的戏剧理论和实践从建立伊始就是针对西方传统戏剧的，因而带有强烈的反传统的色彩，但不能以此得出结论，强调陌生化效果，就是不要幻觉，排斥共鸣。纵观其戏剧理论及实践的发展过程，我们可清晰地看到一条发展轨迹，那就是他对社会生活的积极态度先于他的形式，一切形式的终极目标都是为了建立积极能动的戏剧。"陌生化效果"作为一种方法，作为一种效果，其真正的目的并不是要消解传统戏剧的"共鸣"，而是通过一系列特殊的手段最大限度地控制感情，消减"共鸣"作用，最终完成对传统戏剧功能的超越。

我们说，布莱希特以"陌生化效果"为理论核心的史诗剧从社会使命出发，却对戏剧的本质、功能和呈现方式提出了新的认识，这使他的戏剧获得了空前广泛的意义。

正是由于“陌生化效果”采用了一切尽可能的手段来消减传统戏剧的“共鸣”作用，由此带来的异彩纷呈的外在形式往往被误认为形式主义，在中国尤其如此。然而，我们说，无论在外国还是中国，无论是当时还是现在，从外在的形式对布莱希特戏剧进行关注本身就是一个深刻的“误读”。言其深刻，是因为“陌生化效果”所呈现的方法本身并没有什么实质意义。布莱希特有一句名言：“关于文学形式，必须去问现实，而不是去问美学，也不是去问现实主义美学。人们能够采用多种方式埋没真理，也能够采用多种方式说出真理。”“陌生化效果”对布莱希特而言，它不仅仅是“作为一种表达的手段，更是作为观察和表现现实生活的一种特定的方法，在一般戏剧处理及其重要的细节中都起着作用——在不同演出、不同演员身上以不同方式起着作用。”

就理论与实践而言，陌生化效果在以下几个方面产生了矛盾。具体而言就是，在理论意义、实践过程和实际效果三方面不自觉地陷入了某种困境。

首先，作为一种抵制传统戏剧理论的理论，陌生化效果是否完全脱离了与传统戏剧的联系，关于这一点，历来是评论家们争议的焦点之一。大多数学者认为布莱希特建立了全新的戏剧样式，实际上，事实并非如此，就布莱希特自身的戏剧创作与实践而言，也非完全实现了“陌生化效果”，其“史诗剧”与传统戏剧之间有着千丝万缕的联系。这种联系就是布莱希特“他把狄德罗关于表演中演员和角色保持距离的理论，和来自传统的强调通过各种有效的艺术手段来达到‘陌生化效果’的理论融为一体，从而形成自己独树一帜的戏剧，这已经是一件了不起的创造了。”

其次，作为一种消减传统戏剧“共鸣”作用的方法，陌生化效果包含着两个层次的含义：（1）演员将角色表现为陌生的；（2）观众以一种保持距离和惊异的态度来看待演员的表演或剧中人。就前者而言，布莱希特要求“演员应当站在惊讶和矛盾的立场去阅读他的角色”，并且“演员一刻都不允许使自己变成剧中的人物。他不是表演李尔，他本身就是李尔——对这于他是一个毁灭性的评语。”这种要求演员与角色绝对的间离的做法，有违艺术创作的规律，因而实际的效果也就大打折扣。就后者而言，欣赏个体的差异使排斥“共鸣”缺乏科学的依据，也有违艺术欣赏的原则。因此，陌生化效果在理论意义、实践过程与实际效果三者之间常常陷入一种自相矛盾的困境。因而，当它作为一种普遍的方法时就不免要遭遇一系列的困难。有意思的是，布莱希特本人也意识到了“陌生化效果”存在的偏颇，并在实践中不断修正自己的观点。他在30年代曾经提出“变消遣品为教材，把娱乐场所改变成为宣传机构”的主张，到了40年代末，他却在《戏剧小工具篇》里写道：“使人获得娱乐，从来就是戏剧的使命，像一切其他的艺术一样，这种使命总是使他享有特殊的尊严；它所需要的不外乎是娱乐，自然是无条件的娱乐。如果把剧院当成出售道德的市场，绝对不会提高戏剧的地位；戏剧如果不能把道德的东西变成娱乐，特别是把思维变成娱乐——道德的东西只能由此产生——就得格外当心，以免恰好贬低了它所表演的事物。”由此可见，布莱希特仍然坚持戏剧的娱乐功能，但这种回归不是一种“圆”的重复，其出发点已是致力于探讨什么样的娱乐才适合于科学时代的观众了。

可以这么来说，布莱希特对自己观点的修正，从某种程度上说，也可以说是对“陌生化效果”的反驳。实际上，布莱希特当初建立非亚里士多德式戏剧以及由此产生的“陌生化效果”，更多的是出于戏剧政治功利的考虑，为此，他不惜从内容、形式两方面入手，建构自己“史诗剧”的美学规范。这样，特定的动机与普遍的原则之间就不免要产生一系列的矛盾，这也是他的理论被不断延伸、曲解乃至部分被扬弃的根本原因。就布莱希特成熟的戏剧思想而言，他对“陌生化效果”可说是持一种比较辩证的看法，“史诗剧”不是不要幻觉，排斥感情，而是控制幻觉的程度，恰当地把握感情，消减“共鸣”在戏剧欣赏过程中的作用，最终以一种批判性的思考达到共鸣。

布莱希特的“陌生化效果”在舞台与观众之间强化的参与意识，拓展了戏剧本体的发展空间，使布莱希特在认同与批评他的人中间获得广泛的关注。

三

《伽利略传》是布莱希特最好、最成熟的叙事戏剧之一。它曾经作过多次修改，共有三个完整的剧本。第三稿系于1953—1955年由上述两个稿本综合而成，并于1955年和1956年分别在科隆与东柏林上演。

《伽利略传》是一部历史哲理剧，它以17世纪意大利天文学家、物理学家伽利略的事迹为题材，把历史的经验教训和20世纪的现实斗争结合起来，形成一个哲理性的主题思想，表现在新旧社会交替时刻，科学与愚昧、变革与反动之间存在着一场生死搏斗。伽利略证实了哥白尼“太阳中心说”，冲破了长期禁锢人们思想的“地球中心说”和教会信条，因而遭受到宗教裁判所的残酷迫害，被判处终身囚禁。他虽然在宗教法庭的严刑逼讯下，放弃了为自己所证实的真理，但他仍然相信一个新时代已经破晓。

《伽利略传》不分幕，也不分场，而是分为15个部分。时间为1609—1637年。登场人物众多，大约有50多名（不算群众角色），各式各样的人物都有。

该剧每一部分都有提示，多数部分还有开场诗，概括该场内容。开场诗主要起评论和说明剧情的作用。“提示”与“开场”是布莱希特史诗剧的一个重要组成部分。

第一场提示：“帕多瓦的数学教师伽利莱奥·伽利略要证明哥白尼的新宇宙说。”

开场诗：“一千六百零九年，在帕多瓦一幢小屋里，知识之光明亮地升起。伽利莱奥·伽利略推算出：地球在运动，太阳却静止不动。”

第二场提示："伽利略向威尼斯共和国呈交一项新发明。"

开场诗："伟人的所作所为，并不全都伟大，伽利略喜爱可口的菜肴。诸位请听吧，不要生气，请听这望远镜的真实故事。"

第三场提示："一六一０年一月十日：伽利略借助望远镜，发现天空的若干现象可以证明哥白尼的宇宙说。他的朋友就他的研究工作可能招致的后果对他提出告诫，伽利略便陈述他对人类理智的信念。"

开场诗："一千六百一十年，一月里的第十天：伽利莱奥·伽利略，发现原来没有天。"

第四场提示："伽利略离开威尼斯共和国，来到佛罗伦萨宫廷。他通过望远镜得到的发现，受到当地学术界的怀疑。"

开场诗："旧事物说：自古以来，我就是这样。新事物说：倘若你不是真的，就走开。"

第五场提示："伽利略没有被鼠疫吓倒，仍然坚持研究。"

此场无开场诗。但从提示里已说明情节。

第六场提示："一六一六年，梵蒂冈研究院罗马学院承认伽利略的发现。"

开场诗："世人见了觉得稀奇：教师自己也要学习。上帝的仆人克拉维乌斯，承认伽利略说得有理。"

第七场提示："一六一六年三月五日，宗教法庭把哥白尼著作列为禁书。"

开场诗："伽利略在罗马作客，在红衣主教的府第。人家为他设宴，敬酒，只有一个小小的要求。"

第八场提示："一次谈话。"

开场诗："伽利略在读箴言，有个年轻的修道士来拜访。他是贫苦农民的孩子，他想知道，知识怎样才能得到。"

第九场提示："在沉默了八年之后，伽利略受到新教皇——也是一个科学家——即位的鼓舞，又继续进行他对禁区的研究工作。太阳黑子。"

开场诗："真理在口袋里，舌头在嘴里，他沉默了八年，觉得沉默的时间太长。真理呵，请展翅飞翔。"

第十场提示："随后十年，伽利略的学说在人民中间得到传播。小册子的作者和民谣歌手到处吸取新的思想。一六三二年狂欢节期间，意大利许多城市的同业公会选择天文学作为狂欢节游行的主题。"

此场无开场诗，基本上由歌组成。民谣歌手赞颂伽利略是《圣经》的"破坏"者。开头两节歌词如下：

"全能的上帝创造伟大的宇宙，叫太阳遵照他的命令这样做：象一个小婢女，掌着一盏灯，规规矩矩围绕地球走。因为他希望，从今以后，人人围绕比自己强的人旋转着。于是乎团团转便先开始，卑微的围绕着显要的，后面的围绕着前面的，天上是这般，人间亦如此。于是乎，红衣主教围着教皇绕圈圈。城市陪审官围着教会文书转，工匠围绕着城市陪审官。仆役们围着工匠圈走，围绕仆人的是母鸡、乞丐还有狗。"

"伽利略博士站起来扔掉《圣经》，抽出望远镜望一眼青天，他对太阳说：站住！宇宙间万物旋转，如今得要变一变，现在该叫女主人，嗨！围着她的婢女转。"

第十一场提示："一六三三年：宗教法庭下令召这位举世闻名的学者前往罗马。"

开场诗："深渊酷热，高处清凉，里巷喧闹，宫廷寂静。"

第十二场提示："教皇。"

此场无开场诗。

第十三场提示："一六三三年六月二十二日，伽利莱奥·伽利略在宗教法庭悔罪，宣布放弃他的地动说。"

开场诗："六月的一个白昼转瞬飞逝，这一天对你我关系不浅：理智自黑暗中喷薄而出，她伫立在门口整整一天。"

第十四场提示："一六三三——一六四二年。伽利略作为宗教法庭的囚犯被软禁在佛罗伦萨城郊的一所农舍直至去世。伽利略的著作《对话录》。"

开场诗："一六三三年至一六四二年，伽利莱奥·伽利略，沦为教会的囚犯，直至他离开人间。”

第十五场提示：“一六三七年，伽利略的著作《对话录》越过意大利国境。”

开场诗：“亲爱的朋友，记住这结局，知识越过国境，已经逃出去。我们都有旺盛的求知欲，……守护好科学之光吧，好好利用它，不要滥用它，不要让一场大火，把我们大家，把我们大家一齐烧成灰烬。”全剧至此结束。

《伽利略传》作于第二次世界大战之后，这末场的开场诗是作者告诫人们，不能让帝国主义利用科学发动第三次世界大战。

《伽利略传》是布莱希特最优秀的剧本，成功地塑造了伽利略的艺术形象，体现了叙事戏剧的结构特色。它虽然不是传统式的戏剧结构，但情节发展脉络仍然存在。它写了伽利略在威尼斯从事教学和研究工作的清贫生活。伽利略到佛罗伦萨以后的情况，证实哥白尼学说的正确和托勒察学说的错误，以及这个问题在宗教界激起的反对和愤怒。伽利略在教会严刑的威胁下放弃他的论断，并被他的敌人投入监狱。剧本结束部分表明伽利略已服从教会的统治，但他对他的学生安德雷亚表示：他背叛了他的职业，一个人做出像他做过的这种事情，是不能容于科学家的行列的。与此同时，他让安德雷亚将他的《关于两门新科学——力学与落体定律——的对话》带往荷兰去，这又使安德雷亚感到他并没有向科学的敌人投降。

依据布莱希特史诗剧“陌生化效果”的艺术手法，布莱希特对人物性格的刻画也有突破性的发展。布莱希特笔下的人物不仅是可变的，而且是正在改变。他从历史唯物主义的角度反对单纯地从抽象的人、人性出发来塑造人物形象，力图说明人在“共同生活过程”中活动的具体的社会关系。剧作家不仅应从人的主观意识中，更应从他的社会存在中考察，人物性格必定是多样的、有血有肉的，也是充满矛盾的。这是布莱希特和莱辛在戏剧理论和创作上的重大区别之一。也是布莱希特挣脱了性格刻画的严格要求，在描写文学形象个性上的一大突破。

萨特曾经指出，布莱希特只想表现，没有完全不受历史形势制约的个人遭遇，而个人遭遇同时也反过来制约社会形势，所以他的人物总是模棱两可的。他强调指出他们的矛盾也是他们所处时代的矛盾，同时企图表现他们怎样创造自己的命运。

布莱希特笔下的伽利略是一个内心分裂、充满矛盾的艺术形象。他身上不仅体现了灵与肉的自身冲突，而且反映了象征社会进步的科学与阻碍历史发展的腐朽势力之间的斗争。这两种矛盾冲突在剧中都表现得异常激烈，且不可调和。在布莱希特看来，伽利略既是历史上的一位伟大的科学家，他在科学研究中作出了许多重要贡献，同时也具有庸人的性格特征，竟然在宗教裁判所要对他实施酷刑并将他处死的威胁下宣传放弃他原先的科学思想和见解。在剧本里布莱希特运用细节，十分细致地塑造了伽利略这种自相矛盾的性格。例如他为了增加薪水来买书、买肉，为女儿准备嫁妆，他竟然谎称发明了望远镜，其实只是仿制别人的发明；到了佛罗伦萨他又不顾瘟疫的威胁，勇敢地进行科学实验；他贪吃的毛病也非常突出。凡此种种，布莱希特还通过这些生动的细节，塑造了伽利略“这一个”有弱点的伟大科学家的形象。伽利略具有非凡的头脑，但有时候，他的灵魂不得不服从肉体的需要，牺牲自己的思想来保持贪婪而胆怯的肉体。伽利略曾经这样教育他的学生：“不知道真理的人，不过是个傻瓜。但是知道真理，反而说它是谎言的人，就是罪人。”然而正是他自己，却屈服于教会的势力，写下了悔过书，背叛了科学的真理，这是他生平的一大污点。虽然他在被囚禁的条件下，完成了为人类作出巨大贡献的《对话录》，但他的内心却充满遗憾和悔恨，觉得他是一个罪人。他始终没有原谅自己的行为：“我背叛了我的职业。一个人做出了我做过的这种事情，是不能见容于科学家的行列的。”布莱希特笔下的人物不能简单地称之为“正面人物”或“反面人物”。布莱希特从未塑造过什么高大的英雄形象，他认为，恰恰是在批判与肯定的辩证法中，才能塑造出“浑圆的”、“饱满的”、“多层次的”人物形象。伽利略的悲剧是伟人的悲剧。布莱希特正是用他的自我剖析与批判，加强了自己对他的批判力量。

伽利略的灵与肉的冲突仅只是剧本所反映的矛盾冲突的一个方

面，剧本里面还反映了另一个更为深刻的矛盾，即科学与社会的矛盾关系。伽利略是科学的代言人，教会则是社会的代言人。他们之间的矛盾，实质上是科学与神学的矛盾冲突，理智与宗教信仰之间的矛盾冲突，真理与谬误之间的矛盾冲突。伽利略的灵与肉的搏斗，他的矛盾旨在阐明自然科学家的社会职责。

在剧本里，布莱希特通过伽利略灵与肉的搏斗，科学与社会的冲突，引导观众对这些矛盾冲突自行判断其是非曲直，并从中汲取教育。这也是叙事戏剧的重要特征之一。此剧成功地实验了他的理论。

布莱希特主张写“史诗剧”，目的在于扩大戏剧的容量，加强戏剧的倾向性，帮助观众加强逻辑思维。在《伽利略传》中，作者运用了提示、开场诗、民谣等多种手法来强化戏剧的“间离”效果，但同时也不排斥传统戏剧技巧的运用，他十分重视剧本的景念、戏剧性、对白等等。《伽利略》一剧从整体上说，是一个叙述性的剧本，从局部上看，却有不少精彩的戏剧性场面。全剧情节跌宕起伏，充满了戏剧性。

总之，布莱希特的戏剧既强调叙事性，也重视戏剧性；既强调感情的间离，也重视感情的共鸣。布莱希特在戏剧理论与戏剧实践上的各种创新以及他剧中所塑造的一系列人物形象，极大地丰富了世界戏剧舞台，为戏剧的发展与创新提供了无限广阔的空间。

【参考书目】

1.《布莱希特研究》，中国社会科学出版社 1984 年版。

2.《布莱希特论戏剧》，中国戏剧出版社 1990 年版。

3.《现代西方艺术美学文选》（戏剧美学），春风文艺出版社、辽宁教育出版社 1989 年版。

4. 廖可兑：《西欧戏剧史》（下册），中国戏剧出版社 2001 年版。

他人就是地狱

——萨特的《密室》（1944）赏析

独幕剧《密室》（1944），又翻译成《间隔》、《禁闭》，是法国哲学家萨特的存在主义名剧，被称为西方现代戏剧的经典之作。剧本把相互角逐的一男二女置于阴森的地狱式的房间里，三个亡魂都不改生前的本性，每个人都为一己之私而试图葬送另外两个人的幸福，但谁也不能如愿以偿，以致男主角加尔散不胜感叹地说："他人就是地狱。"这句话尖锐地揭示了资本主义社会中以邻为壑的人际关系，从一个方面反映了这个社会的现实。这句话已成了存在主义的名言。

一

萨特（1905—1980）首先是位哲学家和文学家，其次才是戏剧家。然而，就其作品影响而言，无论是皇皇哲学巨著《存在与虚无》，还是洋洋洒洒的小说《恶心》或《自由之路》恐怕都要远逊于世界闻名的《密室》等戏剧作品。仅此一条理由便足以使我们关注萨特的戏剧。

萨特的童年原本可能与任何人一样平淡无奇。然而在其两岁那年，由于父亲去世，他便跟随母亲一起去外祖父家生活。在这位退休德语教师的宠爱与培养下，他很快成为"小神童"，不仅4岁起就能翻阅百科全书，而且在上学前就会舞文弄墨。在其一生的学习道路上，萨特从来都是一帆风顺，高中毕业后考取了名流荟萃的巴黎高等师范学校，毕业后又在强手如林的哲学教师资格会考中名列前茅，并因此结识了终身伴侣西蒙娜·波伏瓦。1933年他获得政府奖学金，前往柏林法兰西学院进修哲学，通过钻研克尔凯郭尔、胡塞尔和海德格尔等人的著作逐渐形成自己的哲学思想，发展了存在主义。5年之后，萨特发表了第一部小说《恶心》，终于如愿以偿地一举成名。

二战爆发之后，萨特应征入伍，但不久就被德军俘获，9个月之后又意外地获得保释。也正是在德国俘虏营里，萨特开始投入戏剧实践。由于仰慕他的才华，敌人对他另眼相待，除了平时让他写些小品短剧以供俘虏们消遣之外，还在圣诞节期间让他创作大戏。考虑到集中营里有不少神父以及演出的特殊时间，萨特决定根据《圣经》的耶稣诞生故事进行改编，于是诞生了他的第一部剧本《巴利奥那或雷电之子》，演出时他还充任导演和扮演角色。这场特殊演出使萨特获益匪浅，深刻地体验到戏剧作为集体仪式的力量与本质，并自认为具有戏剧禀赋，预感到"以后将会写戏"。果然，此后的十多年间几乎写戏不断。

神话剧《群蝇》（1943），是萨特获得著名存在主义剧作家声誉的奠基石。该剧取材于古希腊神话，描写王子俄瑞斯忒斯战胜朱庇特，主宰自己的自由意志，终于铲除篡位的暴君，报了杀父之仇的故事。俄瑞斯忒斯最后把天神朱庇特点化的能使人产生负罪心理的苍蝇引走，恢复了阿耳戈斯城邦的自由。剧本以象征性的台词暗示人民终将觉悟，击败德国法西斯统治。

萨特于战后发表的《恭顺的妓女》（1946）是他一系列剧作中的佼佼者。剧本较为深刻地揭露和鞭挞了美国白人种族主义者对黑人群众的歧视和残酷迫害以及白人参议员的伪善嘴脸，剧本对社会最底层的黑人群众和妓女寄予同情，呼吁社会正义，从而体现了剧作家的人道主义精神。但是剧中女主角最后仍然被种族主义者的花言巧语所引诱，为白人凶杀犯作了伪证，并且投入其怀抱。这是剧本留给人们的阴影。

同年发表的另一部政治剧《死无葬身之地》同样具有一定的思想深度。剧本以第二次世界大战期间法国游击队抵抗维希卖国政府的英勇斗争为背景，揭露卖国主义分子对游击战士的疯狂镇压，颂扬爱国主义者宁死不屈的气概。不过该剧过多地表现战士们临死前的心理—生理变态现象，而对于抵抗战士宁死不屈行为的目的和意义则未能作深刻揭示。以上两部剧本的政治色彩多于存在主义色彩，体现了萨特的“介入文学”精神，具有现实主义特色，因而能焕发出较高的思想和艺术价值。

稍后发表的《肮脏的手》（1948）是一部引起激烈争议的剧本，受到了进步力量的批判。剧本虚构了一个名为伊利里的东欧小国家无产阶级党内两派政治斗争的情景，试图说明“谁也不能清白无辜地执政”这样一个道理。由于剧作家把耍弄权术、背信弃义、行凶暗杀等政治斗争手法搬到了无产阶级党内，所以该剧上演后得到了某些国际反共势力的喝彩，萨特本人也不得不承认“剧本客观上变成反共的了”。这部作品使萨特文学创作的思想倾向受到了质疑。

半神话半寓言式的剧本《魔鬼与上帝》（1951）刻画了一个嗜杀成性的古代政治头领格茨的形象，他和别人打赌有行善的可能，便摇身一变而成为好人。从此格茨便施惠予农民，企图博得他们的信任。但是结果却适得其反，他对农民的懿行善举却招来他们的憎恶，于是他又恢复本性，立意为恶。剧本宣扬善恶相济、无恶不成善的思想，说明人是生而相残的，人之所以成为人，就是因为懂得仇恨，蹈袭“性本恶”的旧辙。剧本《涅克拉索夫》（1955）揭露了在垄断资产阶级操纵下的某些新闻机构和政客的反苏反共政治阴谋，这是继《恭顺的妓女》之后较为深刻地揭示资本主义社会内幕的一部政治剧。《阿尔托纳的幽禁者》（1959）描写了一个参加过侵略战争的纳粹军人因畏罪而隐居长达13年，终至与世隔绝、丧失现实感的情景，揭示出某些违时背势的资产者的生活悲剧。萨特的另外两部剧本是：根据大仲马同名剧本改写的《凯恩》（1954）和《特洛伊妇女》（1965）。

萨特一生写了11部剧本，还写过几部电影脚本。他的剧作取材广泛，戏剧构想独具一格，艺术手法娴熟，台词精妙。而寓于剧作中的存在主义哲理，则是使萨特区别于其他所有剧作家的一个主要特征。1964年，他被授予诺贝尔文学奖，却以“从来不接受任何来自官方的荣誉”为由加以拒绝。60年代以后，萨特更是走出书斋，除了进一步鼓吹“介入文学”之外，还身体力行地参与如火如荼的社会政治运动，坚定地站在进步力量一边，支持人类的正义事业，赢得了世界范围内的广泛尊敬。然而在戏剧创作方面，萨特却失去了往昔的激情，鲜有佳作问世。

二

萨特说过：“任何戏剧都是以表现哲理为前提的。”作为哲学大师，萨特一生不断地通过各种媒介传播经其改造过的存在主义思想，包括小说、随笔等在内的文学作品几乎无不负有这一使命，其戏剧自然也概莫能外。

存在主义是现代西方广泛流行的哲学流派，存在主义者认为有两个“存在”，一个是“自我”，一个是“我”以外的世界。在他们看来，“自我”更重要，无前者也就无后者。而“自我”与世界是敌对的，世界对“自我”来说，是一种“限制”、“阻力”。因此，人在世界中是孤立无援的，“他人就是我的地狱”，人的命运注定是悲剧性的。

怎么解决人和世界的矛盾呢？有两种存在主义的观点，一是基督教的存在主义，认为人和世界的矛盾用宗教加以解决；二是无神论的存在主义，认为人和世界的矛盾可以用自由选择的原则决定自己的本质，发展自己的个性去解决。

萨特存在主义哲学属于无神论，其核心内容由以下三个命题构成。

一是“存在先于本质”，这是指“首先有人，人碰上自己，在世界上涌现出来，然后才给自己下定义。”就是说，人的存在与本质是前后关系。首先是自我存在，只有自我才能决定自己的本质。这是说世界上首先有人，有个人的主观性、有自由选择的行动，然后才能给人下判断，作结论。他认为：人不是上帝创造的，没有先验的性善、性恶之分。每个人只能根据不断选择自己超越自己，给自己下定义，每个人都处在动态的行为选择中，所以，每个活人的存在，只是一种实现本质的可能性，即他并不能在结论性的意义上存在，只能在可能性的意义上存在。

二是“存在是荒谬的”，这是指“世界是荒谬的，人生是痛苦的”，因为每个人都有自己的主观性，在主观性林立的社会里，人与人之间充满了冲突。因此，这个世界缺乏理性、信念和规律。

三是“自由选择”，这是指每个人都必须有自由，行动与思想的自由。不能按个人意志进行自由选择，也就等于丧失了自我。只有自由选择的人才创造了他自己，才是真实的存在。他不相信人具备固有的“人性”，也不同意这种“人性”在特定情境的影响下可以改变；他不同意把人解释为“理智的动物”，受“理智”所支配；也不同意把人解释为“社会的”人，受“社会”所支配。他认为人是“完全不可捉摸的自由生命”，人的本质取决于自己的行为，所谓“行为”就是“自由选择”，“这种自由生命在面临某些必然性的情况下，必须对他的自我作出选择。”“人是什么？人不外是他自己使自己成为人的那个东西。”他创立了“自由选择”的理论，认为人有自由选择一切的绝对自由，通过自由选择，也就确定人的“自我”，决定人是好还是坏的本质，这其实是唯心的、资产阶级人道主义的一种新形式，所以他认为“存在主义是一种人道主义”。

三

作为一位大思想家，他同样不断地对戏剧的本质与目的进行思考，并形成了一套独特的理论，亦即具有浓重的存在主义色彩的“境遇戏剧”。因此，要读懂萨特的戏剧作品，除了必须掌握其存在主义哲学基本原理之外，还必须对其戏剧理论有所了解。

何谓境遇戏剧？首先，它是一种与传统的西方资产阶级戏剧针锋相对的戏剧。萨特认为，自从资产阶级登上历史舞台以来，西方戏剧便沦落为其思想道德的工具，对现实社会中的矛盾不闻不问，而不遗余力地宣扬所谓永恒的人性，以“塑造性格、刻画心理”为己任，影响极坏。他认为：必须坚决打破资产阶级制造的神话，因为并不存在所谓一成不变的共同“人性”，相反，它在一定境遇中形成并随境遇之变化而变化。萨特写道：“有普遍意义的不是本性，而是人处于其中的各种情境，也就是说不是人的心理特征的总和，而是他在各个方向遇到的极限。”这一观点明显打着存在主义哲学的烙印，因为萨特一贯主张的便是人的本质并非与生俱来，而是后天获得。人不是基督教所鼓吹的那样降生于世便犯有“原罪”，而是天生自由，犹如一张白纸。只有当他处于一定情境，经过选择并为此承担起责任之后，他才真正创造了自己，获得了“性格”。不惟如此，人的境遇与人自身一样也是处在不断变化之中，于是人一生中总是面临着各种新选择，其性格也就随之变化，直到撒手人寰，才能盖棺定论。此外，人与人的区别并不在于性格，而在于“行为之间的分歧与冲突”以及权利之间的冲突。这样一来，以表现永恒人性为目的、以性格冲突为基础的资产阶级传统戏剧观就站不住脚，甚至是荒谬反动的了。基于这种观点，萨特提倡以境遇戏剧来反对性格戏剧，目的在于“探索人类经验中一切共同的境遇”，让舞台上的境遇“能照亮人的状况的重要面貌，使观众参与人在这类情境中做出的自由选择”。

那么，“境遇”到底指什么呢？萨特将之定义为：制约人的自由行为的各种客观条件，包括国家、社会、制度、人际关系、伦理道德与传统习俗等等，几乎无所不包，无处不在，我们不妨理解为人的所有具体生存环境。萨特认为，由于人都生活在一定的境遇之中，且具有决定性意义，所以戏剧便应该首先表现这种境遇。心理戏剧的缺点正在于忽视了形成人性的社会背景、宗教道德价值、民族之间、阶级之间、意识及行动之间的冲突等一系列重要因素。境遇戏剧恰恰相反，首要任务是表现决定人物性格的这些外部要素，然后再表现自由的人如何在境遇中获得性格，亦即人与境遇之间的关系。他指出：“的确，人在一定的境遇中是自由的，他在这种境遇中并通过这种境遇进行自我选择。因此，在戏剧中必须展示人所处的简单境遇，以及在这些境遇中所作的自由选择。”然而，这种自由只不过是理论上的，在实际境遇中往往与之产生冲突，也正是在这种冲突中作出的选择才使人获得了意义。于是，境遇戏剧表现的便是人如何为其所包围，如何在其陷阱中寻找出路并创造自己。在萨特看来，忽视境遇冲突的心理戏剧简直就是“一种毫无意义的浪费时间”。出于这种原因，萨特对17世纪两位悲剧家褒贬有别，对将人物置于权利与义务冲突中加以表现的高乃依赞不绝口，而对着力刻画人物心理冲突的拉辛大加鞭挞。

明确了目的与表现对象之后，萨特对境遇戏剧形式也有所阐述。然而，我们不无遗憾地发现，他的观点虽然不乏真知灼见，但却与其创作实际发生矛盾。萨特在第一次戏剧经验中感悟十分深刻：“戏剧的伟大在于它的社会职能，从某种意义上说，在于它的宗教职能：它仍旧应该是一种宗教仪式。”他从而得出戏剧应是“一个伟大的集体的与宗教的现象”的结论。应当承认，这是萨特的独到之处。另外，他对观众的积极作用也有着清醒的认识。他在《作者、作品与公众》中表示：“一出公演的戏，它首先是个客体。一个有其自身结构的客体。不过这个客体的出现有赖观众与作者的合作。”他甚至还非常大度地认为剧作家一旦完成了剧本，导演就拥有完全的自由。这些都说明萨特的戏剧思想具有一定的先进性。可惜的是，他的这些认识没有能够贯彻到其创作实践之中，其剧作既没有多少仪式性特点，也没有丝毫让观众参与的迹象。

可以这么说，萨特设想的是一种既保留了传统戏剧的戏剧性特征，又吸收了布莱希特叙事剧特征的混合型戏剧。叙述剧的影响主要体现在剧作的内容方面，即将人物行动中的“社会性动作”揭示给观众，让观众从中发现其产生的社会境遇。因此，萨特特别强调要在剧本当中注重表现人的行为，或者说表现行动中的人，不仅一切都必须是行动，且一切都得靠行动来完成。他认为最重要的是动作，物体、动作、布景，甚至连幻觉无不如此，语言更不例外。正是通过人物的社会性动作才能揭示其所处的复杂社会体系，达到揭露与批判资本主义矛盾与冲突的目的。

然而，萨特更多地是个古典戏剧的继承人，在各个方面都显示出真正意义上的“旧瓶装新酒”。为了展示人物通过自由选择来获得性格，他往往设置一条具有存在主义象征意义的情节，通过一个或几个典型境遇来考验人物，置其于冲突之中，让其思考并作出反应，在一系列行动中来展示自己。一般来说，萨特剧作中事件既简单又集中，发展相当引人入胜，富于悬念。在谋篇布局上，推崇高乃依的萨特讲究简洁明快，往往一开场就单刀直入地将人物置于矛盾境遇中心。再加上人物少和时间短等特点，其戏剧结构简直就是古典主义戏剧之现代翻版。此外，萨特的语言风格也同样具有精练明确的特点，富于力量，有些大段台词慷慨激昂极具感染力和煽动力。与高乃依不同的是他也能运用日常词汇，甚至不排斥俚语村言、粗话、黑话。

总之，这位曾经有志于创立一种“严谨的、道德的、神话的和仪式形式的戏剧”、曾经对阿尔托和热内等极具现代意识的戏剧理论与形式产生过浓厚兴趣的境遇戏剧理论家，其实际创作与之南辕北辙，却与他大加诟病的传统戏剧在形式上一脉相承，难怪有人将萨特剧作与19世纪情节剧相提并论，指出两者区别仅仅在于境遇剧拒绝心理刻画，通过特定情景中的行动来定义人而已。

四

萨特应三位演员朋友之邀，于1943年秋至1944年初创作了《密室》。为了不偏不倚，让三人平分秋色且始终出现在舞台之上，他原来设想的情境为三个人物因为躲避轰炸而在一个地窖里，后来灵感突发，改成了“地狱”。1944年5月，该剧由罗洛执导，演于老鸽巢剧院，观众反应热烈，演出获得了极大成功。

全剧只有四个人物，除一名不参与剧情的侍者外，其余三人，不分主次，在情节和台词中平分秋色。报社男编辑加尔散生前是个临阵脱逃的胆小鬼，因在反法西斯战争中坚持反动的和平主义观点，于一月前被抓获后枪决；邮政局女职员伊内丝，生前是个同性恋者，因心理变态，唆使表嫂抛弃丈夫投入自己怀抱，致使表哥惨遭车祸死亡，表嫂也为恋情所迷，于一星期前的夜半打开煤气管，双双中毒气绝；贵妇艾丝黛尔，生前是个热恋男性的色情狂，她蒙骗丈夫另求新欢，并淹死私生女儿，气死情夫，她因患肺炎于昨天死去。这三个罪人先后被投入地狱，囚禁于一室，又都本性不改，形成三角关系：加尔散为表白自己不是胆小鬼，总想说服伊内丝，而对懒于思考只要男性的艾丝黛尔十分厌恶；伊内丝却怀抱同性恋热望，爱上了贵妇艾丝黛尔，极力排斥异性的加尔散；追求男性的艾丝黛尔，却只对加尔散有情意，反而憎恶同性的伊内丝。结果，加尔散不仅未能说服伊内丝，反挨一顿痛骂；伊内丝想把艾丝黛尔揽进怀抱，也始终不能如愿；艾丝黛尔要求加尔散帮她把伊内丝拖出门外遭到拒绝，又唤他用拥抱自己对伊内丝进行报复也不能得逞。于是艾丝黛尔恼羞成怒，抓起刀子向伊内丝身上乱捅。三人之间争风吃醋、嫉妒挑拨、互相猜忌、各不相容，“他人就是地狱”，这成了萨特的名言。

“他人就是地狱”是本剧的第一个主题。正确理解这句话，成为准确把握和科学评价这部作品的要害所在。当年法国天主教派的迂腐人士，就只从字面上浅陋解释，说这是“仇视他人”，是“病态的个人主义”、“悲观主义者”等等，萨特为纠正这一误解曾作过种种努力。最重要的一次，是1965年灌制《密室》唱片时他口录的一段前言。他说：

“我想要说的是，他人就是地狱。但是，这句话常常被人误解。有人以为我的本意是说，我们与他人的关系总是毒化了的，总是地狱般的关系。然而我要阐明的却是另一回事。我的意思是说：要是一个人和他人的关系恶化了，弄糟了，那么，他人就是地狱。……世界上的确有相当多的一部分人生活在地狱里，因为他们太依赖别人的判断了。但这并不是说，和别人就不可能存在另一种关系。”他进一步解释：“我的用意是要通过这出荒诞的戏表明：我们争取自由是多么重要，也就是说，我们改变自己的行为是极其重要的。不管我们所生活的地狱是如何地禁锢着我们，我想我们有权利砸碎它。”可见，“他人就是地狱”这句话中，主要含有三层意思。

首先，如果你不能正确对待他人，那么他人便是你的地狱。即倘若自己是恶化与他人关系的原因，自己就得承担地狱之苦的责任。剧中三人都是罪人，都是败坏与他人关系的罪魁祸首，生前都给他人造成过痛苦。加尔散曾有外遇，五年来和一个混血女人同居，还领回家过夜。他的妻子有殉道者气质，很崇拜他，对他的不轨行为，内心痛苦，虽有责备神色，但仍咬牙忍受。战争爆发后大家主张抗战，他却宣传和平主义，最后因逃跑被逮捕枪毙。加尔散在对待国家和世界大事上是个罪人，在对待妻子和家庭问题上也是罪人。他因自己的犯罪作恶造成与他人的关系恶化，这种罪魂必遭地狱之苦。伊内丝，厌弃表哥，夺走表嫂，致使表哥惨死。对此她反而十分高兴，常对表嫂说：“这下可好了，我的小娘子，我们把他杀死了！我很坏，换句话说，我活着就需要别人受痛苦。”最后也致使其表嫂死于非命。正如她说的“我是一把火，把一切都烧毁了”。由于极端自私的同性恋，她毁了一个家庭和两条性命，造成他人灾难，当然要受地狱的惩罚。艾丝黛尔本来是个善良姑娘，只因贫困孤独，嫁了有钱的丈夫，和睦相处6年之后，发生了婚外恋。生下私生女儿，情夫高兴，她却反感，把孩子扔进湖中，气得情夫开枪自杀。她不仅变为坏女人，还是溺婴犯和刽子手。这三个罪魂，是人群中的败类。加尔散说“我是下流胚”，伊内丝说“我是该入地狱的人”，艾丝黛尔说“我是堆垃圾”。伊内丝的一段话概括准确，揭示了他们的共同特点：“我们都是自己人哪！我们都是一伙杀人犯，我们都是地狱里的罪人。我们也有快乐的时日，有些人一直到死都在受苦，还不是因为我们干的好事！现在，我们得付出代价了。”萨特通过三个已死的“死活人”，正是要点醒许多在世的“活死人”来认识这个道理。

其次，如果你不能正确对待他人对你的判断，那么他人的判断就是你的地狱。他人的判断固然重要，但也只能参考，不能依赖，不可看做是最高裁决，更不是自己行为的最终目的。凡以追求他人对自己赞美的人，必定陷入精神困苦之中。加尔散正是如此。他从不自察内省、改变自己的思想和行为，他耿耿于怀的，总在计较别人会怎样给自己作结论：他的编辑同事们会谈论他是胆小鬼，后继者也永远会持这种看法。“我的一生已经捏在他们手里了，他们根本不理会我就给我做了结论。”死后仍然争取艾丝黛尔相信他不是胆小鬼。他认为求助于她一人的认可便可得救，但艾丝黛尔对此并无兴趣。他失望后又去找肯动脑筋的伊内丝，然而得到的回答正好相反，这使他更加痛苦，因而陷于精神地狱之中。

第三，如果你不能正确对待自己，那么你也是自己的地狱。人生旅途，每出差错，人们很容易去找社会原因、客观原因和他人原因，往往看不到自己的原因，正确对待自己常为我们所忽略。在萨特的人学观中，这一点却极为重要。《密室》提出这一问题，其深层意蕴正在这里。艾丝黛尔“粘糊糊，软塌塌，是一条章鱼，像一片沼泽”，不动脑，不思考，只追求动物本能般的直感享乐，不能严肃对待自己，也不去改变自己，所以走上犯罪道路，落入了自己的地狱；伊内丝有思考能力，却被同性恋的情欲引入歧途，明明知道自己很坏，还要一意孤行，步入作恶的深渊。她从不能正确对待自己开始，以与别人共同毁灭告终，也落入了自己为自己制造的精神地狱之中；加尔散既不能在事前正确选择，又不敢在事后面对事实，为自己的行为负责，还要以他人的判断为准绳来确定自己的价值，也落入了自设的陷阱之中不能自拔，成为一个虽生犹死的“活死人”。与其说是他人给加尔散造成痛苦，毋宁说是他给自己造成的痛苦。这也是一种精神地狱。叔本华曾把唯我论者称作“关在攻不破的堡垒里的疯子”，《密室》描写的正是关在攻不破的堡垒里的、永受煎熬的三个疯子！

正是在上述三层意义的基础上，萨特呼吁“争取自由”“砸碎地狱”，就是要唤醒人们不应作恶，以免扭曲与他人的关系；就是要唤醒人们，不要依赖别人的判断，作茧自缚，制造樊笼，成为“活死人”；就是要唤醒人们，严肃认识自己，超越自己，鼓励人们以自己拥有的自由权利为武器，去砸碎这种精神地狱，冲破人为的灵魂牢笼，为自由的心灵开拓出一片新天地来。

该剧表现的另一个主题是自由选择。依照存在主义观点，自由选择有善的选择和恶的选择之分。加尔散三人生前有恶行、污点，死后在地狱里互相折磨，并非别人强迫，而是他们自愿作出的卑劣的选择，从而决定了他们的本质是低劣的、丑恶的。剧中加尔散和伊内丝的一段对话说明了他们这种恶的选择。

伊内丝：你做了30年的大梦，老以为自己有智有勇，你对自己的千百种缺点短处从来都不放在心上，总以为英雄人物怎么干都是允许的。那时候你多不拘小节呀！

加尔散：我不是做英雄梦。我是自愿选择了走这条道路的。一个人自己愿意做什么人，就是什么人。

伊内丝：拿出证据来。证明你过去并非梦想；只有行动才能断定人的愿望。

加尔散：我死得太早，人家没有给我时间，让我作出我的行动。

伊内丝：人总是死得太早——或者死得太晚。然而，结束了的一生在那儿摆着，像账单一样，已经记到头，得结账了。你的一生就是你的为人，除此之外，你什么也不是。

萨特对于人的这种恶的自由选择是持否定态度的，剧中三个鬼魂由于作了卑劣的自由选择，他们在地狱里才那样痛苦、难堪。萨特通过地狱里的痛苦景象，向人们提出了道德的告诫，人必须进行高尚的、积极的自由选择，才能摆脱苦恼和空虚，成为一个有责任感和有德行的人。

五

这部悲剧，新颖深刻，其艺术特征主要有以下三方面。

第一，题材的荒诞性。萨特从人生的非理性和社会的荒诞性出发，在构思之初，为表现人际关系，想选择一个封闭的环境条件——二战中长期轰炸期间的一群人被关在地窖内。后又对题材作了重大改造：把地窖改为地狱，把活人改为死者，这就增强了鲜明的荒诞色彩。《密室》旨在写现实之魂，关注的是悲剧人生，然而选取的却是非现实题材，全部描写都是地狱罪人的矛盾纠葛。作者通过荒诞场景和荒诞情节，形象而奇特地写出了一批荒诞人物在荒诞处境中的真实感受。伊内丝身在地狱却能看见人间的活动：她生前住过的房间被一对男女租用，男人坐在床上，女人双手搭在男人肩上，接着什么都消失了。他们在低声说什么？为什么不开灯？会不会在她床上互相爱抚？她看不见也听不见，这才意识到自己完全死了。同样，加尔散也看到报社的同事们在议论他，说他是胆小鬼，令他心里不安。他还看到：活着的妻子仍然痛苦，人们把他的遗物归还给她，她正坐在窗户旁思念丈夫。昨天死掉的艾丝黛尔，则看见了自己的葬礼都还未结束，“风吹动了我姐姐的面纱。她竭力想挤出一点眼泪”。丧事办完后，客人纷纷散去，相互问好握手，丈夫则悲痛欲绝地守在家里。她还看到自己曾经爱过的小伙子，被女友带往舞池，拥抱着跳舞，便生出嫉恨之情。对女友她妒火中烧又无可奈何，对男友想重温旧梦又不能还阳，欲投身其中而不得，欲罢手又不能。这种奇异的精神折磨，只有通过新逝鬼魂的荒诞感受，才能生动感人地展现出来。萨特由阳通阴，以阴写阳，这种奇特新鲜的超现实感，便形成了浓郁的荒诞色彩。

第二，境遇的极限性。萨特剧作的具体境遇，往往是特殊条件下的极限境遇，常常通过人物的自我毁灭而确立自己，以便使“自由”在最高程度上呈现出来。他只给主人公留下两条出路：或生或死，或成或败，或冲出牢笼或永远负罪。这是一种两难选择的极限境遇，进退维谷又不能呆立不动，骑虎难下又要当机立断，关系到生死存亡，永劫不复，调和无望，后果可怕，无法延缓，也不能逃避，对人物具有极大的压迫性和威胁的恐惧感。这种悲剧，正如古希腊悲剧那样，在原始故事即将结尾处开始剧情，第一幕就把人物抛入冲突的中心，在真切自然之中使人高度紧张，具有鲜明的形而上的严峻性质，很容易唤醒观众和读者的参与意识，因而产生震撼灵魂的巨大力量和艺术魅力的强烈效果。

《密室》正是如此，萨特将剧情设置在特殊的境遇——地狱里。这个地狱，十分奇特：没有血腥刑具，没有阎王小鬼，也没有窗户、镜子和床。这里不分昼夜，大家永远不睡觉，睁着眼睛，目光萎缩，不会眨眼，不知疲劳。它像一个法国第二帝国时代的客厅，三个幽灵住在这里，自己照顾自己。这里没有最高裁判，没有是非标准。外面的人进不来，里面的人出不去。胆小鬼、色情狂和同性恋三者结成了特殊的社会关系。对每个人物来说，另两人都是他的客观条件，是他的选择对象。作者为每个主体设置的境遇，不仅在物质条件、自然环境方面，达到一种极限，而且在社会环境、人际关系方面，也达到极限。极限的具体境遇迫使人物必须选择，人物选择的可能性只能在极限范围内活动，这便为展现戏剧矛盾和刻画戏剧人物提供了充分基础。

第三，哲理的深刻性。萨特最善于把人学哲理化为具体的戏剧冲突。《密室》中的阴曹地府分明是反面人生的深刻揭示，展露出来的人际关系就是人间地狱关系，三个鬼魂就是那种扭曲了的畸形关系中的你、我、他。一部《密室》就是那种畸形社会关系的缩影。《密室》最初取名“他人”是颇有深义的，说明作者表述的主旨是“与他人的关系”问题。即“我的意识”和“他人的意识”的关系问题，这两种意识共处于同一境遇中，必然具有两种特征。

一是相互依赖性。加尔散要争取另二人对自己的有利判断，伊内丝对艾丝黛尔怀有同性恋的希望，艾丝黛尔对加尔散的异性追求，正表现了三方互相联系，不可分割，另两方都是第三方互为存在的依据。当加尔散为躲避互相搅扰、想孤身独处时，便宣布各坐一角，以隔绝联系。为不听见两位女性说话，他索性用手指塞住耳朵，但仍无用，她们就好像在他的耳朵里谈话一样。当他又提出大家闭上眼睛、忘掉别人的存在时，伊内丝一语中的道：“啊，多么天真！我浑身都能感到您的存在，您的沉默在我耳边嘶鸣。您可以封上嘴巴，您可以割掉舌头，但您能排除自己的存在吗？您能停止自己的思想吗？我听得见您的思想，它像闹钟一样滴嗒滴嗒在响，我知道您也听得到我的思想。”更生动而精辟地揭示了人的存在的群体性和依赖性。

二是相互超越性。加尔散要说服别人相信自己不是胆小鬼，就是要用自己的意识去征服对方的自由意识；伊内丝追求同性恋的目的，就是要艾丝黛尔的自由意识顺从自己的意识；艾丝黛尔要把加尔散据为己有，也是要用自己的女性意识去同化对方的异性自由，说明每两个意识之间，不是超越对方就是被对方超越，绝不可能是静止、永恒的共处存在。正是三个意识各所具有的依赖性和超越性，使他们结成了特殊的社会关系。也正由于三者都把超越性凌驾于依赖性之上，只要超越性，无视依赖性，因此都陷入了“唯我论者”的泥潭。作者通过三个意识之间既有排斥又有追求的尖锐冲突，表现了每个意识都企图征服他人意识并要求其转化为真理的徒劳，说明生活群体中的任何个人都不可能独善其身，从而描写出一群唯我论者在与他人关系中必然发生的悲剧。这种逻辑思辨和形而上的理论色彩，使故事具有了普遍的哲理性，因此，《密室》便为任何时代、任何国家和任何民族的观众，提供了深刻的借鉴和启示。

但萨特戏剧的一般缺点也在此剧中昭然若揭，即过于依赖语言，“观念大于形象、境遇重于动作、头脑胜过身体”等。这些缺点在萨特此后的剧作中愈演愈烈，以致于法国评论家布阿德福尔认为在萨特的戏剧创作中，“论战者往往压过了剧作家”，是战后十五年来的“观念戏剧的大师之一”，而对戏剧本身的语言与结构却一无作为，形式相对比较落后。正如另一位评论家米荣所指出的那样，“萨特并不创新，而是采用和改编现成剧目的材料”来为其哲学服务，其成功在于剧本的组织中所体现出来的智慧与敏捷、写作手法上的灵巧及魅力。这无疑解释了为何萨特戏剧至今越来越少被人搬上舞台，而另一方面人们却仍被其中所闪耀着的思想光辉所吸引的悖论现象。

【参考书目】

1. 萨特:《存在与虚无》，三联书店 1987 年版。

2. 江龙:《解读存在——戏剧家萨特与萨特戏剧》，湖南大学出版社 2001 年版。

3. 廖可兑:《二十世纪西欧戏剧》，中国美术学院出版社 1994 年版。

4. 刘明厚:《二十世纪法国戏剧》，上海文艺出版社 2000 年版。

5. 宫宝荣:《法国戏剧百年（1880—1980）》，三联书店 2001 年版。

谁杀死了我的儿子

——阿瑟·密勒的《全是我的儿子》(1947)赏析

阿瑟·密勒是美国现当代著名的剧作家。在他的一系列剧作中，以其现实主义的思想深刻和表现手法的新颖，描写了美国社会里小人物的悲剧和“美国梦”的幻灭。《推销员之死》的成功使他获得国际声誉，一举奠定了他在当代美国戏剧的显赫地位，成为战后最杰出的剧作家之一。

一

阿瑟·密勒1915年10月17日生于纽约一时装商人的家庭，父亲在20世纪30年代初破产。密勒中学毕业后工作两年，1934年他进入密执安大学新闻系读书，开始戏剧创作。在大学二年级时，他由于非常缺钱用，就花了四天的时间写了一出剧本，名为《黎明的荣誉》。为此，他获得了250美元的霍普伍德奖金。第二年，他又写了另一出《没有恶棍》，又获得了同一奖金。这两个剧本都是30年代非常流行的所谓社会抗议剧。1936年9月，密勒又写出了《他们也起来了》，该剧表现一个犹太中产阶级家庭的生活和奋斗。它标志着阿瑟·密勒戏剧创作生活的开始。

1938年，密勒从密执安大学毕业，同年秋天在纽约市加入联邦戏剧创作计划。1943年开始创作《福星高照的人》，并于1944年11月23日首次在纽约市百老汇福雷斯特剧院上演。这个剧本对密勒创作《全是我的儿子》、《推销员之死》起了一个准备作用。

作为一位有影响的剧作家，阿瑟·密勒的地位是在《全是我的儿子》上演以后才得以确认的。该剧于1947年1月29日在纽约市科洛纳特剧院首演，并于2月7日出版，连获纽约剧评奖和唐纳森奖。1949年2月10日，密勒的《推销员之死》在纽约摩洛斯科剧院首演，连演742场。观众和评论家都被剧本强烈的激情和悲壮的结局镇住了，大幕降落以后还久久不愿离开座位，沉浸在激动与感奋之中。该剧连续获纽约剧评奖、普利策奖、美国报界奖、戏剧俱乐部奖等六项大奖。它的成功一举奠定了密勒在当代美国戏剧中的显赫地位，使他成为战后最杰出的剧作家之一。

1956年和1958年他先后获密执安大学荣誉学博士学位和美国全国文学艺术研究院金质戏剧奖章。

在《推销员之死》后，密勒又先后上演和发表了《严峻的考验》（1953）、《两个星期一的回忆》（1955）、《桥头眺望》（1955）、《堕落之后》（1964）、《维希事件》（1964）、《代价》（1968）、《创世纪与其他》(1972)、《大主教的天花板》(1977)、《美国时钟》(1980)等。他最近创作的是两个独幕剧，合在一起统称《危险：回忆》(1986)。

二

阿瑟·密勒作为一个有影响的剧作家的地位是在《全是我的儿子》上演以后才得以确认的。它和《推销员之死》一剧都被认为是作者最具代表性的作品，不仅以深刻的思想性著称，而且亦以高度的艺术性见长。人物刻画生动，语言精练简洁，情感真挚动人，表现手法亦有独到之处。

《全是我的儿子》1947 年正式上演，保持连续上演一年的卖座记录，得到了当年纽约剧评界最佳戏剧奖，并拍成电影。剧体素材据作者说是根据美国中西部一件真事改写的。全剧三幕写的是美国一个小厂主乔·凯勒一家的故事。乔是一个机器制造商，他们全家的命运跟战争的命运休戚相关。两个儿子都去当兵打仗，小儿子拉里是飞行员，在战时失踪。尽管几年来一直杳无音讯，妈妈凯特还是坚信他活着，总有一天会回来。乔在战时承包军工生产，制造飞机零件，可他利欲熏心，投机取巧，以次充好，丧心病狂地把一批有毛病的飞机马达卖给政府，结果造成了 21 个飞行员机毁人亡。事后又嫁祸于人，卑鄙地把罪责推给自己多年的合伙人——拉里的未婚妻安妮的父亲。他却逍遥法外，行若无事，居然在战后重整家业，开设新厂，发财致富。安妮原是拉里的未婚妻，拉里失踪后，她同拉里的哥哥克里斯经常通讯，互致劝慰，滋生爱意，两人约定相机宣布婚事。安妮来到凯勒家做客，凯特疑虑重重，隐隐感到预兆不妙，揭开了戏的序幕。安妮的弟弟乔治去探牢，父亲史蒂夫将沉冤和盘托出，乔治深悔过去错怪父亲，认清了凯勒的本来面目，决意连夜赶来，劝阻姐姐的婚事，这才把全剧的主要矛盾集中在一起，推创了非解决不可的高潮。尽管凯勒摆出一副忠厚长者的嘴脸，表示念及旧情，既往不咎，愿为史蒂夫父子安排工作；乔治不为所动。

乔治在揭露真相后，负气回去。大儿子克里斯听到乔治的指控，明白凯勒家的每一块钱都沾满鲜血，激发了他的良心，不愿意继承父业，准备离家出走，另闯天下。安妮不忍与克里斯分手，凯勒百般阻挠，安妮无奈，出示了拉里的遗书。原来拉里因父亲干下了如此伤天害理的勾当，无颜见人，决计驾机殉死以报，吩咐安妮不必独守空房。真相大白，凯勒自知所作不齿于人，连儿子都不能原谅，只得开枪自杀来逃避自己良心和亲人的谴责。面对自己父亲的这些野兽般的行为，从前线复员归来的大儿子克里斯以自己在前线亲身经历的崇高牺牲作对比，痛斥美国社会是一个“动物园!”但克里斯也像20世纪30年代的青年一样，仍对美国的未来抱有希望。在全剧快结束时，他对安妮说：“有一回，一连下了几天雨，有个孩子来到我跟前，把他最后的一双干袜子给了我，把它们塞进我的衣兜里。这只是一件小事——但是……我有的就是这样一类的人。他们没有死；他们互相为了别人杀掉自己。我的话是确实的；微微自私一点，他们就会活到今天。于是我产生了一个念头——要看着他们永世长存。每一件东西都在被摧毁，瞧，但是我觉得产生了一件新事物。一种——责任心。人对人的。你懂我说的吗?”

《全是我的儿子》为我们塑造了凯勒这样极端利己主义者的形象。作者在全剧中逐步展现凯勒罪行的暴露，以及他对自己罪行认识的变化、走向自杀的过程，同时也分别描述了他的两个儿子在认清父亲罪行后根据良心指导所采取的不同态度，赋予了剧本浓厚的说教意义。因而有人称它为惩恶扬善的道德剧。剧中两个儿子与父亲形成鲜明的对比。大儿子愤怒地对父亲说：“为了钱！——我天天都在等着送死，你却在杀害我的兄弟，你是为了我才干的吗?”“你还有国家吗？你还算活在这个世界上吗？你到底是什么东西？你连畜生都不如，畜生也不害同类，你是什么东西？我应该怎么对付你才好?”当小儿子在报上知道父亲的罪行后，决定以死殉身，他在留给未婚妻的遗书里写道：“昨天飞机从国内运来了一批报纸，我看到爹和你父亲被定罪的消息。我无法表白心迹。我无法告诉你我感触如何——我再也活不去了。昨夜我在基地上空绕了二十分钟才让自己降落。……我没脸见人——一忽儿工夫我要去执行任务了。他们大概会报告我失踪了。如果他们这样报告，我要让你知道，你不必再等我。说真的，安，如果现在我当场抓住他，我会宰了他。”凯勒为了一己私利，“为了家庭幸福，为了儿子利益”，把一批有裂缝的汽缸盖卖给军用商，断送了21个小伙子的生命，这些小伙子都是美国的儿子，因此实际上杀害的是“全是我的儿子”，这样他就不能不对自己的罪行付出应有的代价。在现实生活中，像凯勒这样双手沾满鲜血仍照样生活下去的人还少吗？应该说，凯勒的自杀是他良心发现和自我救赎的最好的方式。《全是我的儿子》向我们揭露的是一个只认可“成功”的社会，凯勒最大的担心就是怕几十年的心血毁于一旦。他对大儿子说道：“你四十年心血全泡在一项买卖里，他们不用五分钟就叫你完蛋，我有什么办法，让他们夺走我四十年心血，让他们夺走我毕生心血吗?”正是凯勒对“成功”毁灭的恐惧导致了他良心、道德的丧失，而这一点正好体现了美国社会对每个人都提供“成功”可能的同时所导致的自身的悲剧，因而可以说，凯勒的悲剧既是个人的悲剧，也是美国社会的悲剧。

然而，《全是我的儿子》不仅仅是停留在对人性丑恶和现实的揭露批判上。作者力图跳出社会剧的框架而使作品升华成为真正的悲剧。在描写凯勒极端利己的同时，作者又以充满人性的笔调，刻画了凯勒对儿子充满爱的复杂心理。凯勒内心深处对财富的强烈欲望，使他感觉到有责任为自己、为儿子、为家庭不计手段地追逐金钱。当他发现正是自己的“爱”导致了小儿子的死亡、大儿子的决裂时，内心的自责和恐惧导致了他的自杀。凯勒两个儿子也深深地感到了父亲的“罪行”给他们带来的伤痛。他的两个儿子都去前线打仗，在战火的洗礼和生死与共的特殊环境中，建立了一种新的人生观，一种新的人与人之间的关系：一种因生死与共而产生的集体观念。这种人生观因凯勒的那种“人不为己，天诛地灭”的人生观发生了冲突，围绕这个冲突，剧情逐步展开。到了最后，克里斯逃避矛盾，不是把父亲罪行公诸于世，交给法庭审判，而是采取出走的这条路，可以说这是剧作家根据现实生活精心作出的安排。剧作家没有美化、拔高克里斯，如实地勾勒出了典型环境里一个具有一定典型意义的人物的轮廓。

在剧中，作者还刻画了一个善良、美丽而充满同情心的女性——安妮。她曾是凯勒的小儿子拉里的未婚妻，她爱拉里，对纯真的爱情充满了无限的向往。但凯勒和战争摧毁了她的希望。拉里失踪后，她同拉里的哥哥克里斯在交往中相爱了。当她的弟弟乔治赶来，把父亲的冤屈和盘托出，试图阻止她的婚事时，她用她的宽容和善解人意试图来化解一切，心底里却怀着深深的爱。她是美和善良的化身。剧作家在剧中为我们塑造的安妮形象，似乎寄托着作者对人的理想和社会的希望。

在结构上则带有明显的佳构剧的特征，甚至带有佳构剧式的紧凑和精巧。故事发生在将近一天两夜的时间里，凯勒的两个儿子都去当兵，小儿子拉里在战时失踪了。几年来一直杳无音讯，可凯勒的妻子凯特还是坚信他活着，总有一天会回来。全剧就是在等待所形成的焦虑气氛中开场的。由安妮到凯勒家做客，揭开了戏的序幕。所有的当事人都聚集在一个地方。乔治的探牢和阻婚，通过凯勒与克里斯的矛盾、凯勒与乔治的冲突把全剧的主要矛盾集中在一起。隐藏的罪恶不断地被揭发和自我暴露，现在的生活事件或画面在诱发对往事的追忆。

《全是我的儿子》是一部战争反思剧。故事素材是作者从一个亲戚那里听来的。二战期间，一个西部的女孩子向政府告发了其父把坏零件卖给军队，从中牟利。密勒追忆到："这女孩的行动使我震惊，这是一种多么完全的道德啊。"因此萌发创作冲动，决心对这类"令人厌恶的危害社会的行为进行揭露。"这种揭露充分体现在对乔·凯勒的形象塑造上。这是一个依靠个人奋斗而发迹的工厂主，他十余岁便做学徒工，只在夜校里学过一年英文，目光短浅，对生活和社会认识偏狭固执，对他来说，"世界只有面前的40码大，它结束于房间的拐角。"即家庭和儿子。工厂赚了钱，让儿子受教育，给妻子请个女佣，就是凯勒的生活目标。因此当120个引擎盖要报废可能会导致工厂破产时，他毫不犹豫地把它们卖给军队。

凯勒曾有过侥幸念头，但是事情一旦败露，他又狡猾地让别人代他受过。因为凯勒在道德形象上同样希望做儿子们的楷模。父与子，不仅是血缘上的承传关系，而且是所有存在价值的核心与精神纽带。凯勒在自杀前说："没有他不能做的事，也没有我不能原谅的。因为我是他的父亲而他是我的儿子。"正是他的这种自私的、传统的价值观与克里斯的社会责任感发生了不可调和的矛盾。作者指出，比起那些大发战争财的大亨巨贾，凯勒的错误也许是微不足道的，但同样是不能予以原谅的。剧本通过拉里的遗书指出："国家利益和社会良心高于家庭和父子关系。"凯勒的自杀，表达了老人的愧恨和对儿子们所代表的价值观念的认同。

《全是我的儿子》戏剧手法的运用也很巧妙。"悬念"手法的运用尤为突出。"悬念"是指人们急切盼知某种事物的一种心理状态。高明的剧作家总是善于在不断的意外的偶然性变化中制造悬念，牢牢地吸引着观众的兴趣，让观众自始至终处于有所期待的心情之中。此剧的悬念手法运用得极好，所有的戏剧冲突都围绕着一个始终令观众关切的悬念：拉里的生死与坏零件的真相。开场时，通过凯勒与邻居之间的对话引出了即将到来的安妮。安妮为什么来到凯勒家？拉里是否死了？安妮的哥哥乔治为什么要阻止安妮与克里斯的婚礼？三个悬念紧接着出现。随剧情发展，观众知道了安妮曾是凯勒的二儿子拉里的未婚妻，自幼同凯勒家相熟；拉里失踪后，她同拉里的哥哥克里斯经常通讯，滋生爱意，两人约定相机宣布婚事。解决了第一个悬念，留下了两个：拉里是否死了？安妮与克里斯的婚事能否如愿以偿？到了第一幕结尾，安妮的哥哥乔治去监狱里探视他父亲的消息，在凯勒和他妻子心里引起了一阵阵的不安，似乎有什么事要发生。又生发出一个新的悬念。第二幕一开始，克里斯的母亲告诉他说："法庭里史蒂夫直到最后还是一口咬定是你爹逼他干的。如果他们要重新审理这个案子，就是熬不过了。"看到这里，观众会想：安妮的父亲史蒂夫为什么会坐牢，他和凯勒之间发生了什么？一连串悬念的不断产生，吸引着观众非看下去不可。乔治的到来，使所有的矛盾冲突都集中尖锐起来。他之所以要阻止安妮的婚事，是因为凯勒嫁祸于他们的父亲，把他们的父亲送进了监狱。而最后谜底的揭开，则由一封拉里的遗书来完成。一封遗书，把全剧的戏剧冲突推向了高潮。在拉里写给未婚妻安妮的信里，观众终于知道拉里真的死了。他从报纸上知道，正是父亲卖给军工厂的坏零件断送了自己战友的生命。他只能以死来解脱自己，逃避良心的谴责。至此，全剧的总悬念——拉里的生死终于真相大白。凯勒是坏零件事件中真正的罪犯，是“杀死”自己亲生儿子的凶手。事件的结局：凯勒自杀了，凯勒对自己的罪行付出了应有的代价。戏剧是“危机”的艺术，悬念手法的运用关键在于悬念的保持与打开。只有将悬念和全剧的主要冲突联系起来，才能引导观众期待的情绪，向着正确的方向发展。此剧主要的冲突就是凯勒的价值观与两个儿子价值观的冲突，人物的动作都围绕着拉里的死和坏零件事件而展开，一切悬念无不由此而生，而解。正是他自己的所作所为，导致了儿子的死亡，间离了父子的感情。凯勒不仅仅是杀害儿子的凶手，而且也是杀害自己的凶手。

如果说《全是我的儿子》奠定了密勒作为一个有影响的剧作家的地位，那么，1949 年首演的《推销员之死》则是使他一跃成为与威廉斯齐名，与奥尼尔并称的当代戏剧名家。《推销员之死》是英美评论界一致公认的密勒一生最重要的作品。直到今天，它仍是美国重演率最高的剧目之一。1983 年，密勒亲赴中国，协助北京人艺排练这部名剧，给中国观众留下了深刻的印象。

《推销员之死》不仅思想深刻，而且表现手法新颖。全剧只有两场，故事发生在一天两晚之间。全剧情节以主人公威利的思维和行动为线索展开。作者打破了时间和空间的限制，通过对舞台表演区域主体的设计分割和电影闪回手法的运用，把过去、现在的场面不断交叉进行，人物自由进出其间。在闪回场面的衔接上，作者采用个性音乐的提示和灯光暗转的方法。同时，为了把威利的内心活动外化在舞台上，当威利由于某种特定事物、场景或对话的诱导而陷入往事的回忆时，灯光与音响立即切割舞台，出现的幻觉场面只有威利能感觉到。正是密勒的匠心独具，对主要人物内心世界的深入开掘，塑造出威利·洛曼这一著名的悲剧形象。

阿瑟·密勒作为现当代美国剧坛上继承易卜生现实主义戏剧传统的伟大剧作家，以其现实主义思想的深刻和表现手法的新颖，在他一系列的创作中对美国社会流行的价值体系和道德观念深刻地提出质疑，描写美国社会生活里小人物的窘境，揭露所谓“美国梦”的破灭。正如周维培先生在《现代美国戏剧史》中所言：“不仅在理论上，而且在实践上，密勒丰富发展了亚里士多德以来的悲剧学说。他还使传统的现实主义创作方法发扬光大。”

【参考书目】

1. 周维培：《当代美国戏剧史》，南京大学出版社 1999 年版。

2. 汪义群：《当代美国戏剧史》，上海外语教育出版社 1992 年版。

3. 周维培：《现代美国戏剧史》，江苏文艺出版社 1997 年版。

谋杀者与被谋杀者的双重死亡

——热内的《女仆》(1947)赏析

让·热内(1910—1986)是法国荒诞派戏剧的代表人物之一，生于巴黎。他原是一个弃儿，由育婴堂收养。儿童时代在街头流浪。10岁时被送入教养院，成年后因行窃多次入狱，在狱中决心从事文艺创作。法国著名哲学家萨特和当代著名诗人科克托十分欣赏他的文采，同情他的身世，帮助、提携他成为作家和戏剧家。就是这个即使已经成为世界著名作家仍然恶习不改的热内，却创作了一系列令世人震惊的优秀作品，《女仆》就是其中之一。

一

应该说，热内的生活经历本身就是存在主义哲学的很好例证，这也正是法国著名存在主义哲学家萨特一直不遗余力帮助热内成为著名作家的原因所在。从来没有哪位剧作家能像热内这样，如此强烈地用自己的人生来诠释其作品的价值。了解热内的经历，对于掌握其剧作精神是非常有帮助的。

热内生下后并不知谁是他的父亲，他的生母在他几个月大时就撒手人寰。可以说，他既是个弃儿又是一个孤儿。但是，他的养母很爱他。当他在小学读书时，功课很好，名列前茅，经常得到老师们的表扬。他的拉丁文学尤其出色，在班上是数一数二的优秀生。同时他还在天主教圣诗班唱歌，并且歌声优美动听。但是，教堂的神父不给圣诗班的孩子们发钱，热内带着圣诗班的童声合唱部罢唱，神父则无可奈何。在他 10 岁那年，被控告行窃，于是不幸的他被关进教养所。后来他从教养所逃出来，从此，他走上了一条颠沛流离、四处流浪的道路。热内走遍法国、西班牙、意大利、奥地利、捷克斯洛伐克、德国、比利时和波兰等许多欧洲国家，出入于牢房和酒吧之间，饱尝了穷困潦倒和卑贱污秽的滋味。他和小偷、乞丐、男妓为伍，由于偷窃和搞同性恋，多次被指控入狱。

1924 年，热内从教养所逃出来后到了巴黎附近上学，他不喜欢那所学校，当年就离校出走，那年他才 13 岁。他跑到了地中海边上的旅游胜地——美丽怡人的尼斯城，但不幸却被遣返回原地读书。15 岁时，有一位医生发现他神经系统不大正常。1926 年他独自去马赛，又被送回巴黎。不久，他再次出走，登上去波尔多的火车，不买车票，四处流浪。同年他又因没买车票就上了火车，被巴黎警方以犯流浪罪而拘留。后来，不知他用什么办法弄到了 180 法郎，再度出走。但是因为他尚未成人，还要受社会监护，3 个月之后他才重新获得了自由。他总想出走，再次于火车上被捕。他被当局视为是犯有轻罪的少年，在监狱里被关了整整两年半。

出狱后，热内参了军。他开始有了自信心，觉得自己已经是一个男子汉了。1931 年，还是因为偷窃的原因，他离开军队，去了当年的法属北非殖民地摩洛哥。他先在摩洛哥工作，后来又去了中部非洲，还去过西班牙，再步行穿过法兰西全境。他曾经写道，自己毕生都在旅行中度过，也想有一个属于自己的住所，还希望有钱。然而，不幸的他却分文无有，因为他是无父无母的孤儿，当他到了西班牙名城巴塞罗纳时，竟然感到自己孤寂无比。在西班牙的那段时间里，他从一座城市徒步旅行到另一座城市，有时还在街头乞讨，在穷困街区居住或者索性露宿街头，生活困苦无比，甚至还在教堂里行过窃。1934 年，热内返回法国，此时他第三次参军，被派遣到法属北非殖民地阿尔及利亚和摩洛哥当兵。当兵必须满四年，但是他又一次于半途中逃跑了。前前后后，他一共当过六年兵。此后，他返回欧洲到处流浪，去过东欧的捷克，还给一位他倾心的女士写过信，也去过波兰流浪。他寄期望于那位女士能爱上他，向她大献殷勤，但对方却自始至终无动于衷。

1937 年，热内返回法国，抵达巴黎之后曾经在某大商场行窃，当即被捕并被关进监狱整整一年。次年，他被遣送到马赛，警方认为他神经不正常，因偷饮料又被关入监狱两个月之久。因他经常乘火车到处流浪，又在巴黎被捕。再度出狱后，热内在欧洲多国到处流浪，用的是一个假的军人证明。此后，热内在监狱里写的小说陆续出版了。然而，这位不幸的小偷作家仍因多次犯流浪罪而被关进监狱，等于和牢狱结下了不解之缘。

第二次世界大战于 1939 年爆发。1940 年，热内又在巴黎的书店里犯了偷书罪而被捕入狱，时间竟然长达 8 个月。首次读过他的书的人竟是一位书商，而且热内曾先后在该书商的书店里陆续偷过 5 本书！这位书商还发现热内曾因在巴黎圣母院桥边的一家店铺里偷过衣料而被捕入狱整整 3 个月，出狱后又再次入狱！热内被捕时，他曾断断续续在多座不同的监狱里写过许多诗篇。尽管他进进出出一座座监狱，但睿智的他毕竟才华横溢，确实是一位出色的诗人。

法国大作家、法兰西学院院士让·科克托（1889—1963）非常欣赏热内的诗歌和他的小说《花之圣母》。然而，科克托首次阅读他的《花之圣母》时并没有赞赏这部作品，但是在他们俩相识之后，当他再次阅读热内的手稿时，则对热内的才华倍加赞赏，另眼相看。

1943 年，热内因再度犯偷书罪而被捕入狱长达 3 个月。这一次科克托院士亲自出庭为热内辩护。热内在法庭上受审的场面宛如中世纪的法国民族英雄圣女贞德受审时一样地轰动。法官审问他何以偷书，热内的回答振振有辞，即他因为深知该书有价值所以才拿它来阅读。法官对他亦无可奈何。科克托在为热内作证时，他说如果逮捕热内，那么就是抓了“当代最伟大的诗人”。此后，爱才的科克托经常接济热内，给他钱用。但是有一天，热内竟然把科克托的书也偷走了！热内的身体越来越坏，然而他的精神却始终在思想领域里自由翱翔。他在狱中每天要纸要笔从事写作。尽管处在极其吵闹的恶劣环境里，他照样能聚精会神、无视一切地专心创作。应该承认，他确实是一位思维敏捷、聪慧过人的诗人兼剧作家。

1948 年，热内再次触犯刑法，被判终身流放。包括萨特和科克托在内的许多著名法国文人曾经共同签署过一份请愿书，要求共和国总统赦免这位天才而又不检点的著名作家。1983 年，已经获得当年法国国家文学大奖的热内，在 73 岁高龄的时候再次因为偷盗而被捕入狱。

二

1942 年，他在狱中开始写作。陆续发表了长诗《死刑犯》（1942）、长篇小说《殡仪队》（1944）、《布雷斯特的凯雷尔》（1944）、《百花圣母》（1946）、《玫瑰花的奇迹》（1947）和自传体小说《小偷日记》（1949）。这些文思绮丽的小说都是以一群小偷、罪犯和同性恋者为背景的，是美与丑的奇妙混杂，具有很高的文学价值，因而受到著名作家萨特和科克托的关注，协助他出版了上述著作。

1983 年，热内荣获法国国家文学大奖。

热内的主要剧作有《严密监视》（1947）、《女仆》（1947）、《阳台》（1956）、《黑人》（1958）、《屏风》（1961）等。

剧作《严密监视》描绘的是呆在监狱里服刑的同性恋犯人。他们是几个非常俊美的男囚，其中之一的绰号是绿眼睛，还有高大体面的勒佛朗，以及小巧玲珑又漂亮俊美的牟利斯。绿眼睛因犯杀人罪已被判处了死刑，并且不久即将执行。惯偷勒佛朗掐死了牟利斯。绿眼睛存心犯罪，因此心甘情愿去死。最终只剩下了勒佛朗，他重新跌入绝对孤独的处境之中。这个剧本有点类似于萨特的《密室》。

热内自诩他的《阳台》是一部“颂扬反射的图像之作”。其具体内容为：在一座教堂的圣器室里，一位“头戴主教帽、身披宗教礼仪用的金色长袍”的主教，正在发表热情虔诚的演讲。错了！这恰恰是个假象！其实他只不过是个煤气工人，他是被依尔玛夫人主持掌管的这家“大阳台”里的种种幻觉迷惑住了。这里的一切都布置得既精巧又雅致，来到此地的客人们都可以充分满足自己朝思暮想的飞黄腾达之美梦，以及他们拟定之巧取豪夺的欲念，还有他们那种种施虐狂的怪诞想法。“大阳台”就是一个让你梦想成真的地方。在进行忏悔和宽恕人们罪过的主教身边，有沉溺于被告呼叫的法官，还有乐于光荣地死去的将军们。然而，在这个大阳台之外，热内构想的恰恰是大独裁者佛朗哥统治下的西班牙。那里即将爆发革命，革命者们的首领是罗吉，他是一位曾经在“大阳台”干过活儿的铅管工人。镇压革命的首领是警察局长，他还是依尔玛夫人的情夫，并且和她同为大阳台的主人。忽然传闻王宫发生了爆炸，女王和她的随从们全体同归于尽。其实，这是女王为了扼杀革命故意传播的假新闻。于是依尔玛夫人扮演了女王的角色，而她的嫖客们则纷纷饰演了主教、法官和将军等人。最后，这些人物自诩他们确实夺取了政权，事实却是这场革命被制服了。此时，被打败的革命者首领罗吉来找依尔玛，他期望成为极权国家的警察总监。当他得知这个愿望不可能实现时，他阉割了自己。最后他被埋葬于这座梦幻之家的一座陵墓里。

热内在《黑人》这部戏里的前言中写道：他的一位朋友曾要求他创作一部完全由黑人演员们饰演的戏剧作品，他接受了。他打算通过这些黑人去表现所有被创造的但同时又是被放逐的人们。他们这些人尽管活着，但却从来没有“存在”过，他们不过是一些“在这个世界之外的边缘人”，就像是“辉煌亮丽的人影或是其反面”。热内还特别强调，这部戏应该仅仅演出给白人观众看。《黑人》应该是一出“滑稽戏”，或者像是一场“进行严厉谴责的悲剧”。在这部戏里，展示了一群黑人演员通过表演对一个白人妇女举行死刑的仪式，把灵柩台停放在舞台的正中间，来满足他们受白人欺压奴役之复仇的梦想。黑人坐在楼座上并且俗不可耐地都化妆成白人来观看。在观赏完毕这场表演之后，女王陛下和她的宫廷随员们一同去了她的殖民地。她率领他们到原始森林里去的用意在于她要惩罚黑人民众。不料黑人的女王却百分之百地战胜了白人的女王。这部戏以黑人演员们跳小步舞结束。全体宫廷成员们取下了他们的面具，此刻，该剧的导演阿尔施巴德向演员们致答谢辞。他说：“表演结束了，你们该消失了……你们出色地饰演了各自的角色。”这意味着热内有意识地把《黑人》这部戏处理成化装舞会的形式，目的在于制造间离效果，使观众不以为这会涉及到殖民主义和有色人种间的微妙问题。

《屏风》是一部半史诗性、半梦幻式的剧作。它由 17 场戏组成，共有上百位演员在露天舞台上演出。《屏风》这部戏于 1966 年在法兰西剧院首演。当时正是阿尔及利亚进行反对宗主国法兰西、争取民族国家独立的战争年代。《屏风》的舞台由层层叠起的四层舞台面组成。所有的屏风都可以由演员们直接移动，这些屏风上面绘有所要表现的物品及风景。换言之，也就是按照剧情发展的需要随时更换布景。这意味着热内要在人们的良知面前，用这些“屏风”来掩饰人类那些可耻的感情、伪装以及借口。实际上，这部戏是在影射当时法属北非殖民地阿尔及利亚的反殖民战争。《屏风》的核心人物是赛依德，他是一个不幸而又可怜的当地老百姓。他的老婆莱依拉是全国最丑的女子，因为赛依德最穷，所以他只能娶最丑的女人为妻。参加阿拉伯抵抗运动的一位成员席·斯利曼尼被欧洲殖民者杀了，这激起了当地百姓们的愤怒。他们不分男女老少，全体掀起了强烈的抵抗运动。战争爆发了，无处不是恐怖与残暴，杀人、剖腹、开膛、挖心、肢解……无所不为。最后，压迫者与被压迫者、殖民主义者与被迫害奴役屠杀的阿拉伯人和当地不同部族的黑人纷纷攀登到了舞台顶层的屏风上，那里就是死亡的王国。最后，敌对双方均发现胜利者却是这块土地上原来的真正主人——阿拉伯人。热内的这部戏是在颂扬阿尔及利亚人民为独立战争而作出的奋斗与牺牲。他所指控的乃是人类自身的荒诞、虚伪、盲目、狂热的一面。他在这部戏里用了极其优美的文学语言，同时又插进各种各样下流的脏话，以表现善与恶的殊死搏斗。

三

《女仆》是一出独幕剧，1947 年首演于巴黎雅典娜剧院，由当时在法国非常走红的导演和戏剧演出家路易·茹维执导，大获成功，并获得七星诗社奖。

《女仆》开场是一间路易十五时代的卧室，一位“贵妇人”正由她的女仆对她进行梳妆打扮，她称女仆为“克莱尔”。“贵妇人”十分傲慢，女仆则奴颜婢膝。但是她们两人显然是在相互讽刺挖苦。最后女仆打了“贵妇人”一个耳光。突然闹钟响了，一时之间，整个场面被揭穿了。可以看出“贵妇人”根本就不是贵妇人，而是一个女仆，她们两人乘真正的女主人不在家，正在扮演女主人和女仆。事实上，被叫做“克莱尔”的女仆并不是克莱尔，而叫另一个女仆索朗日。

只要女主人出门，两个女仆就要扮演幻想的主仆游戏，每个人轮流扮演女主人，最后演的是对于她的反叛。她们都被一种爱恨交织的感情维系在她们的女主人身上，她比她们都更加年轻更加漂亮。她们给警察写匿名信，已经造成女主人的情人蒙西耶被捕入狱。电话铃响了，蒙西耶已经保释出狱。女仆们吓坏了，她们的告发将要被发现。她们决定在女主人回家的时候杀掉她。她们把毒药放进茶里。女主人回来了，她们没有把蒙西耶获释的消息告诉她，但是正当女主人要喝毒茶的时候，她发现电话的听筒没有放好，一个女仆不小心把蒙西耶获释的消息说漏了嘴。女主人不喝茶了，急忙出去会见她的情人。留下了女仆们。她们又重温女主人和女仆的游戏。克莱尔再次扮演女主人，要求给她端上有毒的茶。索朗日以前没有杀死女主人。现在克莱尔要表现她的勇气。她喝下了有毒的茶，以女主人的身份死去。

在这部剧作中，至少体现了热内戏剧四个典型的特征。

一是对恶的礼赞。

萨特认为，被社会抛弃以后的热内创作了像他一样的造反者和被遗弃的角色，并声称以堕落为荣。热内创立了颠倒了的价值哲学，把罪恶奉为美的理想典范和实现美的合理途径，借此来肯定生活中任何实在的价值。基本上说，热内的戏剧是一种社会抗议的戏剧。

和他的小说一样，热内在他的戏剧中赤裸裸地暴露出他所曾经经历过的肮脏事情，色情、权欲和暴力渗透在他的作品之中。他笔下的角色大多是那些被社会所鄙弃、所排斥的人，那些生活在“社会的边缘地带”的罪犯、流氓、妓女等等。热内宣扬这类人物，宣扬罪恶，表现这一类落入社会罗网里的人强烈的无能为力的思想情感。他毫不掩饰地说，他的戏剧是“对抗社会的戏剧”。他以自己的切身体验和感受，以咄咄逼人的气势，毫无拘束地将恶作为对抗社会的一种手段，通过一个个扭曲的灵魂的展现，发出对社会制度的嘲讽和抗议。

这场戏中戏是阶级对立与反抗的一种展示。克莱尔自杀时头脑是清醒的，没有谁逼迫她。她也是迷狂的，她坚持要求索朗日服侍她喝下那杯毒茶，无非是想证明她的仇恨和勇气，她和索朗日共同创造出她们对上层资产阶级的仇恨的仪式，把她们的女主人引向死亡。这两个女仆这种扭曲的可怕心理是藏而不露的，每天晚上，只要女主人不在家，她们就轮流扮演主仆两个角色，她们既嫉恨她们的主人，嫉恨她作为女人拥有娇嫩的肌肤、无比的美貌和足够的财产，渴望成为像她那样的人，同时也憎恨她们自己，正如克莱尔所说："我讨厌看到镜子反射回给我的我那形象，我讨厌它就像讨厌难闻的气味那样。你就是我闻到的难闻的气味。"这种戏剧构思开创了热内以后的戏剧倾向。在热内看来，舞台不再是解决社会问题或者批评社会现实的载体。他坚持认为，舞台上所显示的问题永远不可能在虚构的情节中解决。因此，他拒绝介入政治，拒绝说教和宣传，他把仪式搬上舞台，把个人神话搬上舞台，"让邪恶在舞台上爆炸，让邪恶赤裸裸地在我们面前展现，没有任何援助"，热内如是说。在他所描写的社会边缘人物的梦幻里，热内用一种富有魔力的神话，"探索人的状况、人的异化、人的孤独及其为寻找意义与真实的徒劳"。

热内写"恶"以及以"美"写"恶"在文学史上是有传承的接力棒的：它可以上溯到热内的同胞波德莱尔、俄国小说家陀斯妥耶夫斯基（他对陀氏尤感兴趣），甚至美国小说家爱伦·坡等。他们共同以"恶"（亦即是美学中之"丑"）向传统美学发出了尖锐凌厉的挑战："恶（丑）"与"美"要南北对坐；"恶（丑）"不仅引导我们见"真"、向"善"，而且给我们"美"，虽然它是以或粗鄙，或狂暴，或恐怖，或狞厉，或腥咸的"表征"呈现的。观念与艺术的双重反叛并成功使它们在艺术上令人既惊心动魄又意醉神迷。

自然，热内在中国是以荒诞派戏剧而知名的。他在戏剧中同样注入了对社会的刻骨仇恨，深具颠覆性。他明言自己的戏剧是"对抗社会的戏剧"。他的戏剧人物多是不为社会所接纳的人。与散文类作品不同的是，他的戏剧虽场景狂暴、用意刻毒、笔触犀利，但却甚少争议。这应与他戏剧中少色情猥亵、结构单纯严谨、戏剧冲突紧张等特点有关。如《女仆》一剧角色易位的游戏、心理分析的深刻历来为人称道。

热内这种对恶的礼赞戏剧的出现，打破了以往的审美观念，让观众直视一个残酷的世界和人自身的孤独和异化。把人性之恶，把个人最秘密的、包含猥亵性的隐私，把残酷、违法与滑稽，通过大量的巫术性行为和祭典仪式加以呈现。他用另一种美赋予他的角色，这是由力量和绝望，以及狡黠、卑鄙、勇气、屈从、轻蔑等品质，相互重叠、互相排挤所混合成的美，它镌刻在角色们的脸庞上和心灵里，这往往使他们神思恍惚地钟情于自己的幻想，并把自己奉献在他们引以为荣的祭坛上。他的主观幻想的客观化，他游戏性的狂暴情景，他那充满激情而含义恶毒的华丽语言，不仅增加了荒诞的效果，而且深刻地揭示出人的孤独、人的异化和人的生存状况，用触目惊心的恶的展示，发出了对西方资本主义现实社会的嘲讽和抗议。

二是运用白日梦的形式完成反抗的主题。

热内的另外一个特点就是他擅长于借助镜子的游戏和反光的折射，来展现现世人间的一切均不过是幻觉、是谎言、是噩梦而已。在他眼里，我们以为是真实的事件其实只不过是个表象，而且它将会再次去覆盖另外一个假象。

在热内创作的人物中，有相当数目的人物恰巧在舞台上表演的就是他们的影像或倒影。在《女仆》里，有两个人物角色的互换，一是女仆扮演女主人，二是一个女仆扮演另一个女仆。更为奇特的是，索朗日扮演的克莱尔就在身边，从索朗日身上，克莱尔看到了自己，每个人都在扮演“他人”。克莱尔的“骂人”实际上是在骂自己，是一种自言自语。她们俩人都在另一个人的存在里看到了自己的影像，并用她的方式去思维，而且她们还在对方的影像里看到了她们的女主人的影像。于是乎，舞台上所呈现的一切无一不是最为虚假的假象。每个女仆轮流扮演女主人的角色，表达了她们想成为女主人的渴望，每个女仆轮流扮演另外一个女仆，从仰慕和奴性到凌辱和暴力，这是把自己看做是被拒绝的情人的社会弃儿在发泄全部的仇恨和忌妒。这个愿望得到满足的仪式完全是一个荒诞的行动，是一种白日梦式的想像性行为，是一种一厢情愿的自我欺骗。它只是一种愿望，不可能在分离梦想与现实的鸿沟上架起一座桥梁。由于无法面对现实世界的冷酷无情，他们只能使用这种类似于原始人的交感巫术，从而完成对生活的逃避。在女仆想像性谋杀了主人的同时，也把自己一同葬送在这疯狂谋杀者与被谋杀者的双重死亡的仪式中。

热内的戏剧可能缺乏情节、人物、结构、统一，或者社会真实性，但却具有心理的真实性。热内对幻觉的合理性的感知，即把主观的东西加以客观化，这是他对戏剧领域的一个重要开拓。不可否认，热内这种独特的、风格化的戏剧开拓了这一领域的新天地。萨特在他的《喜剧演员和殉道者热内》中颂扬了热内的作品，认为他的作品具有一种特别的，甚至可以说是高尚的东西，即他对人的荒谬的生活处境表示了毫无拘束的抗议。萨特对热内的这一评价视角，无疑对热内的出名产生很大的影响。

三是对白日梦采取戏中戏的结构。

热内的戏剧为了某种仪式或仪式的动作，从一开始就创造一种让人信以为真幻象情景，然后让沉浸在幻象中的人物行使某种他（她）在真实的社会中梦寐以求的各种欲望，最后则加以破坏。比如，《女仆》中克莱尔的最后自杀，《阳台》中革命领袖罗杰的自我阉割。同时，每一种明显的真实只是一种表象、一种幻象，而这些表象和幻象又被揭露，只是一场梦幻或者幻象的一个部分，如此反复，以至无穷。一旦这个表象被揭露，整个戏剧结构就崩溃了。他的这些镜子式的游戏是揭示存在的基本荒诞性亦即存在的虚无性的一种手法。

《女仆》中的第一次剧情突变就是这个方面的一个例证。我们看见一个贵妇人由她的女仆克莱尔帮忙穿戴。随着剧情进展，我们习惯地记住了这些关系。突然，闹钟响起，固定的参照点消失了——看起来是贵妇人的人其实是女仆克莱尔；看起来是克莱尔的人其实是索朗日；开场看起来是传统戏剧的这部戏剧其实只是这部戏剧中的仪式性扮演。

萨特以其存在主义哲学的术语说，“存在的不存在和不存在的存在的短暂统一在半明半暗中实现了——这一完美而反常的瞬间使我们发自内心地认识到热内做梦时的精神状态：这是一个邪恶的时刻。因为，为了确保永不充分利用表象，热内需要利用他的幻想，经过两三次地去除真实之后，以它们的虚无来揭示它们自己。在这个幻想的金字塔上，最终的表象摧毁了一切其他事物的真实。”

或者像热内本人在描述他在《女仆》中试图表达什么的时候所说的，“我试图建立一种间离，这种间离允许使用一种朗诵的语调，它把戏剧带入戏剧之中。因此，我也希望消除人物……用象征符号来代替它们，首先尽可能地去除它们所指代的东西，同时又把它们和它们所指代的东西联系在一起，以便通过这种独一无二的方法把作者和观众联系在一起。简而言之，使得舞台上的人物仅仅成为他们所要表现的东西的隐喻符号……”

事实上，热内剧作的框架与结构中展示的鲜明的理智锋芒以及清晰的思维头脑，与其说继承了阿尔托不如说继承了皮兰德娄。从一开始，热内的仪式设计就是一种皮兰德娄游戏式的戏剧形式。他发现戏剧的传统习俗很适合表现他关于社会的想像性表象，因为在戏剧中，社会角色可以被夸张、互换和嘲弄，在戏剧幻觉常常被接受的地方，热内把舞台当做一种表现观众内在秘密冲动力的镜子来探索反映和影响观众。热内的戏剧性不是运用舞台来模仿生活，而是为了表现生活就像戏剧本身一样的虚假。

这个戏展现了克莱尔与索朗日每天晚上当她们的女主人不在时，通过扮演女主人来创造一种她们自身的憎恶的仪式。所以我们看到了两个演员扮演了一对装扮成主妇与女仆的同性恋姐妹，或者，以后她们的角色又互相交换了，女仆与主妇。由于扮演与交换角色，他们互相映照了自己，并且马上表现出互相厌恶与自我厌恶。戏中戏的构思保证了一个关于等级反抗主题的客观性处理，并且，就像他老是采用的那种构思一样，强调了写实的结构，在这种结构中增强对真实生活中的主妇以及她所拥有的一切仇恨。

在抨击他所认为的现代戏剧中陈腐的现实主义时，热内在运用戏剧本身的手法方面比起他的象征主义前辈来更加充分。带着一种注视着戏剧形式新领域的特殊眼光，热内探索着戏剧艺术中这种令人兴奋的发展趋势，他关注他的舞台应该反映真实的现实，以动摇戏剧赖以生存、戏剧传统得以流布的支柱，来尝试排除把戏剧演出与观众间隔开来的美学障碍。热内认识到，欺骗是所有戏剧的核心，但是在欺骗完成以后，他的计划就是使人不受欺骗，例如《黑人》，广告冠以“喜剧演出”、“黑人剧团演出”，仿佛可能仅提供一次无害的戏剧经验，但是在夜晚过去之前，观众所有的惬意的假设都被破坏殆尽。

四是温和的反抗：仪式。

《女仆》中女仆们针对主人的反抗不是一种社会性姿态，不是一种革命行动，而是带有怀旧和渴望的色彩，这就是为什么这种反抗不是以抗议的形式而是以仪式的形式进行的原因。

仪式是一种庄严的典礼式的表演，它通常是一种有关宗教信仰或社会行为方面的传统习俗的、有组织的表现形式，但它也可以单独运用于世俗的舞台。仪式行动的概念，这是理解热内戏剧的关键。热内说过：“当代最高级的戏剧就是两千年以来每天清晨在教堂里举行的弥撒仪式……它永远使得我们的心灵受到强烈的震撼。”然而，热内每次于舞台上树起的弥撒祭礼仪式却总是一场黑色的弥撒。他的每一部戏无一不像是一场神圣庄严的宗教仪式，而且都是让参加演出的演员们宛如圣徒们歌颂真善美一般虔诚地、激动地去讴歌假恶丑，而这恰恰就是热内戏剧的实质。

在这热内的剧作中，体现了一种非常典型的原始戏剧思维。用马丁·艾思林的话来说，就是用“礼典”的形式来表达她们的抗议。两女仆轮流扮演女主人，这表明她们渴望成为女主人，而对游戏中假定的女主人进行谩骂和施加暴力则是对女主人发泄全部憎恨和妒忌的方式。正如萨特在著名的评论《女仆》一剧的论著所指出的那样，这种礼典是一种邪恶的弥撒祭——即渴望杀死被爱和嫉恨的对象，作为一种仪式性的固定不变的行动会凝聚起来并永远不断地重复。马丁·艾思林把这种“使希望获得实现”的礼典形容为在梦与现实的鸿沟之间架起一座桥梁，是完全荒诞和绝对不可能实现的。马丁·艾思林认为，“它是原始人的交感巫术，而原始人使用交感巫术，是因为他们无法直面冷酷与无妥协可言的现实世界之故。”

卢卡契说过，“在原始思维中，类比要比因果性和规律性占有更重要的地位，由类比形成的普遍化在此构成了原始思维的出发点。”英国人类学家弗雷泽也指出，原始人有一个坚定的信念：类似的事物由类似的事物产生，结果与原因相似。这正是原始人经常施行巫术的原因。他们企图通过模仿与希望出现的现象相似的动作，把这些现象召唤到现实生活中来。弗雷泽的分析是非常精辟的。让我们看看印第安人野牛舞的例子。在野牛舞中，参与者并不仅仅是在扮演野牛形象。对原始人说来，由人扮演野牛与他们希望出现的真正野牛是“互渗”的，虚拟地射击和捕杀由人扮演的野牛也就意味着在某种程序上保证能够猎获真正的活野牛。没有这样的“互渗”，“野牛舞”巫术便不可能具有效力。

在《女仆》中，扮演主人与女仆的游戏正是企图通过模仿两个女仆所希望出现的现象——成为贵妇人和对贵妇人进行报复，让这一现象在现实生活中出现。当然，这是永远不可能做到的，因此是荒诞的。这一轮流扮演主仆的严肃游戏每逢女主人出门就重复一次，因此它已经成为一种例行的仪式，用萨特的话来说，是一种邪恶的弥撒祭。

热内的戏剧带有一种神秘的、祭典仪式的气派。在这里，残酷和滑稽、狂暴与恶毒，都被赋予仪式的色彩。他认为人在社会现实里，并不像人们从表面上看到的那么真实。因此，他总是在他的戏剧情景中，刻意制造种种幻觉和想像，制造各式各样的骗局，让人物在其善与恶、神圣与犯罪的游戏中，在精神上、内心里和想像中，发泄他对社会的强烈控诉与仇恨，这使热内的剧作具有皮兰德娄戏中戏结构风格的特点。事实上，这种主观上的对抗与斗争是非常具有戏剧性的，因为它通过具体的舞台语言，来焕发起观众所有的感觉，来达到仪式的目的。在热内这种独特的表现形式里，剧中人物的绝望是这种神圣祭典仪式的基础，它与自由、尊严交织在一起，达到人的最高境界。

当《女仆》由法国最杰出的演员路易·茹维执导，于1947年在巴黎雅典娜剧院首演时，取得了巨大的成功。但是热内尚未完全拯救自己，在后来的日子里，他还是一次又一次地走进监狱，直到他 73 岁高龄时也在所难免。

【参考书目】

1. 马丁·艾思林:《荒诞派戏剧》，河北教育出版社 2003 年版。

2. 廖可兑:《二十世纪西欧戏剧》，中国美术学院出版社 1994 年版。

3. 刘明厚:《二十世纪法国戏剧》，上海文艺出版社 2000 年版。

4. 宫宝荣:《法国戏剧百年（1880—1980）》，三联书店 2001 年版。

热铁皮屋顶上的挣扎

——田纳西·威廉斯的《热铁皮屋顶上的猫》（1955）赏析

田纳西·威廉斯是当代美国戏剧史上继尤金、奥尼尔之后最多产、影响最大的杰出戏剧家。他擅长以独特、新颖的表达手法深刻而细腻地剖析那些在美国社会中被遗弃的小人物的内心痛苦，着力描写这些小人物在不幸中竭力挣扎以逃避现实的状况。

一

威廉斯1911年3月26日诞生于美国密西西比州的哥伦布市。其家庭来自古老东部，祖上曾是拓荒年代的边疆居民和印第安猛士。“暴力和好斗”是威廉斯形容其先祖的血统特征。威廉斯的父亲早期从事电话公司的推销员工作，后又改行加入国际鞋业工司，整日在外面奔波忙碌，威廉斯长期与姐姐、母亲、外祖父、外祖母生活在一起。威廉斯入学时，他们便举家迁往密西西比州的小镇克拉克斯代尔。威廉斯的童年一直受到疾病的折磨。疾病使他与小伙伴们隔离，他的孤独、他的纤弱的体质以及他那位柔弱而特别宠爱他的母亲的影响，形成了他孤僻的性格。16岁时他发表了第一篇短篇小说。1930年进哥伦比亚的密苏里大学。在大学期间，他获得过数次诗歌和散文奖。大学三年级时，因没有考上后备军官训练队，父亲不让他继续读书，而让他在一家国际制鞋公司仓库工作。单调乏味的工作使他十分压抑，终于在1935年导致了精神衰竭。他被送到了孟菲斯他外祖父家。在孟菲斯的这一年中，威廉斯开始对戏剧产生了兴趣。他第一出上演的剧本《开罗，上海，孟买》就是在这段时间里写成的。1936—1937年，他进圣路易斯华盛顿大学学习，这次他正式改修戏剧，并努力不懈地创作起来。在华盛顿大学期间，威廉斯写了《我，瓦夏》等短剧，获得一些竞赛奖。1937年，威廉斯又转入依阿华大学。威廉斯那位从小就忧郁内向的姐姐露丝因精神分裂被送院治疗。威廉斯与这位脆弱而感情细腻的姐姐感情很深，认为她是贞洁、脆弱、高雅、柔美的化身。后来他的成名作《玻璃动物园》里的劳拉就是以她为原型的。他不忍心看着姐姐一天天走向毁灭，于是便逃到依阿华。1938年，威廉斯获得学士学位。作为毕业习作，他创作了两部多场剧《春天的风暴》和《与夜莺无关》，后者经作者改写，以《夏天和烟》的名称推上舞台，成为威廉斯重演率较高的剧作之一。

1938 年，威廉斯大学毕业后，利用一年的时间一面写作一面周游各地，做过多种工作，这段时间的经历，对他以后的创作产生了很大的影响。就在这一年，他第一次用“田纳西”这个笔名在刊物上发表小说。从此，田纳西·威廉斯成了他固定的笔名。1939 年，他的一组取名为《美国布鲁斯舞》的短剧获得纽约团体剧院的特别奖，并认识了后来与威廉斯合作了 20 余年的经纪人奥德丽·伍德。在她的推荐下，威廉斯又申请到了洛克菲勒文学奖基金的资助，开始创作《天使之战》。1940 年，《天使之战》在波士顿首演，这是威廉斯第一部在商业剧场上演的剧目，也是威廉斯出道后遭到的最沉重的打击。波斯顿市议会有鉴于该剧关于性和宗教的错乱组合，勒令停演修改，直到适应该地区道德水准为止。这一时期，他还写了《长久的告别》(1940)、《凤凰说，我从火焰中升起》(1941)、《你碰了我》(1943)、《通向屋顶的楼梯》(1943)等，但都不很成功，威廉斯并不气馁，继续进行创作。1944 年，他创作了小说《来访绅士》，希望把它编成电影脚本，奥德丽·伍德则鼓励他写成舞台剧，并易名为《玻璃动物园》，推荐给百老汇著名导演埃迪·道维林。1944 年 12 月 6 日，《玻璃动物园》在芝加哥的城市剧院首演，这次演出本身就充满着戏剧性。虽然当时以《芝加哥论坛》为首的剧评家们都对该剧寄予了极高的评价，由于当时正值严寒的冬季，观众很少。一个星期下来，考虑到票房收入亏空，剧团准备就此收场。但芝加哥的评论界不甘罢休，发动了一场挽救它的“圣战”，呼吁观众不要让这样一部优秀的艺术品自生自灭。终于，在接下来的演出中，《玻璃动物园》场场爆满。演出大获成功，落幕后，激动的观众久久不愿离去。第二年，该剧打入纽约百老汇，连演 561 场，盛况空前。该剧的成功使威廉斯一跃成为美国战后最引人注目的剧作家。至今，《玻璃动物园》已成为美国现代戏剧的一部经典剧作，收入各种选集。

在《玻璃动物园》之后，威廉斯源源不断地写出了《夏天和烟》(1947)、《欲望号街车》(1947)、《玫瑰黥纹》(1951)、《大路》(1953)、《热铁皮屋顶上的猫》(1959)、《琴神下凡》(1956)、

《可爱的青春小鸟》(1959)、《鬣蜥之夜》(1961)、《牛奶不再在此停留》(1963)、《桃金娘的七个子裔》(1968)、《东京旅馆酒吧间》(1969) 等。

威廉斯创作的鼎盛时期是在 50 年代，尤为成功的是他的《欲望号街车》、《热铁皮屋顶上的猫》和《鬣蜥之夜》3 部获奖作品。进入 60 年代中期，他的作品开始逊色，新作缺乏原先那种对观众的吸引力，批评家们看到的往往是他早年剧作的微弱回声和某种重复。

威廉斯是个多产作家，他写剧本也写小说、诗歌和电影剧本，仅多幕剧和独幕剧就有 50 多部，他的才能表现在剧本创作上，是继奥尼尔以后美国最重要的剧作家，他深受奥尼尔的影响，善于运用表现主义创作手法。但他始终不衰的声誉却是建筑在 3 部早期作品上的:《玻璃动物园》(1944)、《欲望号街车》(1947) 和《热铁皮屋顶上的猫》 (1954—1955)，后两部剧作获得普利策戏剧奖金。《玻璃动物园》是威廉斯的成名作。剧本在很大程度上取材于亲身经历。剧中人劳拉和 T. 温菲尔德的母亲阿曼达的原型正是作者的姐姐和母亲。阿曼达是个被丈夫遗弃的南方妇女，她善良、勇敢，有一股韧劲，瘸腿女儿劳拉是她的心病，她执意要求汤姆给姐姐物色婚姻对象。汤姆带同事吉姆回家吃饭。吉姆唤醒了劳拉压抑在自卑情绪下的热情，但他早已有了未婚妻。劳拉在失望中送给吉姆一只摔断了角的玻璃独角兽作为纪念品，作者是借玻璃动物来点明劳拉的脆弱易碎。威廉斯用家庭题材写出的这部悲剧，是通过日常的生活场面来严肃地揭示重大的社会问题的。温菲尔德一家人的痛苦生活，是美国大萧条时期下层中产阶级的生活缩影。此外，他在照明和音乐方面都有独特的设想，还设计了屏幕来加强演出的效果。全剧的台词经过精心推敲，洋溢着浓郁的诗意。

《欲望号街车》写来投靠妹妹的大姐布兰奇·杜波依斯和妹夫斯坦利既互相吸引又互相憎恨的故事，最后布兰奇出了精神病院。布兰奇有一句点题的台词:“你所说的是兽欲，单纯的欲望!就是在这个区里开来开去的那辆破街车的名字。”布兰奇虽然生活放荡，但是归根结底是个弱女子和受害者。威廉斯把同情倾注在这个“总是依赖陌生人的善心”的女人身上，所以他说，《欲望号街车》写的是“现在社会里各种野蛮、残忍的势力强奸了温柔敏感和优雅的人”。

《热铁皮屋顶上的猫》虽然头绪纷繁，其中涉及父子矛盾、兄弟矛盾、夫妻矛盾等，但矛盾的焦点无非是谁能成为那2.8万英亩肥沃棉花地的主人。玛古佯称怀孕，并且强迫她酗酒的丈夫布里克戒酒，直到他使她怀孕，让她生下一个继承人。这段情节淋漓尽致地揭示了玛古迫不及待地想把这份遗产弄到手的烦躁心情，她就像热铁皮屋顶上的猫。

威廉斯的其他作品至多得到评论家有保留的肯定，如《玫瑰黥纹身》；有些甚至受到严厉的批评，如《大路》（1953）、《呼喊》（1973）、《夏日旅馆的衣帽间》（1980）等。即是为他第四次赢得纽约戏剧评论界奖的《鬣蜥之夜》（1961）也未能在艺术上超越他那3部成功的作品。威廉斯受到的最普通的指责是他过分地运用象征手法，故弄玄虚，来掩饰内容的空虚，使作品矫揉造作，叫人厌恶；他受到的另一个非难是他的一些作品中充斥着精神病患者、同性恋者和性饥渴者，整部作品变成为一病态的世界。威廉斯成名以后，跻身于社会名流，尤其是1949年转居旅游地基威斯特以后，同广大人民几乎毫无联系，他只得乞助于象征手法来吸引观众，作品中弥漫着感伤和悲观的气氛，失去了扣人心弦的魅力，无法引起观众共鸣。

周维培先生在《现代美国戏剧史》里说：“威廉斯在戏剧形式和内容上的巨大贡献，主要体现在两个方面：其一，他把戏剧动作电影化的观念带给了美国剧坛；其二，他成功地开创了‘诗化自然主义’的创作方法，使对话、人物、场景、音乐、声响、灯光，交融和谐，浑为一体。”“威廉斯的剧作不是浮光掠影地展示对人类弱质的心理和生活因素。他冲破了许多题材禁忌，尤其是大胆直露的性描写震撼人心。”威廉斯先后四次获得纽约剧评奖、两次普利策奖以及其他各类戏剧奖，并接受包括美国国家艺术科学院授予的许多荣誉称号。

二

《热铁皮屋顶上的猫》，1955 年上演于纽约莫罗斯科剧场，总共演出了 694 场，是威廉斯剧作中公演场次最多的。1958 年，该剧改编成电影，由影星伊莉莎白·泰勒饰演玛格丽特，获得巨大成功。

《热铁皮屋顶上的猫》是一出以争夺遗产为主题的戏剧，也是威廉斯剧作中戏剧性最强的作品之一。剧本以美国南方的一个家庭为背景，刻画了面对一大笔遗产，人们各种不同的心态与表现。整个情节可分为两条线：一条线是描写麦吉与布里克夫妇之间的性生活问题，他们必须生个孩子，才能与有五个孩子的兄嫂争夺“大爹”（布里克父亲）的遗产；另一条线是分析布里克与大学时期足球队的另一队员斯基泼之间的友谊问题。布里克认为他们的友谊是件伟大而纯真的事，麦吉过去曾一度认为他们是同性恋的问题。这两条线索是紧紧交织在一起的。

密西西比三角洲的一个富裕的种植主“大爹”生病住院了，在他的 65 岁生日这天将回到家中。“大爹”会康复吗？一旦遭遇不测，由谁来掌管这片庄园和偌大家业？家庭的所有成员除次子布里克以外，都在千方百计地打探真实消息，都在心怀鬼胎地讨好“大爹”并毫不留情地攻击对方，就像一群躁动不安、闻到腥味而奔窜于热铁皮屋顶上的猫一样，急切地渴望攫取似乎唾手可得的猎物。于是，生日聚会变成了争夺遗产继承权的战场，笼罩在这个家庭表面的和睦温情的面纱也被无情地撕去，旧有的矛盾和藏匿的丑闻可悲地暴露在光天化日之下。

在剧本第一幕里，玛吉一个劲地向布里克解释她是爱他的，并且告诉他，兄嫂此次带了五个孩子来庄园度夏，目的在于争夺大爹的遗产；如果他再不和她生个孩子，他们将来就得过穷日子了。玛吉过去曾一度认为布里克与大学时期足球队的另一队员斯基泼之间有同性恋的问题。布里克认为他们之间仅是纯真的友谊。因为玛吉指责斯基泼与布里克同性恋，斯基泼矢口否认，并要与玛吉同床，以证明他与布里克之间没有同性恋的问题。但由于一夜醉酒，性行为并未成功。后来斯基泼打电话告诉布里克这件事，布里克不作回答便挂上了电话。从此斯基泼沉湎于酗酒与吸毒之中，数月后即去世。由于斯基泼的死，布里克从此便对玛吉冷漠无情，不肯与她同床，每夜酗酒，入睡于沙发之上。以上这些往事全通过现在玛吉与布里克的台词交代出来，全剧没有多少戏剧动作，只是在追叙往事，并加以分析，因而剧本的台词在很大程度上类似于精神分析的对话。

第二幕的剧情是由大爹和布里克探讨人生的对话所构成。大爹质问儿子为何酗酒，并告诫他应该面对现实。而布里克却说人生充满了谎言和虚伪，对大爹提出的问题不作正面回答。

第三幕是正式争夺遗产。大爹得癌症的消息已被证实。布里克的哥哥迫不及待地提出应由他继承遗产。当天，玛吉把布里克的酒全部藏起来，并要他答应，只有把他们的谎话变为现实，她才会把酒还给他。布里克仍然保持他对玛吉的冷漠，但当玛吉谎称自己怀孕，布里克也不否认。全剧就此结束。

在《热铁皮屋顶上的猫》中，田纳西·威廉斯对布里克的父亲“大爹”、布里克、玛吉这 3 个性格迥异的人物作了精细的刻画，特别是对玛吉的刻画尤为出色。

大爹曾有过艰辛的创业历程。他 10 岁辍学去打工，先为老庄园主——一对同性恋单身汉服务，逐渐成为他们的合伙人，最终买下庄园。并使它增加了几倍。大爹粗鄙贪婪，是庄园的暴君。他早已厌倦了整日喋喋不休、肥胖丑陋的大妈。当他病入膏肓时，感到金钱和地位无法偿还自己根本没有享受过的青春与快乐，在离开世界前，他最渴望的是与一位年轻貌美的女郎共度良宵，哪怕抛弃一切也在所不惜。他在晚会上无情而刻薄地奚落大妈，把胸中的怨恨嫉恶全部倾泻出来。大妈的出身门第高于大爹，一直以家族的灵魂、庄园的继承人自居。她强忍着丈夫的辱骂，在她看来，时间和耐心是最有利的武器。

应该说，玛吉和布里克是《热铁皮屋顶的猫》一剧中的中心人物。相对玛吉来说，布里克的刻画不很成功，人物缺少个性特点，更多地生活在自己的内心世界里。正如玛吉所说，他是一个“软弱而优美的人，他那么优雅地放弃属于自己的东西。”布里克原是足球明星，也是父母的骄傲，他与玛吉相识并相爱在大学时代。由于好友兼球队合伙人斯基泼的死，他把所有的责任都推到妻子玛吉的身上，从此把玛吉视为路人。他自甘堕落，沉湎于酒精中而不能自拔，靠回忆过去的日子来打发时光，对外界任何事物都表示冷漠。对遗产、兄嫂、大爹、大妈、玛吉谁都不感兴趣。在生日晚会上，大爹赶走了其他人，留下他寄予厚望的布里克，问他为什么沉醉于酒乡而不能自拔？布里克用躲避“憎恶”来搪塞，并说自己对庄园没有兴趣。于是震怒的大爹用恶毒的语言和粗暴的动作，询问他与斯基泼的事，无情地撕裂了布里克心灵的创伤。布里克在无法回避和怨恨情绪的驱使下，把大爹患了癌症的消息作为反抗的一击，摧毁了父亲残存的康复的希望。看到父亲踉跄地向户外走去，布里克又悠然地捧起了酒杯。

和布里克相比，玛吉则是一个泼辣而富于心机的女人。在威廉斯笔下一群孤独、失意、怯弱而心灵扭曲的女性形象中，玛吉是一个以强者面貌出现并在斗争中取得胜利的南方妇女形象。她出身贫寒，在贫困的环境中长大，凭借美貌与聪明，进入了这个富庶而冷漠的庄园。她发现自己的丈夫布里克的同性恋隐私后，便直接找到斯基泼，然后自己裸卧在斯基泼面前，让他发现自己已丧失了性能力，以此陷入“酒精与毒品的循环中”，最后在绝望中死去。玛吉虽然胜利了，但代价是沉重的。布里克认为是她毁了他自己赖以生存的情感世界，毁了斯基泼。从此拒绝与她同房，唾弃她的生活准则和物欲感情。玛吉整天像只坐卧不安的“猫”。在这场遗产争夺大战中，为了不让兄嫂独吞财产，她必须要有一个孩子。为了达到争夺财产的目的，她力图说服布里克和她言归于好，不要计较她与斯基泼的事。她告诉布里克，男人们都爱看她。但布里克告诉她，他同意和她离婚或者她可以找个情夫来满足她的情欲。他对玛吉在这场遗产争夺战中的获胜心理置若罔闻，采取了回避的态度。

玛吉在与兄嫂的斗争中表现出了像“猫”一样狡黠的性格。为了与兄嫂的五个孩子争夺遗产，她利用大爹对小儿子布里克的偏爱，灵机一动当场宣布自己怀孕了。这样便可挽回她和布里克因没有孩子而不便继承遗产的窘境。与此同时，她还想出了另一花招：把布里克的酒统统扔到楼下，逼使布里克与她同床，否则就喝不到酒。这样，她就解决了双重的问题。威廉斯就是通过玛吉与丈夫、与兄嫂之间的冲突，塑造了玛吉这样一个富有进攻性的女性形象。相形之下，丈夫布里克的形象就显得苍白、单薄。他只生活在自己的内心世界里，缺乏具体的性格特征。

《热铁皮屋顶上的猫》在主题上与奥尼尔的《榆树下的欲望》有相似之处，揭示了在物欲横流的社会里家庭亲情、人伦关系的蜕变，人文精神的萎缩，以及新老两代人之间无法弥补的裂痕与仇恨，涉及到了社会上存在的虚伪、欺骗与谎言。

《热铁皮屋顶上的猫》取得了很高的艺术成就。在结构上，《猫》剧吸收了易卜生《群鬼》为代表的家庭阴谋剧的手法，利用悬念、发现、突转等技巧，逐渐地把剧情推向高潮，全剧结构紧凑而富有动感。该剧 1955 年 3 月在纽约莫罗斯科剧院公演，共演了 694 场，虽剧评界意见分歧较大，但一致认为它最生动地体现了剧作家成熟的戏剧艺术。

三

《玻璃动物园》、《欲望号街车》、《热铁皮屋顶的猫》应是威廉斯最重要的作品。田纳西·威廉斯称得上是第二次世界大战结束时期所出现的最杰出的美国剧作家。他的创作生涯长达四十余年，他的作品受到人们热烈的称颂与赞誉，也在评论界引起了尖锐而激烈的争论。由于威廉斯本人的南方背景，他的作品在题材上与同时代其他剧作家很不相同，很接近于 20 世纪美国南方的小说。他所关心的主题是人与外界的隔绝、人与人之间的沟通，以及在一个混乱的世界中如何孤独地寻求自身价值等问题，他更感兴趣的是作为个体的人，而不是具有整体意义的社会，这一艺术倾向，再加上他那抒情色彩的语言，使他的作品和他同时代的另一位著名剧作家阿瑟·密勒的作品形成了鲜明的对比。

在创作方法上，田纳西·威廉斯和20世纪西方现代派作家一样，反对单纯因袭现实主义的传统，而是广泛地采用象征主义、表现主义、浪漫主义也包括现实主义在内的艺术手法。采用象征是威廉斯戏剧创作的一大特色。他认为“象征是戏剧的自然语言”，因此象征在他的作品中几乎比比皆是。他运用象征手法和类型化的布景、道具、音乐和动作为人称道。

为了使戏剧富有诗意，具有“新的造型”，威廉斯常采用表现主义手法，对舞台设计作细致、精心的安排，巧妙地运用布景、灯光、音乐、服装等一切戏剧手段来增强艺术效果。

威廉斯对美国戏剧的贡献是巨大的，影响是深远的。美国后来的年轻剧作家很多都是在其影响下成长起来的。威廉斯的创新的艺术手法也对美国戏剧产生了很大的影响。

【参考书目】

1. 周维培:《当代美国戏剧史》，南京大学出版社1999年版。
2. 汪义群:《当代美国戏剧史》，上海外语出版社1992年版。

威胁的喜剧

——品特的《房间》(1958)赏析

哈罗尔德·品特是英国的荒诞派戏剧家。品特被誉为是萧伯纳之后英国最杰出的喜剧家。品特是荒诞派剧作家中的一分子，但与其他荒诞派作家有很大的不同。他在吸取同时代和前辈大师的艺术精髓的基础上，创造了独具特色的“品特风格”，为荒诞派戏剧的发展开拓了新的表现方法。他的喜剧被西方评论界称做“威胁的喜剧”。他在作品中着意渲染了生活对于人的威胁。

一

品特1930年10月10日出生在伦敦东区的工人区，父母皆是犹太人。品特12岁进入中学后受校长影响，积极参加文学社团活动。18岁获奖学金，进入皇家戏剧艺术学院学习表演，一年后便离开学院参加一个剧院的演出工作去了。从此以后，他当了10年职业演员。1957年，品特创作了他的第一部剧作《房间》（又译《一间屋子》），首演受到欢迎。同年又创作了《生日晚会》（1957）和《送菜升降机》（1957）。次年完成了《有点儿心疼》（1958）。这四部剧作都表现了来自屋外的威胁这一主题，同时也为品特风格的形成奠定了基础。从1959年开始，品特作品中的现实主义因素逐渐加强，所表现的威胁主题也逐步加宽。从1959年到1964年，他创作的舞台剧有：《外出一夜》（1959）、《看房》（1959）、《侏儒》（1960）、《夜校》（1961）、《展销会》（1961）、《情人》（1962）、《地下室》（1963）、《茶会》（1964）、《回家》（1964）等，其中影响最大的是《房间》和《回家》。《房间》于1960年在伦敦上演。这是他第一部在英国评论界和观众中都获得成功的剧本，连续公演1年，获晚间标准奖，被有些评论界称之为“伟大的剧本”。《回家》于1967年在百老汇演出，得到极大声誉，获百老汇托尼奖、纽约剧评界奖和威特布韦德英美奖。

以《回家》为分界线，在这以后，品特再也没有发表过获得这样巨大声誉的作品，但他仍然不断地创新探索。从1968年起创作了以剧中人的回忆为主要叙事方式的《风景》（1968）、《静》（1969）、《夜》（1969）、《过去的岁月》（1970）等作品。品特的前期作品中，威胁是来自外来的闯入者，而在这些作品中，威胁已改变为来自人物回忆中的形象。其中有代表性的是《风景》和《昔日》（又译《过去的岁月》）。

70年代以后，品特的创作呈现两个趋向，一是回归到早期的主题，二是更加向现实靠拢。这一时期发表的作品包括《独语》（1972）、《无人区》（1974）、《背叛》（1978）、《暖房》1980、《家庭的声音》（1981）和《出路》（1984）等。其中《背叛》完全是现实主义的剧作，1980年在百老汇演出时获得巨大的票房成功。其中，《房间》、《生日晚会》、《看管人》、《送菜升降机》是其重要作品，在荒诞派戏剧里也是比较有名的。除了舞台剧外，品特还写电影、电视和广播剧。他的作品大多以二次世界大战后和当代英国人的生活为背景。他把人的恐怖感、轻松的幽默感和诗体语言的韵律感融为一体，采用传统的现实主义手法和反传统的荒诞手法相结合的方法，形成了独特的"品特风格"。品特企图说明人生荒诞，到处都充满了恐怖。品特的戏剧大都具有这种特点。

二

《房间》（又译《一间屋子》）是品特于1957年创作的第一部剧作，首演受到欢迎。《房间》是一个独幕剧，情节十分简单，但却是品特风格的开创之作。品特后来的创作主题和手法，有许多都是在这部剧的基础上发展起来的。

剧本描写一对夫妇住在一间屋子里，对于外部世界非常害怕，因为这是个荒谬的世界，一切都不清楚，一切都不确定，一切都行不通。丈夫伯尔特是个司机，他出去了。这间屋子对于妻子萝丝来说是求得安静和安全的一个栖身之所。但屋外却不断有人袭扰，使她感到不安全和恐惧。这种干扰构成了全剧的紧张和悬念。萝丝一个人在家时，有人找上门来，要租这间屋子。先是一对不速之客森兹夫妇为寻找住房闯了进来，声称住在地下室的一个人告诉他们萝丝的房间是空的。森兹夫妇走后，房东基德又进来说地下室的那个人要求同萝丝单独见面。于是地下室的人进来了。他是个瞎子黑人，不顾她的拒绝闯进来了。他似乎知道她的过去，告诉萝丝她父亲要她回家。这时，萝丝的丈夫伯尔特回来了，他把瞎子打翻在地，瞎子一动不动，也许是死了。这时萝丝哭着说，她自己也瞎了。为何会发生这些事情呢？剧本未加说明。

人把自己圈在一个小小的范围内，企图躲避外界的干扰，但仍然无法躲藏或抵御，终于成为外界胁迫势力的牺牲品。《房间》的这个主题贯串在他早期所有的作品中，并影响着后来的作品。

在《房间》里，人们总是企图掩饰自己，逃避事实，造成环境朦朦胧胧，事件捉摸不定，由此而产生恐惧与不安。而作者所要表现的是这种恐怖与不安来自外部。萝丝害怕地下室的那个人，不愿意提起那个人，但又不断地提到那个人。房东基德进屋谈到自己有个妹妹已经死了，但对什么时候死的、怎么死的这些问题都避而不答。基德走后，萝丝说她根本就不相信基德有个什么妹妹。瞎子进屋后称萝丝为“莎尔”，使萝丝感到恐怖。她并没有否认这个名字，只是叫对方别这么称呼她。作者并没有说明主人公为什么害怕、人物之间为什么不说实话、事实真相是什么，而只是描述了人们逃遁事实和掩盖自己。这种描写方法也成为品特后来创作中的重要手法。

在《房间》里，品特对戏剧事件基本不交代前因后果，只是表现人物当前的矛盾状态。至于剧中人物为什么会形成这样的关系，产生这样的行动，这种关系和行动会导致什么样的结局，剧本基本不作交代。我们不知道女主公萝丝害怕的缘由、主人公和来访者的关系，更无从探究提心吊胆的主人公和行为诡秘、声势逼人的来访者各自的身世来由，也无从知道是什么原因造成了主人公身心俱毁，什么是主人公的最终结局。由于对事件和行动没有作出合乎逻辑的解释，因此世界变得捉摸不定，无可依靠。事物的悖理表明了人类处境的荒诞。对外界威胁的恐惧表明了人类在这个荒诞世界中所受的创伤。

三

人生的荒诞、人的异化、人与人的隔绝、对他人和荒诞世界的恐惧，是荒诞派戏剧不断表现和发掘的一个主题，从尤奈斯库的《犀牛》到贝克特的《等待戈多》，再到品特的《房间》，他们有着一脉相承的关系，但品特作为荒诞派戏剧的后起之秀，则有他新的特点，也就是评论界和观众所公认的“品特风格”，他的剧作常常被称做威胁喜剧。品特的成就在于他对已有的戏剧表现的基本方法进行了创造性的融合，从而实现了戏剧表现形式的突破。

从1957年创作第一部剧作《房间》到1984年创作的《出路》等，在三十多年的创作生涯里，品特的戏剧作品从表现内容到艺术手法在逐渐变化，但从他作品的主体来看，他的创作艺术具有一些明显的特点。

其一，品特的戏剧大部分属于荒诞派戏剧的范畴，在创作方法上主要受到贝克特的影响。但他并没有一味地仿效尤奈斯库、贝克特等荒诞派前辈大师们，而是把他们极力反对的现实主义艺术手法融入自己的创作中，把整体构思的荒诞性和细节描写的现实性融合在一起，使其作品达到荒诞感与真实感的统一，创造了独具一格的具有现实主义特色的荒诞派戏剧。如果说荒诞派戏剧第一代大师们在处理真实与荒诞的关系上，是从具体的荒诞出发，达到抽象的真实，那么品特的方法就是把具体的荒诞和具体的真实结合在一起，贯穿始终，使观众感受到具有真实性与现实性的荒诞。

品特的这一创作特点还由于他的作品具有明显具体的英国特色而得到加强。早期荒诞派作家的作品，由于对时间、地点、人物的描述过于抽象、模糊，都不具有明确指示性。品特的戏剧具有明确的英国环境、英国人物和英国习俗，创造了具有明显英国特色的荒诞剧。他剧中的人物具有典型的英国人的性格——冷静、含蓄、幽默、寡言。品特戏剧的背景常常是不可知的，整体上是荒诞的、幻觉的；而在具体细节上则又是真实的，情景常有明显的英国地域特色，甚至是明确无误地告诉观众，故事就发生在英国某个具体、真实的空间环境里。剧中人物的生活无不透露出明显的英国习俗的影响和特征。这种具有明显英国特色的荒诞剧，大大加强了品特作品的真实感。

其二，品特的戏剧在主题上和其他荒诞派作家相比，主要是表达人的安全与宁静受到外来的威胁与破坏。这种威胁在早期的作品中是来自于神秘的闯入者。《房间》一剧中，男女主人公只想在自己房间中享受安宁，却不断地被屋外人打扰和威胁，恐惧一直伴随着他们，直到女主人公失明。剧中人物自始至终对屋外的世界和他人充满了恐惧。《送菜升降机》中呆在一间地下室里等候杀人命令的两个刺客，等待期间，一个杀手从通话管得到命令。他按照命令，举枪对准房间的右门射击，而从右门进来的却是他的同伙，外衣、背心、领带、手枪都已被剥去。两个杀手互相瞪着眼。全剧就此结束。这不禁使我们想起存在主义的哲学命题“他人即地狱”，但品特把这种“地狱”的威胁归结为来自“屋外”的灾难和威胁。由于对这种外来威胁的恐惧，品特剧中人物也不能相互沟通，因为他们害怕沟通思想而惹祸上身，因此语言不再是他们交流的手段而成了掩饰内心恐惧的工具。威胁感成为品特早期作品的主题。在表现这一主题时，品特以独特的语言艺术和形体动作，把幽默感、神秘感和胁迫感结合为一体，创造了既有浓厚喜剧色彩又给人以威逼和恐惧之感的戏剧。早期的作品由于有非理性的暴力行为和难以解释的神秘恐惧气氛，被评论界称之为“威胁喜剧”。

从20世纪50年代末起，品特的部分作品减少了神秘化与非现实化，更多地趋向于现实。这一时期两个重要的作品《看房人》和《回家》仍然是表达威胁的主题。在写法上又分别代表了现实主义因素加强和荒诞因素延续这两个不同的类型。这一时期品特作品主题还有一个变化，就是威胁含义的扩展和威胁气氛的淡化。从令人不安与恐惧的外来威胁，扩展到人与人之间争夺控制权的斗争和来自两性的威胁。这种威胁不再是一种外来的威胁，而是更多来自与剧中人物共同生活的人或剧中人物的回忆。《情人》、《地下室》、《茶会》等作品都不同程度地反映了广义的入侵与胁迫的概念，也不同程度地包含了荒诞的成分。

从60年代末到70年代初，品特还连续创作了以回忆为特点的戏剧。在《风景》、《静》等剧中，剧情主要内容都是回忆过去。但这种回忆都是内容模糊、相互矛盾，由此表现品特一贯的特点：记忆是不可靠的，过去是模糊不清的。

70 年代以来，品特的创作沿着中期已经形成的趋向继续发展。他一方面仍然围绕或回到早期的威胁的主题进行创作，但更加明显的趋向是进一步向现实主义贴近，甚至是出现了传统的现实主义之作。在前一类作品《独语》、《无人区》中，品特把他作品中威胁的主题进一步深化，不仅是表达外来威胁导致的被胁迫者的身心崩溃，而且是表达被胁迫者在身心崩溃之后所遭受的痛苦。在后一类作品《家庭的声音》、《背叛》等剧中，品特虽还保留他特有的喜剧手法，但胁迫的主题与手法已不复存在，而是用写实的方法来剖析现实生活中的人际关系或人对自我的认识。

在品特的作品中，外来的威胁是其重要的主题。在表现这一主题时，品特的着力点并不在描写人的外部环境，而在探索人被胁迫的内心世界。品特的主要手段是通过片断的意象，表露人的下意识的行为。正是这种带有诗歌特征的意象，给观众留下了很大的想像空间，也是理解作者笔下人物与作品的关键途径。

其三，品特最重要的一点是他在语言方面的革新。如果说在传统戏剧中，人物语言代表了他们的思想，那么在荒诞派戏剧里，人物语言则失去了沟通的意义。“自然主义兴起前的小说家和剧作家无所不知，他们洞察人物的内心，就像上帝一样，什么都逃不过他们的眼睛。”品特在剧作中描写人物行动，却不解释人物动机和心理。“品特认为自己首先是诗人。诗与品特的戏剧相似。诗歌也不会坚持把动机搞个一清二楚。诗歌描写鲜花、日落，都是表面的描写，留给观众自己去想它的含义。”

品特剧作中人物的对话缺少动机、解释、结局，剩下的就只是对话本身。他把契诃夫开创的潜台词推到了极端。他把潜台词藏得更深和创造出许多不同种类的、新的潜台词。品特剧作中，语言是为了创造氛围，而不是代表事物。他剧中的静场和停顿，甚至还有大量的语言不是为了人物之间的交流，而是这以外的东西。如果说契诃夫的潜台词是为人物感情交流服务，那么品特的潜台词则是探讨感情以外的其他东西。他认为生活中使用的语言传达信息不多，而另有用途。日常对话和语意没有直接关系。品特还发现日常生活中人们不断重复说过的话，并不像古典戏剧中那样一问一答。品特采用的最有效的方式是静场或停顿。他剧本中常有的两种舞台指示也是“静场”和“停顿”。静场是让舞台上悄然无声，停顿则是一段对话后转换话题前的休止。品特语言的台词一方面是贴近生活；一方面是“静场”与“停顿”赋予台词诗意和节奏，这样原本十分生活化的语言就显得经过推敲。品特有些舞台词汇具有特指性，同英国风土人情联系紧密。他善用方言。不同语言层次表现了社会等级的差异。他往往把一些常用的词汇变得非常可笑，使人们感到日常生活中的话语是多么可笑（以上部分参阅马丁·艾思林《欧洲现当代戏剧的理论与实践》）。

此外，品特剧作中的喜剧性对白，主要是运用措辞的对称、重叠、赘述、意义理解不全、前后矛盾、不合逻辑等手法构成。他的这种喜剧性对白一以贯之，出现在他各类剧作中，成为品特作品的又一显著特色。从《房间》到《出路》，品特走过了三十多年的创作历程。他吸取了同时代和前辈大师的艺术精髓，在此基础上创造了“品特风格”特色的荒诞剧，为荒诞派戏剧的发展开拓了新的表现方法。虽品特后期的一些作品已脱离了荒诞剧的范畴，但他早、中期创作对荒诞派戏剧的贡献是不可磨灭的。

由于在戏剧艺术上的一系列创造与革新，品特被誉为“本世纪以来对戏剧的语言、行动和人物发起了最有力的挑战和变革的英语剧作家”。

【参考书目】

1.《荒诞派戏剧集》，上海译文出版社 1980 年版。

2. 郝振益、傅俊、童慎效：《英美荒诞派戏剧研究》，译林出版社 1994 年版。

3. 马丁·艾思林：《荒诞派戏剧》，河北教育出版社 2003 年版。

3. 李维屏：《英美现代主义文学概观》，上海外语教育出版社1998年版。

人的异化及其荒诞意识

——尤奈斯库的《犀牛》（1959）赏析

人在资本主义社会中的异化问题，是欧美现代派文学不断表现和发掘的一个主题，从卡夫卡的《变形记》到尤奈斯库的《犀牛》，有着一脉相承的继承关系，但《犀牛》同《变形记》比较，有它新的特点。《变形记》着重表现的，是人的处境的悲惨，而《犀牛》所要揭示的，则是人的自我堕落。

一

尤奈斯库是法国荒诞派剧作家。1912 年 11 月 26 日生于罗马尼亚的斯拉蒂纳，父亲是罗马尼亚人，母亲为法国人。尤奈斯库在法国度过童年。1925 年回罗马尼亚学习，在布加勒斯特大学攻读法国文学，毕业后在中学执教，并在罗马尼亚刊物上发表文艺评论。1940 年后定居法国。1948 年开始戏剧创作，写了 40 余部剧作，1970 年尤奈斯库当选为法兰西学院院士。著名英国戏剧理论家马丁·艾思林曾发表专著，把他称为“荒诞派戏剧奠基人”。尤奈斯库的创作以 1957 年为界，可以分为两个阶段。

第一阶段是 1949—1957 年。尤奈斯库最早的剧作都是独幕剧。他的独幕剧舞台气氛灰暗，剧本结构多为循环往复，人物被还原为人的原型，是元素化的、机械的、非人的。剧中除使用语言外，还利用舞台手段，表述作者所持的“人生是荒诞不经的”看法。

最有代表性的作品是《秃头歌女》、《上课》、《椅子》等。作者称《秃头歌女》为“反戏剧”，该剧描写两对典型的英国中产阶级夫妇（一对主人与一对客人）在典型的英国中产阶级家庭起居室里展开的无聊对话。结尾时，客人夫妇坐到原来主人夫妇的位置上，重复主人在幕启时的对话。全剧没有动作和剧情进展，没有人物性格，没有统一情节和内在连贯。《椅子》（1952）被作者称做“悲闹剧”。主角是一对年逾九旬的老夫妻，对着象征宾客盈门的满台空椅追述往事，以证实他们的存在。他们雇来的演说家原来是个哑巴。最后夫妻为结束生命双双跳河自杀。

1952 年以后，尤奈斯库的主要剧作有《责任的牺牲者》（1953）、三幕剧《阿美代或怎样摆脱它》（1954）、《新房客》（1955）、《阿尔玛的即席作》等。《责任的牺牲者》被命名为“伪正剧”，男女主人公都自称是责任的牺牲者。作者借人物对话阐述他的反理性主义戏剧观，还指出在这个虚无、荒诞的世界上，人丧失了“自我”。《阿美代或怎样摆脱它》，描绘一对结婚15年早成陌路人的夫妻与世隔绝的生活。他们卧室里有一具死尸，15年来不断膨胀，占据了起居室的整个空间，同时地面上蘑菇丛生，不断增长。阿美代在处理死尸时，夜遇代表权力的警察，无奈飞升空中，以求逃避人生这场噩梦。《新房客》里，新房客住进空屋，搬运工人运来满台家具，最后堆积如山的家具把他埋葬在内。在这几部戏里，作者认为物的繁衍膨胀最终会不可抗拒地成为从精神到肉体扼杀人的力量。从艺术上看，1952年以后的剧作更为完整，体现出舞台布景的重要性，开始出现情节和动作，以表现主义手法描绘人的处境。人物机械的、漫画化的特点渐渐减弱。

第二阶段是1957年以后，尤奈斯库的剧作多为多幕剧，其中最重要的是主人公都叫贝兰吉的《不为钱的杀人者》（1958）、《犀牛》（1959）、《空中行人》（1962）和《国王死去》（1962）四部戏。

《不为钱的杀人者》描述人在恶行面前无能为力，贝兰吉不得不俯首待毙。人生冷漠无情，个人在黑暗势力与官方结为一体的厄运面前，除却就范，别无他途。这部戏被西方剧评界誉为荒诞派戏剧中之经典性杰作。《犀牛》写人在物的绝对统治之下，丧失人格，“异化”为犀牛，最后只剩下贝兰吉一人，面对“异化”提出抗议。作者曾说：“《犀牛》这部戏就是要描写一个国家的纳粹化过程”。这部戏的写作和演出时间，恰逢50年代末法西斯复仇主义思想在联邦德国还魂并开始造成社会影响之际，因此，《犀牛》成为世界各国著名导演与著名演员竞相演出的剧目，在联邦德国反响尤为强烈。《空中行人》里的贝兰吉见到人间与地狱两个世界。作者借圣经《新约全书》启示录式的景象，描绘出不时呈现在他心头的世界面临彻底毁灭的预感。《国王死去》刻画贝兰吉一世在宫中等死的过程。他从拒不相信国王也会死亡，到被迫承认真情，最后死在宝座上。

1959年以后，尤奈斯库写有《饥与渴》（1966）、《麦克贝特》、《屠杀游戏》、《引人注意的妓院》、《提皮箱的人》、《赴死者处旅行》等十余部戏，主题多是写孤独的个人在矛盾混乱的宇宙中的处境。

尤奈斯库戏剧的特点是标新立异、荒诞离奇。笔下的人物活像机器人，语言支离破碎，满台的物统治着人，以这些表现手段揭示世界的荒诞和人生的无谓。他写戏的出发点即表白“我存在”，阐明自身对存在的感受。为创作“反戏剧”，他突出“纯粹的”戏剧因素，把动作还原到机械状态，在没有情节的戏剧中使用发展、累进手法表现加速和聚集的过程，还通过舞台效果让物说话，加强荒诞的意义，如胡敲乱打的钟、满台空椅、一筐筐鸡蛋、数不清的家具、不断膨胀的死尸等。他认为“戏剧是一种语言运用的特殊方式”，必须使语言高度戏剧化。不同人物重复相同的台词，可产生意想不到的强烈效果，他一贯主张最大限度地调动所有戏剧手段，调整舞台结构，为戏剧创作服务。为此，他写的戏都有大量舞台提示和动作指示，并且要求导演严格遵守。尤奈斯库的荒诞戏剧是“舞台化”的，它给观众以冲击感，迫使观众去思考。

二

《犀牛》是1959年尤奈斯库创作的一部三幕剧。

公务员贝兰吉和让是两个要好的朋友，住在外省某个小城，夏日的一个星期天晌午，两人如约来到广场旁的咖啡馆。贝兰吉神情困倦，不修边幅；让衣冠楚楚，风度翩翩。贝兰吉讨厌自己的工作，每逢星期六夜里都要酗酒赌博，大醉而归。让告诫贝兰吉为了尽公务员义务，必须拿出毅力改掉恶习。这时一头犀牛嗥叫着向广场奔来。在场的杂货店店主夫妇、咖啡馆老板、女侍、逻辑学家和一位老先生以及让无一不惊恐万状。惟有贝兰吉表情漠然，无动于衷。犀牛远去后，众人之间交叉展开了一场对话，让在贝兰吉跟前念念不忘犀牛，逻辑学家向老先生解释三段论法……

让为城里出现犀牛感到震惊，表示要向市政当局提出抗议，接着又为犀牛来自何方、对人有无危险同贝兰吉争论不休。贝兰吉的同事、金发打字员苔丝姑娘路过广场，贝兰吉欲躲不及，打碎酒杯。让责备他饮酒过度，失去常态。贝兰吉认为在人们中间活着不自在，喝酒才能重新认出自己。让鼓励他要意志坚强，并建议他去看尤奈斯库写的戏。贝兰吉当即表示要弃旧图新。在这两个朋友谈话期间，逻辑学家用三段论论证了所有的猫终有一死后，又谈起了猫脚的加法，同时提醒老先生在思维上要勤奋。

这时，犀牛又在人行道上出现了。广场上一片混乱，人们仓促逃跑。家庭主妇的猫被犀牛踩死了，主妇失声恸哭，众人纷纷劝慰。让与贝兰吉激烈争论这是否是同一头犀牛，并围绕犀牛角的命题进行了一场各执己见的讨论，让恼羞成怒，破口大骂，苔丝竭力劝阻。后来，一直冷眼旁观的逻辑学家在作了各种假设之后下结论说：先后出现的是两头不同的犀牛，既可能是亚洲种也可能是非洲种。贝兰吉悔不该对让发脾气，心情沉重地又端起了酒杯。

第二天，报上登载了犀牛踩死猫的消息；这条消息在贝兰吉工作的法律出版社引起了一场舌战。年过花甲的科员博塔尔认为这纯属无稽之谈。苔丝向科长巴比雍先生证明犀牛为自己亲眼所见，贝兰吉也说自己是目击者，遭到博塔尔的讥讽。博塔尔对相信此事的科员狄达尔也深为不满，这时，科员勃夫的妻子勃夫太太来找巴比雍先生，说勃夫因患流感需请假。神情惶恐的勃夫太太还告诉巴比雍，她一出家门，就被一头犀牛跟踪上了。她的话音刚落，楼下便传来犀牛嗥叫声，并压塌楼梯。贝兰吉和苔丝肯定这是他们见过的那头犀牛。博塔尔认为这是一个阴谋。惊惧之中，勃夫太太发现这头犀牛正是她的丈夫勃夫，便不顾阻拦，跨上犀牛背跑了。与此同时，城里各处都出现了犀牛。博塔尔愤然要追根求源揭穿事件真相、出示狄达尔变节不忠的证据，在消防队员的帮助下，他们离开了办公楼。

贝兰吉怀着负疚心情去让家里，告诉让不必为意见不同而伤了和气，“值得重视的是每个人内心之处存在的犀牛。”让否认两人的友谊。这时的让已经声音沙哑，咳嗽不已，皮肤发绿，鼻子上方隆起一个小包。贝兰吉要为他请医生，遭让拒绝。让对贝兰吉说，他不憎恨人们，但谁要是碍着他的道，就把他们踩死。并声称自己要超越反对天性的道德，毁掉人类在若干个世纪里建造的文明制度。贝兰吉感到让身上出现了精神危机。不一会儿，让终于在洗澡间里变成了一头犀牛，并且向贝兰吉发动进攻。贝兰吉叫门房和邻居去报告警察，殊不知他们都变成了犀牛，到处是犀牛，贝兰吉进退维谷，最后，从塌墙处仓皇逃跑了。

狄达尔到贝兰吉家看望他，发现贝兰吉头上绑着绷带，烦躁不安。看见贝兰吉担心自己变成犀牛，狄达尔便安慰说，让变犀牛没有代表性，不要悲天悯人，自寻烦恼，劝他拿出自信心和意志力，要习惯这种变故。贝兰吉表示不能漠然处之，准备在报上发表宣言。狄达尔告诉贝兰吉，科长巴比雍因为变成了犀牛而辞职。人变犀牛究竟是正常的还是不正常的？两人争论不已，他们正准备请逻辑学家来评理，却看见逻辑学家变成犀牛从窗外跑了过去。这时，苔丝带着食物来看望贝兰吉，并带来最新消息：巴比雍最后几句人话是必须跟上自己的时代，博塔尔变成了犀牛，雷兹的红衣主教和圣西门公爵也变成了犀牛，商店被犀牛洗劫一空。苔丝摆上食物，三人正欲吃饭，却看见所有的消防队员也变成了犀牛，从窗外嗥叫着奔过去。狄达尔认为自己的责任是追随自己的上司和同志，不顾贝兰吉阻挡，奔下楼加入犀牛队伍去了。贝兰吉知道狄达尔爱着苔丝，由于情场失意才选择了变犀牛的现实。苔丝认为变成犀牛的人都是出于一时的嗜好，劝贝兰吉不要干预别人的生活，选择适合自己的那种现实，过自己的幸福生活。这时，电话铃声响了，听筒里传来犀牛的嗥叫；贝兰吉打开收音机听新闻，里面同样是犀牛的嗥叫。原来，犀牛已经占领了广播电台。在四面八方的犀牛的包围下，他们发抖了，觉得自己很孤独。终于，苔丝觉得大伙有理，拒绝了贝兰吉用爱情作的保证，放弃抵抗，冲下楼去。现在只剩贝兰吉一个人，但他仍表示绝不追随他们。他拿出几幅同事的画像同凝固在墙上的犀牛头像相比，发现漂亮的竟是犀牛而不是人！他后悔自己没变成犀牛。面对墙上那些犀牛头像，贝兰吉发出绝望的叫喊：“我是最后的一个人，我将坚持到底！我绝不投降！”

三

荒诞派戏剧，作为现代派文学的一个重要流派，产生于50年代的法国，并在其奠基人尤奈斯库、贝克特等人作品的直接影响下形成的。荒诞派戏剧的哲学基础是存在主义，荒诞派戏剧以强烈的荒诞意识而著称。

何为荒诞意识？或者说，荒诞意识的本质是什么？商务印书馆1996年版的《新华词典》对荒诞的解释是：离奇，完全不合实际，不近情理。1965年出版的《简明牛津词典》对荒诞（absurd）的定义则是：（音乐）不和谐、缺乏理性或恰当性的，显然与理性相悖的，因而是可笑的和愚蠢的。这些定义的核心是把荒诞理解为不合理，但对什么是不合理中的“理”却缺乏说明，所以，它们至多说出了荒诞一词的表层意义。

我们认为，荒诞，是用于50年代一些戏剧家的术语。这些戏剧家并不自以为是一个流派，但都对人在宇宙中的窘困状态持有相同的态度：他们把人类的窘困状态的原因定为人与其环境之间失去和谐以后生存的无目的性。人类由于认识到自己所做的一切都缺乏目的而产生了玄奥的苦恼状态，这种苦恼状态就是荒诞戏剧家的主题。

这个描述指出了荒诞意识本体论意义上的根源。按照这个描述，荒诞意识产生于生存的无目的性，而荒诞戏剧就是对这种无目的性的呈现，但是如何区分有目的性的生存和无目的性的生存呢？如果目的指的仅仅是琐碎的日常生活的目的，那么，生存就不可能是无目的的：我随时可以赋予我的日常行为以意义——刷牙是为了保持口腔卫生，写文章可以挣稿费，锻炼身体以参加明天的足球赛，等等。人类的行动作为有意识的活动永远有其直接目的，只有昏迷中的人、婴儿、精神病患者才会作出没有目的的动作，所以，当人们说自己的生存缺乏目的时，他所说的肯定是超越日常生活无数细小目的的目的，这便是生存的终极目的。当一个人清晰地知道自己生存的终极目的并坚信其合理性时，他就不可能觉得自己的生存是荒谬的。荒诞感就源于下面的状态：人不能确知自己生存的终极目的是什么，或者他对自己生存的终极目的产生了怀疑，即，他生存的终极目的对于他而言成为一个问题，他追问生存的终极目的却得不到答案。显然，拥有荒诞感的人都是追问者，而追问的对象便是他生存的终极目的，这种追问就是哲学意义上的终极追问。

所以，荒诞意识的诞生有两个前提：（1）对生存的终极目的的终极追问；（2）人对自己的终极追问既不能给出肯定的回答，也不能作出否定性的结论，而只能采取暧昧的悬搁态度。如果终极追问所导向的是肯定的答案，那么，人所收获的将是坚定而充实的感觉，同样，假如结论是完全否定的，他则会感到绝望而非荒诞。具有荒诞感的人活在希望和失望之间，被两种可能都不存在的可能性所折磨着，无法采取明晰的行动来拯救自己。因此，真正的荒诞意识都产生于旧的生存体系受到彻底拷问而新的生存体系尚未建立的间隙。只要终极追问发现了生存的这种致命的暧昧性或无着落状态，荒诞意识就会诞生。在这个意义上，作为纯粹个体意识在个体诞生以后的任何时代里都可能产生，但作为主流意识的荒诞意识则只能在特定的社会历史阶段中生成。

19 世纪末期，尼采，这个给整个西方带来战栗的偶像破坏者，对所有人说：上帝死了，因为他根本就没存在过，寄希望于上帝等于寄希望于虚无。虽然尼采的话在当时被视为狂人呓语，但是在尼采去世后，日益发达的自然科学和社会科学却越来越证明了尼采的断言。上帝之死对于许多西方人来说已经是个不得不接受的事实，自从尼采 1883 年出版《查拉斯图特拉如是说》以来，相信上帝已经死亡的人们的数量大大增加了。既然上帝已死，西方人过去自以为居住于其中的完美宇宙也就崩溃了。他们突然发现自己无缘无故、无依无靠、没有目的和意义地生活在赤裸裸的天地之间，或者说，他们由上帝的宠儿一下子变成了“流浪者、孤独者、流亡者，无家可归、漂泊不定、不得安宁的个人”。确实，对于虔诚相信上帝已经近两千年的西方人来说，这是个天崩地裂的大灾难。上帝之死对于当时的西方人而言是终极目的、生存意义、家园和希望之死。因此，荒诞感源于人承认上帝之死后的终极追问和这种追问的无答案状态。它并不完全是否定性的意识，因为它代表着某种虔诚的努力：在上帝已死的世界上，继续追问生活的终极目的，力图寻找一种可以代替原有宇宙体系的理想世界。

现在，我们可以从本体论的角度探索荒诞派戏剧产生的根源了：（1）它代表了人们在上帝死去后所进行的虔诚的终极追问；（2）它也呈现了人在这个努力受挫之后的失败感、无家可归感、与生活中更高的目标失去了联系之后的虚无感，一句话，某种深入到了本体层面的荒诞感。

著名英国戏剧理论家艾思林就从正面界定了荒诞派戏剧中的终极追问意识。他说：“荒诞派戏剧就是这种探索的表现形式之一。他勇敢地面对以下事实：那些认为世界已经失去了其中心解释和中心意义的人，不可能再接受仍然以继续使用已失效的标准和概念为基础的艺术形式，也就是说，这些标准和概念失去了这样的可能性，即根据人在宇宙中的目的所揭示的确定性，而在一个坚实的基础上来推断并了解行为法则和终极价值。”他接着说：“在表达终极确定性消失后悲剧性的失落方面，按照一种奇怪的悖论方式来看，荒诞派戏剧也是一种探索的征兆，它也许最能称得上我们时代真正的宗教探索：它是一种努力，尽管这种努力是小心翼翼的，尝试性的，但它仍要歌唱、欢笑、哭泣及怒吼——如果不是为了赞美上帝，至少是寻求一种不可言喻的维度。这努力使人类意识到人类状态的终极现实，给人类再次灌输已消失的宇宙奇迹感和原始痛苦，使他们感到震惊而脱离陈腐、机械、自鸣得意及丧失了有意识的尊严的生存。”他还说：“荒诞派戏剧关心人类状况的终极显示，即生与死、孤立与交流等为数不多的根本性问题，不论它看起来多么荒诞、琐屑和不虔诚，却代表了对戏剧的原始功能的回归——使人类直面神话天地和宗教现实。”

显然，艾思林在这里强调的是荒诞派戏剧的正面功能，即通过戏剧重建人与世界和人与神圣之物的深层联系。在这个意义上，荒诞派戏剧就植根于宗教意识之上并体现了某种宗教意识。萨特的《密室》、热内的《阳台》、贝克特的《等待戈多》等荒诞派戏剧就在荒诞不经的戏剧场景中表现了某种终极性的探索。但是荒诞派戏剧的荒诞性就在于他们的终极探索是不成功的。如果他们的终极探索是成功的，那么，它就建立了一套新的宇宙论体系并以之代替以上帝为中心的旧宇宙观，这样，剧中人所居住于其中的世界就不是荒诞的了，而是新的可以用理性解释的世界。所以，荒诞派戏剧的荒诞性就是它对于自身功能的限定。它命里注定是一个过渡，它所呈现的荒诞感就源于过渡中终极价值的不确定或暂时缺失。只要荒诞派戏剧仍是荒诞派戏剧，它的终极探索就非失败不可，或者说，终极探索的失败是荒诞派戏剧存在的前提。如果荒诞派戏剧的终极探索指向了一个明晰的目标并获得了实质性的成功，那么，荒诞派戏剧的荒诞性就会消失，荒诞派戏剧本身也就会消亡。事实的确如此：与其说荒诞派戏剧呈现了某种终极探索，毋宁说它展示了这种终极探索的失败，以及剧中人在此失败中所获得的荒诞感。在某些情况下，荒诞派戏剧对终极存在和终极探求本身也表示了怀疑，并对它们持一种合理的悬搁态度。换句话说，荒诞派戏剧所隐含的终极探索意识并没有给它们的剧中人提供一个稳定的宇宙论体系，并没有给他们以家园之感，相反，倒是向他们暗示了这种宇宙论体系的不存在，告诉他们人在本质上就是无家可归的。如果说在原有的宗教戏剧中，人们受到以神为顶点的存在阶梯的层层保护，那么，在荒诞派戏剧中，人则是赤裸裸的，既没有层层保护他们的宇宙体系，也没有存在的根据和目标，而是被抛在一个荒诞的世界上，裸露在宇宙中，完全没有理由地活着。艾思林在指出了荒诞派戏剧的终极探求意向后承认："荒诞派戏剧表述了由于以下认识而形成的绝望：人类被无法穿透的黑暗层层包围，他们决不可能知道他们的真正本性和目的，没有人向他们提供现成的行为法则。"

所以，荒诞派戏剧所揭示的终极现实和以往戏剧所揭示的终极现实完全不同：在古希腊悲剧和喜剧，以及中世纪神秘剧和巴洛克式的西班牙宗教剧中，所涉及的终极现实是人们普遍了解、普遍接受的形而上学体系，而荒诞派戏剧则表达了任何这类被普遍接受的宇宙价值体系的不存在。因此，荒诞派戏剧要朴实得多，它以一种承认现实的态度来对待失去了上帝后的世界和人的生存。从这个意义上讲，荒诞派戏剧也是广义的现实主义戏剧的一种，尽管它对现实的理解与传统现实主义完全不同。

四

尤奈斯库的戏剧荒诞曲折，但反映的仍是现实社会中客观存在的弊端。他深刻揭示出第二次世界大战后西方社会思想空虚、恐惧绝望的严重精神危机。尤奈斯库在这部作品中，至少从四个方面体现了荒诞派戏剧的本质特征：

第一，抽象的、严肃的主题。在荒诞派的许多剧本中，写的是威胁和压迫的主题。所谓威胁和压迫，一是来自社会，一是来自物，比如品特的作品，有不少就是表现所谓外来的威胁，人在这种外来威胁的压迫下，躲避也好，奋斗也好，都是徒劳的，人对自己的命运完全失去了自主的能力。物对人的压迫，更是荒诞派特别喜欢表现的主题，满屋的鸡蛋，一杯杯的咖啡，满台的椅子、家具，巨大的死尸，使人无立锥之地。在荒诞派作家看来，人和人所生存的环境出现了全面的危机，环境和人的关系是敌对的关系，人成了环境的牺牲品，人的个性、人的自由已不复存在。因此，他们就在自己的作品中表现人生的痛苦和孤独无望，人生的卑贱和无意义，现实的丑恶和可怕，人被超人力量任意摆布的可悲处境等等。

荒诞派作家敏感地看到了资本主义社会的精神危机、道德危机，看到了物欲主义和生产的无政府状态对人造成的损害，并以怪诞的艺术形式对这些尖锐的社会问题进行了揭露，这正是他们的作品得以存在并发生广泛影响的一个重要原因。但也应该指出，把人和现实抽象化，以存在主义哲学看待现实和人生，也明显地表现了荒诞派作家及其作品的思想局限。

尤奈斯库的《犀牛》，是继卡夫卡的《变形记》之后，西方描写人的“异化”的最著名作品，只要畸形发展的资本主义社会继续存在，这类作品就会不断产生出来。在这部剧作中，当犀牛刚出现的时候，有的人漠不关心，有的人只想着个人所受的损失，有的人高谈阔论，可是一旦有追随者出现，各种各样的人都随波逐流，争先恐后地变为犀牛，以变犀牛为美，以变犀牛为荣，几乎整个世界都要被犀牛掀起的尘浪所淹没。在这样的现实面前，人要保持自己的特点，自己的尊严，几乎已成为不可能的事情，贝兰吉的发誓“决不投降”，凸显出其唐·吉诃德式的可笑。在西方社会中，由于资本主义社会的本质所决定，生产、技术的高度发展和物质财富的大量积累，越来越变成与人的个性发展所敌对的可怕现实，而各种各样资产阶级哲学社会思潮的泛滥，又使人们对这种现象不能作出正确的分析和解释，所以，人们在痛苦和恐怖之中，独立的人格丧失了，自我堕落了，意志力的支撑点找不到了，于是一有引诱和煽动就随波逐流，就推波助澜，社会变成了被一汪浊水浸泡着的世界。这就是《犀牛》给我们展示的可悲而又严酷的现实。

尤奈斯库虽然不明白造成资本主义社会中人格丧失、精神堕落的原因，但他通过自己的作品对这种可悲的现实表示了极大的不满和愤慨。早在他的处女作《秃头歌女》中，他就以讽刺喜剧的形式，嘲笑了“小市民即专门接受别人的现成想法和标语口号的人云亦云之徒”，而在《犀牛》中，则以悲闹剧的形式，并且在更广泛的意义上，揭示了人格丧失、精神堕落所带来的社会灾难。《犀牛》并不是一个面壁虚构的故事，而是有现实依据的。尤奈斯库在青年时代曾目睹了罗马尼亚法西斯势力铁军的兴起，又看到了50年代新法西斯势力在联邦德国的活跃，所以，他在谈到《犀牛》时曾说：“在《犀牛》一剧里，我采取的立场就是斥责法西斯主义。”《犀牛》首先在联邦德国上演，并连演1 000多场，造成轰动，不是没有道理的。

第二，一反常规，大胆构思，打破时空观念，抛弃叙事作品的基本格局，编演荒诞离奇的故事。尤奈斯库的《犀牛》写的是满城人争着变犀牛的故事。他的《阿美代或怎样摆脱它》写的是一对夫妇同房间里一具以“几何级数”不断膨胀的尸体苦斗的故事。贝克特的《喜剧》写的是装在坛子里的3个人搞三角恋爱的故事；他的名剧《等待戈多》则写的是两个老人莫名其妙地等待着不知为何物的戈多先生的到来的故事。在荒诞派作品中，故事的背景常是在现实生活中无法找到的荒漠、孤岛、海滩、无人居住的城市或乡野。作品中发生的故事，没有合理的逻辑线索可寻，找不到正常的因果关系，越是典型的荒诞派作品，就越是没有“合情合理”的影子。因此，荒诞派作品，有结构，但没有合乎常理的剧情发展、戏剧高潮和结尾，是戏剧，但没有构成戏剧冲突的真实具体的矛盾。在荒诞派作家看来，只有这样的戏剧故事，才能表现出非理性世界的真实状态，才能表现出世界和人生的荒诞性。

这个剧本不同于尤奈斯库的其他剧本，这里有完整统一的故事情节，有矛盾冲突，有戏剧高潮，主要人物有自己的性格特征，人物语言也还有正常思维的特点，然而就整体来讲，仍具有荒诞派作品的特征。剧本写的是一个在现实生活中不可能发生的荒诞故事，只有在神话传说和童话故事中，才有人形变化的事。但作者采用了“假戏真演”的方法，像实有其事一样，用完全写实的手法来写“超现实”的事物，具体展示了人变为犀牛的过程，以及在变异过程中发生的事情。特别是第二幕的第二场，把贝兰吉的朋友让异化为犀牛的全过程，都非常生动地在舞台上表现出来，虽然滑稽荒诞，却给人留下了真实难忘的印象。

第三，荒诞滑稽的人物形象。在荒诞派作品中，不多的几个登场人物，大都是些被环境挤扁了的可怜虫。语言不清，思维混乱，失却理性，猥琐卑贱，奇形怪状，没有一点“宇宙的精华，万物的灵长”的影子。在贝克特的作品里，我们看到的是一些白痴、瘫痪病人、生活在垃圾桶里的人。在尤奈斯库的作品里，我们看到的是一些哑巴演说家、会生鸡蛋的女人、莫名其妙的杀人者。在品特的作品里，我们看到的是一些找不到逃遁之所的可怜虫等等，他们已经不再是人，而变成了非“人”。荒诞派作家认为，这种可怕的现象，是由人所面对的可怕的生活环境造成的。但环境是无法改变的，所以，人只能生活在无边的痛苦和绝望之中，这是荒诞派作品之所以普遍具有悲观主义倾向和虚无主义倾向的一个重要原因。

前面已经谈过，贝兰吉是尤奈斯库四个剧本的主人公，虽身份不同，人物性格还是有不少相同之处的。如诚实、善良，举止笨拙，行为可笑。在《犀牛》里，他以小职员的身份登场，是一个处于社会下层的人物，他对生活不满，但也无意进行反抗。他只是感到莫名的恐惧和“在人们中间活着很不自在”，“弄不清楚我是不是自己人”，甚至一种孤独感使他觉得“活着是件不正常的事”，怀疑自己“是否存在”。随着“变异”之风的盛行，他的意识却越来越清醒了，他看到了“每个人内心深处存在的犀牛”。为了不失去自己的人格，他要在“被淹没之前有所行动”，他大声喊着：“我是不会跟着你们（犀牛）跑的”。因此，当苔丝劝他“选择适合你的那种现实吧，逃避到幻想中去”的时候，当她提醒他“你的那些良心状况将要毁掉一切”时，他仍然坚持抵抗，拒绝“变异”，说苔丝是“发烧”，并扇了她一耳光。这时的贝兰吉，确有几分英雄的气概。但他毕竟是个孤独的个人主义者，当世界只剩下他一个人时，绝望的孤独感包围了他，他认识到“谁坚持保存自己的特征谁就要大祸临头!”可是一切为时已晚，他只能发出“绝不投降”的悲鸣。剧本通过对贝兰吉这个形象的塑造，既表现了在西方世界善良的人们保持自己人格尊严的不易，也对个人主义者进行了嘲讽。

《犀牛》在刻画人物内心世界方面表现了高超的技巧，也显示了作者运用语言的才能。剧中出场较多的让、狄达尔和苔丝，一开始都坚持反对“犀牛化”的立场，并有很强的自信，认为自己“头脑清醒”，“是不会随波逐流的”，甚至还劝说贝兰吉要有“意志力”。但这三个人都在同贝兰吉的谈话、辩论过程中，逐渐改换了论调，丧失了自我，有的说：“为什么不当犀牛？我喜欢变化”（让），有的说应该“有一种开放的思想”，“还有什么比一头犀牛更为自然的”（狄达尔），有的说犀牛是“神”，“太可爱了”（苔丝），最后都追随犀牛而去。这一切在剧本中并不显得生硬、不自然，而是真实可信的。可以看出，作者非常善于透视人物的内心世界，也很懂得使用语言的技巧。

第四，极端怪诞夸张的表现手法。尤奈斯库在《戏剧的实验》一文中曾说过：如果说戏剧的本质是扩大效果的话，那么就应该尽量地扩大、强调、激化它的效果，使它达到顶点……应该使戏剧朝着畸形以及漫画的方向迅速奔驰……使戏剧回到令人无法忍耐的地步。让戏剧把一切推向痛苦的极点……戏剧是感情的极度夸张，脱离真实的夸张。

荒诞派作家正是遵照这样的戏剧主张进行创作的，可以说，没有极端怪诞的夸张，就没有荒诞派。极端怪诞的夸张，表现在剧情组织、人物塑造、背景设计、语言运用以及灯光、道具的使用等各个方面。在《秃头歌女》、《椅子》、《等待戈多》、《最后的一局》、《啊，美好的日子》、《动物园故事》、《一间屋》等剧中，并没有什么重要的戏剧情节，剧情都极为简单，但作者却让剧中人物反复表演那些只够得上情节元素的东西，把人物梦呓一般的对话、独白不断延长，让人物活动在一间四面环水或夜色笼罩的屋里，或干脆把人物装入口袋、塞进墓穴或垃圾桶里，使观众跟从剧情的“发展”，达到“无法忍耐的地步”。《秃头歌女》中的那架挂钟，不但胡敲乱打，有时竟突然发出一声重响，能把观众惊吓得从座位上跳起来。

在《犀牛》中，灯光布景上、乐池里活动着成群的犀牛，舞台上是犀牛造成的墙倒屋塌的可怕景象，使观众处于极度的恐怖之中。荒诞派作家很懂得作为综合艺术和直观艺术的舞台艺术的特点，他们是为剧场写戏，不是为读者写戏。他们很注意研究剧场观众的心理活动过程，所以，他们运用极端怪诞夸张的表现方法，在舞台艺术的各个领域任意驰骋，“把一切推向痛苦的极点”，给观众造成内心的极大振动。他们将现实生活的本来面貌加以扭曲、变形、漫画化，以此来加强戏剧效果，不致被人们“走过一个街区就忘掉”，荒诞派作家确实找到了一种表现他们作品内容的有效方法。

对于荒诞派戏剧的认识和评价，由于它晦涩难懂和形式怪诞，争论一直很激烈，人们的看法常常是截然相反。欧美的评论界，到60年代才逐渐承认它的存在价值，但也仍然不时有人大声疾呼停止荒诞派的“浩劫”，恢复传统的戏剧模式。我们认为，荒诞派的出现有其深刻的社会历史原因，它以怪诞的方式对资本主义社会表示了抗议，进行了揭露，具有一定的认识意义和作用。它在艺术上的大胆试验，也有值得研究和可资借鉴的地方。不管它现在还有多少活力，有一点可以肯定，它在欧美戏剧发展史上，已经并将继续留下它的烙印。“戏剧的国王死了，而国王的戏剧还活在舞台上。”

【参考书目】

1. 马丁·艾思林：《荒诞派戏剧》，河北教育出版社2003年版。

2. 郝振益、傅俊、童慎效：《英美荒诞派戏剧研究》，译林出版社1994年版。

谁对安德利的死负责

——马克斯·弗里施的《安道尔》（1961）赏析

马克斯·弗里施（1911—1991）是第二次世界大战后与迪伦马特齐名的瑞士剧作家之一，他以小说和戏剧创作赢得了国际性声誉。1961年，他以德国纳粹屠杀犹太人为背景创作的12场教育剧《安道尔》，引起了极大的轰动，更使他跻身于世界著名剧作家的行列。

一

1911 年 5 月 15 日马克斯·弗里施出生于瑞士苏黎世一个建筑师家庭。1931—1933 年他在苏黎世大学攻读德国语言文学，后为经济所迫而辍学，以记者为职业，并创作了第一部小说《于尔格·莱因哈特》（1934 年）。1936 年他改学建筑。第二次世界大战中应征入伍。1941 年工学院毕业，开办建筑事务所，同时进行文学创作。1943 年—1945 年发表小说《难以相处的人们》、剧本《他们又唱了》。1948 年他还拜见过前来瑞士访问的布莱希特，深受布莱希特戏剧理论的影响。1955 年开始，他在苏黎世用德语专事写作。1960—1965 年侨居意大利罗马，后回瑞士定居。1954—1964 的 10 年是弗里施创作的巅峰，他的两部代表作《比得曼和纵火犯》与《安道尔》就在这一时期相继问世，为他带来了世界性的荣誉，并先后获得过许多文学奖，包括德国文学最高奖“毕希纳文学奖”。瑞士多数居民操德语，首都和最大城市也在德语区，包括文学和戏剧在内的瑞士文化基本是德语文化。

随着欧洲兴起“文献戏剧”和“残酷戏剧”，弗里施又折回到他的戏剧事业的初创阶段，重新拾起与《圣·克鲁兹》相近的题材，写出《传记，一出戏》（1967 年）。作者用一系列倒叙场面，把主人公过去的经历一一加以演绎。主人公最后失败了，说明个人的生存境况是由社会关系注定的，个人的改变必须以社会的改变为前提。1978 年弗里施又出版了一部剧本《三联画》。此后他的创作产量不多。其他作品还有《忆布莱希特》（1968 年）、《戏剧散论》（1969 年）等。

弗里施的两部代表作都是最纯正的布莱希特式德语譬喻剧。《比得曼和纵火犯》（1958 年）写客店老板比得曼胆小怕事又惟利是图，眼看两个形迹可疑的人不断把汽油筒往他的阁楼上搬运，却明哲保身，不敢制止而且一味迁就，直至把火柴交给罪犯，终于酿成了全城大火。剧中采用了古希腊悲剧常用的合唱队形式，随着剧情的进展进行说明、评论，较为典型地体现了布莱希特对他的影响。《比得曼和纵火犯》富于道德寓言，它采用喜剧手法揭露社会上的不道德行为，这是布莱希特的传统，但是弗里施故意违反布莱希特的意思说，这是“一部没有道德的教育剧”。

二

安道尔是作者虚构的一个国家的名字，与安道尔毗邻的是黑人国。一天早晨，安道尔的居民都在用白粉粉刷墙壁，准备以一个洁白的安道尔迎接明天的宗教节日。剧情开始时，教师坎的女儿芭尔布琳正在用刷子刷墙，一个游游荡荡的大兵过来和她调笑，芭尔布琳为了摆脱纠缠，谎称自己已经有了未婚夫。芭尔布琳听说毗邻的黑人国要来攻打安道尔，便向牧师打听。牧师安慰她说，这不可能。安道尔土地贫瘠，人民虔敬，敬仰上帝，别人不会来攻打的。同时牧师叫芭尔布琳转告她父亲不要再这样放任自己，整天酗酒。

教师坎家中有一个青年安德利。安德利实际上是坎年轻时和黑人国一个女人生的儿子，但是畏于当时的社会习俗，他不敢公开承认。恰好黑人国发生了迫害犹太人的暴行，坎便佯称这孩子是他从黑人暴行中救下的犹太孩子，带回自己家中。安道尔人显示出高尚的道德姿态，因此坎的行为也被说成是扶危济困的义举，安德利从此在安道尔被坎当作义子抚养成人。

安德利聪明、能干，为了让他学会一门手艺，坎卖了地，出高价找木匠师傅收安德利当学徒。安德利当了学徒后欣喜若狂，以为从此可以当个自食其力的工匠，而且还想攒钱和芭尔布琳结婚。但是他的梦想落空了。木匠师傅怀着对犹太人的偏见，把另一个伙计粗制滥造做的椅子当成安德利做的拆掉，还说安德利天生就不是学手艺的材料，犹太人只会赚钱，不再让他学技术，而让他去卖货。那个想占芭尔布琳便宜的士兵也当众欺侮取笑安德利，将他打倒在地，并公然声称要霸占安德利的未婚妻。士兵有恃无恐地撒野，同时还嘲笑犹太人是胆小鬼。

安德利爱芭尔布琳，芭尔布琳也满怀青春的激情和安德利亲吻，但是在没有取得她父亲同意之前，安德利还是像兄长那样关心爱护着芭尔布琳，夜晚在她的小屋门前保护着她。同时安德利心中也有顾虑，怕芭尔布琳因他是犹太人而嫌弃他。他多次问芭尔布琳，自己是不是像别人说的那样只好色，而没有感情，他为自己没有胆量向芭尔布琳的父亲坎开口而苦恼，当他终于下决心向养父表明心迹时，又意外地遭到拒绝。坎没有勇气道出真情，只是顽固地不同意这门婚事。安德利又气愤又失望，他悲愤地喊出："还不是因为我是犹太人！"安道尔人对犹太人的偏见、歧视像一座围墙压得安德利透不过气来。就连安德利去看病，碰上一个新来而不明底细的医生，他也得一边接受检查一边听医生历数犹太人的种种恶行，什么犹太人只认得钱，犹太人时刻觊觎别人的好职位等等。安德利到处碰壁后在心中渐渐滋生出一股反抗情绪。他悄悄地积攒钱。他恨这个国家，恨这些欺侮他的人，他要远远离开，带着心爱的姑娘到另一个世界，一个没有人认识他们、没有人陷害他们的地方。正当他编织着美丽的理想，守护在芭尔布琳屋门前睡着了时，士兵悄悄跨过他的身子，进到屋中将芭尔布琳奸污了。

坎因家中出了事，万分痛苦。他与安德利的关系破裂了，他想对安德利承认自己是亲生父亲，话到嘴边没勇气说出来，安德利认为坎现在像别人一样瞧不起自己，因此拒绝和坎谈话。坎的妻子求神父帮忙。神父把安德利找到教堂开导劝慰他，告诉他不必追求和其他安道尔人一样，应该看到自己比别人聪明、谦虚、能干、有头脑，这正是他这个民族的特长。神父用圣经的话教导他，首先要爱自己，接受上帝把他创造出的这个样子，不用顾及他人的看法。

一群人聚集在酒店议论黑人国要来进攻的消息。士兵夸口将拼死抵抗，战斗到最后一人。医生说，没有一个民族像安道尔这样清白无辜，全世界都会支持安道尔，敌人不敢进攻。一个邻国妇女走进酒店，她就是安德利的亲生母亲。她见到了坎和安德利，把自己的指环送给安德利，但没有相认。当她离去时，被人从背后扔石头打死了。

坎懊悔自己当时的怯懦，现在的消沉，向神父倾吐了真情，神父又重新劝安德利不必苦恼，他不是犹太孩子，而是个与别人一样的安道尔人。这时，安德利经受那么多打击，虽经神父的劝导，却深信自己就是犹太人。他不再相信神父，不肯承认坎是自己的父亲。黑军以捉拿砸死女人的凶手为借口向安道尔进攻了。平日气壮如牛夸夸其谈的家伙都成了胆小鬼。他们协助黑军把安德利当凶手捉到，说他是犹太人，诬告他扔的石头。为了给犹太人示众，安德利被当众拉到广场上处以极刑。芭尔布琳拼命保护他，遭到毒打，被剪去了头发，被骂作“犹太人的未婚妻”。

坎这时宣布了安德利的真实身份，但为时已晚，也没有人相信他，最后他自缢而死。黑军撤退了，只有已经疯了的芭尔布琳仍然留下并不停地粉刷白墙，仍在寻找她的头发和她的哥哥……

三

在《安道尔》中，弗里施向我们讲述了一个“安德利之死”的故事。他以不同当事人的法庭陈述作为基本叙事线索来结构全剧，但是每一个出庭作证的人除了牧师之外都声称自己不对安德利的死负责。那么到底谁对安德利的死负责呢？这是理解这部教育剧首先需要解决的难题，解决了这个问题，对于理解剧作者的创作主旨是非常关键的。

先来看看安德利的父亲坎，这是一对充满戏剧性的父子关系。教师坎年轻时曾想向安道尔的道德准则挑战，他撕毁过教科书，爱上一个黑人国的女子，还和他生了一个儿子安德利。可当他回到安道尔后，一方面是为了保护他自己的名誉和婚姻，另一方面也使孩子不承受私生子的污名，他胆怯了，谎称安德利是自己从黑人国里救出的犹太孩子，从此安德利备受歧视。尽管他对安德利的爱是真诚的，宁愿自己卖了地也要让安德利学木匠，但他却从一开始就把安德利推到了安道尔人的对立面，改变了他的身份，使他成为“另类”。应该说，在剧中，他是有机会向世人解释清楚的，但他却没有这样做，相反，给安德利带来了更大的伤害，安德利爱上了自己的妹妹芭尔布琳，当安德利鼓足勇气向教师坎提出要同芭尔布琳结婚，坎因为他和芭尔布琳是同父异母兄妹而拒绝，致使安德利再次误以为又是自己犹太人的身份造成的。可以说，导致安德利之死的最直接的原因就是坎的怯懦与自私。这位外表看上去十分强悍而又反传统的卫士，如果当初能够勇于承认自己的过去，还安德利以安道尔人的身份，随后发生的一切可能就不会发生。如果作者把坎的性格上的缺陷处理成是导致安德利之死的直接和必然的原因，那么，这部剧作就失去了它的深刻性。显然，作者并没有停留于此，他还有许多话要说。笃信戏剧不是“再现”生活的弗里施设置了一种特殊的人物关系引发观众对现实的思考，所以，安德利的死绝不仅仅是坎个人的过失，肯定还有更为深刻的原因。

弗里施越是让剧中每个人出庭作证时都声明自己不对安德利的死负责，就越发引起观众的一步步追问，正是这种良心的追问，观众也一步步地陷入了作者精心设计的圈套当中，其实，剧中每个人都应该对安德利的死负责。

安德利爱上了自己的妹妹芭尔布琳，士兵派德尔却嘲笑他是犹太人，不配爱安道尔的姑娘，特别是安德利深爱着的姑娘也被士兵奸污后，安德利更是悲痛欲绝，神情恍惚，促使安德利又向死神走近了一步，安德利学木匠，伙计费德利却栽赃陷害他，师傅普拉德偏偏也总是认定质量不好的椅子就是他做的，新来的医生也道听途说地历数犹太人的种种不是，这更加重了安德利的心理压力。紧接着剧作者抛出了整个剧作的核心事件：安德利生母的来访并被人用石头砸死。安道尔人为了自保，在黑人国出兵安道尔时，竟众口一词作伪证说亲眼看到是安德利扔的石头。在灾难面前，此时的坎意识到事态的严重性。尽管教师坎夫妇再三向人们解释安德利的真实身份，但为时已晚，根本没有人相信他，更确切地说，此时的安道尔人需要一名替死鬼来化解眼前这场劫难，一直被众人视为“异类”的安德利当然就是最佳人选。这里，每个人都在安德利走向死亡的道路上有意无意地推上了一把，他们，都应该为安德利之死负责。他们在安德利之死这个问题上，都扮演了不光彩的角色。

更为可怕的是，安德利自愿要求作为凶手接受死刑。也就是说，安德利也是谋杀自己的帮凶之一，在他的性格中，多愁善感、缺乏自信也是他的一个致命伤，在别人的流言蜚语中，他开始怀疑自己的身份，就这样，他在众人逼迫下，完成了自己的身份转化，也正是在这种社会角色的转换过程中，他一步步地走向死亡，确切地说，是他自己主动选择了死亡，这样处理，才使得本剧的悲剧意识更加浓厚。

就在黑人国前来抓捕他的时候，安德利已是万念俱灰，根本不接受芭尔布琳让他逃走的建议：

安德利：当我们还是孩子那会儿，我们为什么不毒死自己，芭尔布琳，现在已经太晚了……

芭尔布琳：爸爸不会去开门的。

安德利：这一切来得真慢呐。

芭尔布琳：你说什么？

安德利：我说，这结局来得真慢呀。

一个面对死神的到来却发出来得太慢的人，说明他对现实生活是多么的厌倦和无奈，这是一种生不如死的痛苦，这种迫不及待地追求死亡的人成了对这个世界的莫大讽刺。

表面上看这是一出个人与毁灭他的力量之间的冲突的悲剧，实质上是人类与毁灭他们的力量之间的冲突。正如黑格尔所说，个人悲剧后面不涉及人类悲剧将是毫无意义的。现代悲剧中之所以比古典悲剧中的性格悲剧、命运悲剧更具震撼力，就在于现代悲剧所体现的深入整个人性的穿透力和普遍性，基于对整个人类的把握，现代悲剧摒弃了传统艺术法则着力塑造悲剧人物“这一个”的独特性，而把探讨整个人类的悲剧根源作为自己的追求目标。这种艺术观念最终导致了现代悲剧人物的符号化、观念化。

具体地说，现代悲剧中的个人牺牲既体现为“否定性牺牲”又体现为“肯定性牺牲”，从而使个人的死亡和痛苦具有双重力量。所谓“否定性牺牲”指的是悲剧人物的牺牲是对旧的社会政治权力、文明束缚所作出的偿还性牺牲，是对业已存在的事物的否定，安德利的死是对安道尔人价值观念和社会习惯的否定，通过他的死，让我们发现了在人与人之间所存在的丑陋与劣根，由悲剧人物否定性的牺牲引起观众否定性的认识。所谓“肯定性牺牲”指的是，悲剧人物尽管牺牲了，但他的死却促进了人们对某种更为合理的社会价值的向往，导致了社会生活的新的方面变得明显起来，人的个体生存的真实性变得明显起来，这是一种对悲剧人物行为的肯定，正是他的死使我们看到了某种具有积极意义的社会习惯的可能性。或者像《安道尔》一样，虽然安德利死后，安道尔一切如故，好像什么也没有发生，但这件事在安道尔人心中留下了难以抹去的记忆，芭尔布琳疯了，正是这个疯子，不停地企图把墙刷白，白色在这里具有一种纯洁的象征意义，它时刻提醒过往的每一个人，让每一个人的灵魂都接受一次拷问：

芭尔布琳：我刷白，我刷白，让我们有一个白色的安道尔，你们是杀人犯，一个雪白的安道尔，我粉刷你们所有的人，你们大家。

芭尔布琳：你们打哪儿来，你们大伙儿，你们能往哪儿去，你们大伙儿，你们怎么不回家，你们大伙儿，你们大伙儿，回家去上吊？

由此可以得出，现代悲剧中的个人死亡和痛苦具有双重意义：一方面是对悲剧行为前的社会政治权力、文明束缚的否定，另一方面它又把我们对悲剧人物的肯定性判断作为人性的新丰收交付给未来社会，从而使我们有了憧憬的机会，有了活下去的勇气，有了延续生命的冲动，在社会痛苦中显示出人作为人的尊严和价值。悲剧人物的死是为了鼓动观众更好地活，这是一切悲剧的基本功能，就如亚里士多德所说的一样，正是悲剧的“卡塔西斯”（净化）效应，才使一代又一代人对悲剧产生了无限的审美愿望。

西方现代悲剧的中心主题是人在资产阶级社会中的异化，是人的价值和尊严的无可挽回的失落。人与社会的异化与反异化的关系是西方现代文明的基本关系，也是现代悲剧的基础。

尼采的“上帝死了”既表明宇宙中心的稳定秩序结构的崩溃，也标志着理性精神的丧失。这一切，都把现代人逼进了一个完全陌生的生存境遇之中。一切都没有稳定性，一切都变得虚无，一切都变得不可知，所有这一切都导致了现代人的全面异化：在人与自然方面，形成对西方物质文明的否定和怀疑，在人与社会方面，揭示出社会的种种弊端，在人与他人方面，描述人与人之间的冷淡和陌生，在人与自我方面，刻画了人性的压抑和沉沦，这构成了现代人生活的整体的生存境遇。

可以说，安德利的死，是整个社会“异化”的结果，他是这种“异化”的牺牲品。说得更广泛一点，迫使安德利走向死亡的整体社会力量都发生了“异变”。从这个意义上讲，马丁·艾思林把弗雷施的剧作归为荒诞派戏剧是有一定道理的，确实他在此剧中着力探讨的，并不仅仅是社会舆论对人的压迫这样一个简单的主题，也不仅仅是法西斯屠杀犹太人这样一个直接的社会性主题，而是更为深刻的社会力量对人的心理的整体性挤压。

那么，安德利这种自愿选择死亡的行为算不算是一种英雄行为呢?

弗里施一直在揭露社会上的不道德行为，但是法西斯匪帮残酷迫害犹太人的罪行却远远不是一般的社会道德问题。与此同时，弗里施也注意到现代剧作家对待英雄行为的态度问题。在他的剧本里，主角常常不是英雄，他们的非英雄行为也缺乏积极的社会意义。在《比得曼和纵火犯》里，消防队员组成的合唱队称比得曼为“英雄”，但是他并不是英雄，为了保护他自己的财产甚至不惜和纵火犯同流合污。在《安道尔》里，安德利也许称得上英雄，他作为犹太人接受了殉难。但是他的人民既未因他的死而受到教育，也未因他的死而受到启发。总之，弗里施对于这种英雄行为和非英雄行为的结果都是采取怀疑态度的。弗里施的戏剧创作成就，主要在于他从多方面揭露了现实社会问题，使他的读者和观众从中受到教益，进行思考，以便获得解决问题的答案。

从这部剧作背景来看，弗里施是德语作家中最早直接描写第二次世界大战的。他认为，既然瑞士作家处于一种特殊地位，即身处蒙受灾难的人群中而可以不必品尝战争的苦楚，那么就有责任对这场战争作出公正的评判。我们知道，第二次世界大战期间，瑞士是一个中立国家，就像剧中的安道尔一样，从来就没有仇视哪个国家，却为什么仍然遭受了一场浩劫。对此弗里施有自己的态度和认识，他把这个问题也提交给观众一起思考。

表面上，《安道尔》戏剧性的矛盾冲突是建立在法西斯罪恶势力对于犹太人的残酷迫害。仅仅如此，这个剧本的意义就失去了它的多重性和普遍性。弗里施一直想弄清楚，在德国这样一个文化高度发达、具有人道主义传统的国度，怎么会产生像法西斯主义那样一种反人类的思想体系，那些在平时很可爱、很善良的人们怎么会如此轻易地执行法西斯残暴、野蛮的使命。其次，弗里施试图剖析这样一个问题：在资产阶级社会里，个人如何保全自己的忠实，如何终生恪守道德原则与正直的立场。为了弄清法西斯主义产生的历史、社会和心理的根源，他出访德、意、捷等国，实地考察了法西斯集中营，和各阶层人民交谈，表现出严肃的现实主义的创作态度。

弗里施的这部剧作指出了安多拉式的社会群体对法西斯主义的崛起所应承担的责任。他们的被动犯罪并不仅仅是胆怯的缘故，他们是些自我欺骗的好手，发现不了真理是由于不愿发现真理。剧作达到了大战题材的新高度，也就是说，作家已不再简单地将一切罪责归咎于希特勒和纳粹，而是深入到一些并不构成犯罪、但在良心法庭上却难逃指控的人们的灵魂深处，迫使人们重新思考和选择生活道路，从而使戏剧发挥了前所未有的干预社会的功能。他不满足于对战争恶果作外在的描述，而是逐渐深入人的内心世界，探索造成历史悲剧的内在原因。

在谈到《安道尔》是不是一部政治性的当代剧作时，弗里施指出，该剧不是回顾法西斯的重大罪行，而是从教育的角度研究重大罪行是如何开始的。由于这部剧作将矛头直指人性的弱点，而不是停留在表面的历史事实，从而表现了弗里施的“非历史化”倾向。

四

前面我们提到过，弗里施对布莱希特的叙事剧理论推崇备至。布莱希特叙事戏剧的结构形式、具体的人物性格、诗与散文相结合的语言韵味、演剧方式以及它的教育作用等等，都吸引了众多的崇拜者和追随者，他们都在全身心地学习他的艺术成就，弗里施也不例外。

《安道尔》至少在下面 3 个方面体现了叙事戏剧的理论特征。

一是叙事成分的增多。叙事戏剧企图运用戏剧作为更有效的表现手段，强调用小说写戏剧，加强戏剧中的评论因素，对事件基本进行叙述，而不是展示，这就形成了剧本中的叙事与戏剧两个部分并存的现象。这对于作者发表议论、进行思想宣传是非常便利的。总之，正如布莱希特自己比较的一样，戏剧性戏剧是舞台体现事件，而叙述性戏剧的舞台是叙述事件。但这两者的关系如果处理不好，容易使剧作因为口号式的说教而堕入“席勒式的传声筒”。

作者在《安道尔》剧名后注明，这是一部 12 场的教育剧。在这 12 场中，有 7 场的结尾部分都是剧中人走上舞台前方的证人席作法庭陈述，他们都表明自己不对安德利的死负责，这是剧本最为显著的叙述部分，每个人都分别把自己与安德利在一起所发生的事作了一个简要的陈述。这样，剧本就形成了以法庭取证为基本叙述框架的戏剧结构，围绕众人与安德利的交往，从不同侧面展示并探讨了促使安德利走向死亡的复杂原因。

这样的戏剧结构，由于多次把人物的命运结局明白无误地告诉给了观众，从而消解了观众对人物最终命运结果的期盼，构成了一部没有悬念的戏剧，促使观众把注意力转移到关注安德利如何走向死亡的过程中来，这种戏剧技巧的运用有利于观众集中思考安德利之死的原因，达到作者声称的这是一部教育剧的目的。应该说，这样的戏剧结构与作者的戏剧观是一致的。

二、情节发展的非连贯性。布莱希特曾经就戏剧性戏剧与叙述性戏剧的区别作过一次十分细致的分类比较，其中涉及到情节问题时，他说，戏剧性戏剧前场戏为下场戏存在，事件发展过程是直线的，情节稳步前进，无跳跃，与此相对，叙述性戏剧每场戏可单独存在，事件发展过程是不规则的曲线，情节有跳跃。

在《安道尔》中，整个12场戏可以看做是“众人眼中的安德利”，每场戏都把不同人物与安德利的接触作为重点，从而构成了安德利生活的一个个片断的组接，场与场相对独立，每场戏都可以单独存在。但就整个剧情来看，却又保持着整体情节走势的向前发展，即安德利一步步走向死亡。也就是说，场与场之间的关系不具有逻辑性，更多地表现为平行关系。这种情节发展的非连贯性特征，与叙事戏剧不追求情节的完整性相关。但对于弗里施来说，他并没有完全按照布莱希特的理论行事，而是对其进行了某种改造、某种创新。这主要表现在，他的剧作相对来说，整体情节是完整的，场与场之间的平行关系并不十分明显，可以说，他走在传统戏剧性戏剧与叙事戏剧的中间道路上。

三、感情间离。弗里施认为舞台不是“再现”现实，而是“表演”现实的场所，在他的剧作中，努力追求主题的譬喻性和“陌生化”技巧，即他所说的“阻止移情，摧毁幻觉”，其作品的哲学意味较浓、较抽象。他不是向观众讲述个人的经历，也不用暗示手法把观众卷进故事中，去触发观众的感情，从而达到把人当做已知对象去表现的目的，而是使观众成为观察者，用说理手法去迫使观众作出判断，旨在向观众传授人生知识，把人当做研究的对象。从这个角度讲，弗里施也属于一定意义上的存在主义戏剧。

在这部剧作中，安德利死了，但每一个人都声明不对这件事负责，那么，究竟谁应该对安德利的死负责呢，弗里施自己并没有回答，只是理智地提出了这个问题，让观众自己去思考，自己去判断，自己得出结论。观众一边看戏一边思考，把自己从安德利之死的悲伤中解脱出来，将关注的焦点更多地放在致死原因的分析，从而形成在感情共鸣的同时，更多的进行理性批判的心理状态，用感情的间离代替感情的共鸣，弗里施这样的艺术技巧，扩大了戏剧的容量，明确了戏剧审美活动的倾向性，强化了观众的逻辑思维能力。

正如哲学解释学大师伽德默尔认为的一样，偏见是合法的，它是人们不同观察方式的结果，也是人们根据一定的经验杜撰出来的。然而致命的是，一些人却愚蠢地将偏见当作真理，丝毫不怀疑它的真实性，并把它作为拯救自己和周围人群从牢狱中走出来的“诺亚方舟”，安德利和他周围的安道尔人一样，无一例外地挣扎在其中，于是，总有人要为此付出代价，就像安德利被裂变、被肢解一样。这，正是《安道尔》给我们的启示。

【参考书目】

1.《中国大百科全书·戏剧》。

2. 廖可兑：《二十世纪西欧戏剧》，中国美术学院出版社 1994 年版。

3.《新剧本》2002 年第二期。

未知的等待

——贝克特的《等待戈多》(1961)赏析

塞缪尔·贝克特虽然不是第一个创作荒诞派戏剧的，但是他因1952年上演的戏剧《等待戈多》一举成为荒诞派戏剧流派中最重要的作家。他的作品代表了西方荒诞派戏剧发展的极端。1969年获诺贝尔文学奖。他的获奖代表了荒诞派戏剧最终被西方正统文学所承认。1989年贝克特去世时，西方评论界称誉他为“改变了戏剧当代之走向的文学巨匠”。

一

贝克特，爱尔兰小说家、戏剧家。1906 年 4 月 13 日出生在爱尔兰都柏林一中产阶级家庭。曾先后在澳大利亚恩尼斯基伦的波尔托拉皇家学院和都柏林的三一学院学习意大利文和法文，获学士学位。长期居住在法国，兼用英、法两种文字写作。1928 年被聘为巴黎高等师范学校英语辅导教师。在巴黎结识詹姆斯·乔伊斯，深受其影响。1930 年回都柏林教法文。1931—1937 年旅居英国、德国、瑞士、法国，其间用英文写了长篇小说《莫菲》（1938）等。1938 年定居巴黎。第二次世界大战期间，他不顾爱尔兰公民应保持中立的规定，参加了法国抵抗运动。德国占领初期，他住在巴黎。后为形势所迫，避居非占领区的沃克吕兹，1942 年在那里写成长篇小说《瓦特》。1945 年以后，他主要用法文写作。小说作品有长篇小说三部曲《马洛伊》（1951）、《马洛纳之死》（1951）和《无名的人》（1953）。剧作有《等待戈多》（1952）、《结局》（1957）、《那些倒下的人》（1957）、《最后一盘录音带》（1960）、《啊，美好的日子》（1963）、《喜剧与小戏数种》（1972）。

两幕剧《等待戈多》是贝克特的成名作，也是他最有影响的剧作。1953 年，这出戏在巴黎的巴比伦剧场首次上演，欣赏者和反对者发生了激烈的争吵。然而，此后几年里，它却被译成数十种文字，产生了广泛的影响。剧中主人公弗拉迪米尔和艾斯特拉贡在旷野的一条路上等待戈多。但谁是戈多，他们也闹不清。他们前言不搭后语地谈着话，因为这样就可以不想、不听。尽管“幸运儿”屡次宣布戈多一定会来，可是直到最后主人公们也没有等到戈多。以后的剧作从内容到形式都比《等待戈多》更加荒诞。《结局》写一家三代在绝望中等待死亡，半身不遂的哈姆坐在轮椅里，他的没有下身的父母住在垃圾桶里，他的义子因病只能站不能坐。《啊，美好的日子》写一女子身体逐渐陷入灼热的沙漠中，大地咔咔作响，世界行将崩溃，而她却固执地保持乐观，只要丈夫听得见她说话，她就认为这一天“美好”之至。

在贝克特的作品中找不到具体的社会主题。他所追求的是表现那些最“基本”的东西：时间、存在、期待、孤独、异化、死亡等等，正像他的小说《马洛伊》、剧本《等待戈多》所表明的。他的最突出的题材是对资本主义社会中人的无望的寻求和期待所进行的思考和描绘。他认为“只有没有情节、没有动作的艺术才算得上是纯正的艺术”。他的小说和戏剧，对环境、人物面貌、情节、动作的描写都减少到最低限度。他竭力排除现实主义的写照、故事性的情节、真切的心理描写、具体的环境描写、含义实在的对话和一切戏剧程式，使其文学创作显现出全面反传统的特点。所以有人称他的小说为“反小说”或“新小说”，称他的戏剧为“反戏剧”或“荒诞派戏剧”。他被公认是法国荒诞派戏剧的主要代表人物之一，他的《等待戈多》则被视为荒诞派戏剧的“经典”作品。

1969年，“因为他那具有新奇形式的小说和戏剧作品使现代人从贫困境地中得到振奋”而获得诺贝尔文学奖金。

贝克特的文学创作分为小说与戏剧两个部分。本来，他是写小说而步入文坛的，但因为他在戏剧方面的卓越成就，而使他首先是一个戏剧家。在他的剧本里，《等待戈多》是其代表作，《结局》和《啊，美好的日子》也比较重要。他不仅创作了大量剧本和小说，而且还发表了不少诗歌和其他各类散文作品。尽管贝克特对战后的西方社会持决然否定的态度，但他对艺术形式的创新却充满了信心。在他的第一部戏剧《等待戈多》中，他已完全形成了自己的艺术风格。在戏剧创作中，他极力主张现实生活与艺术形式的和谐与统一。他试图让戏剧容纳混乱无序的生活而不使其艺术形式遭到破坏。贝克特的不少戏剧都体现了他对形式的实验与探索。在他的戏剧中，布景、道具、情节和语言都被简化到最低限度，其贫乏的程度令人惊讶。为了充分展示现实的无序性和经验的荒谬性，他不仅有意塑造扭曲甚至变形的人物形象，而且还经常使人物在特定的时间与空间内陷入无言的境地，用长时间的沉默来揭示人物难以言状的精神痛苦。毫无疑问，他的创作有力地推动了“荒诞派”戏剧的发展，同时也极大地丰富了现代主义文学的题材与形式。

在过去的半年多世纪中，贝克特的名字往往令西方读者肃然起敬，如雷贯耳。事实上，他不仅是荒诞派戏剧的创始人，而且也是英美现代主义运动中承先启后、继往开来的人物。

二

西方荒诞派戏剧兴起于20世纪50年代，先产生于法国，后流行于欧美，至今影响未衰。这个流派的创始人和主要代表是法国的尤奈斯库、阿达莫夫、热内，英国的贝克特，美国的阿尔比。

开始时，人们把这种没有连贯情节、没有完整的人物形象、对白语无伦次的戏剧称为“先锋派”，1961年，英国戏剧理论家马丁·艾思林根据其思想和艺术特点，把它定名为“荒诞派”，比较准确地概括了其思想和艺术特点。

荒诞派戏剧的思想基础是存在主义、尼采的超人哲学和伯格森的直觉主义。其中存在主义哲学的影响很大，他们从存在主义出发，强调人的毫无价值，他的弱点与痛苦，进而得出了世界是“荒诞”的，人是“荒诞”的，二者的关系是“荒诞”的，一句话，即“存在”是“荒诞”的结论。

荒诞派戏剧的核心正是“荒诞”。“荒诞”是荒诞派作家们心目中人与世界、人与物、人与人、人与自然四方关系的体现。荒诞派戏剧着重表现一旦与客观世界脱节，人的形象本身发生的重大变化。传统戏剧无法表现“荒诞”世界中人的孤立无援、痛苦和无能为力，因此，必须反对它。荒诞派戏剧的权威尤奈斯库在《戏剧经验谈》中，几乎否定了西方过去所有的戏剧家。正是在这种反传统戏剧的理论思想指导下，荒诞派戏剧在戏剧表现手法上进行了一系列的实验与创新。其共同特点就是要采取反传统的艺术方法和戏剧形式来表现其荒诞的内容。虽然其每个剧作家的艺术特点不同，创作手法也在不断地发展变化，但作为一个流派有它共同的特点。

其一，强调虚构，表现手法夸张荒诞。尤奈斯库说："虚构的真实比日常生活更深刻，更富有意义。"荒诞派的戏剧家们认为：外部世界是毫无意义的，人与人的关系是荒诞的，人已异化为物的奴隶，人与自然的关系已呈现出荒诞状态。为了表达这一切的"荒诞"，他们采用了极端荒诞夸张的表现手法。这里没有连贯的情节，不是像传统戏剧那样通过矛盾冲突的展开和解决，表现现实生活和人物性格，而是极度夸张地把自己的主观意识和感受通过布景、道具、人物塑造、语言运用等外化为直观的舞台形象。《秃头歌女》中的钟刚敲打一点半又敲 29 下，《等待戈多》中的枯树，《椅子》中满台的椅子，《犀牛》中人全部异化为犀牛等，都是现实生活中根本见不到的"怪事"。荒诞派的戏剧手法就是"变形"的虚构、夸张与象征，以此来表现世界的"荒诞"，进而达到一种本质的真实，至少是本质的一种象征。

其二，支离破碎的舞台形象，荒诞派戏剧没有传统戏剧的情节、矛盾、冲突等，剧作家们主要依靠荒诞的舞台形象，来表达传统戏剧所不能表达的"真实"。让舞台形象说话，让道具说话，让它们来表达用人类语言所不能表达的东西，从而达到不可预料的奇妙的效果。那么，荒诞的舞台形象的特点是什么呢？就是"纯粹戏剧性"。尤奈斯库："戏剧结构就是剥去非本质的东西，要更多的纯粹的戏剧性。"所以，荒诞派戏剧中的故事简单，情节单纯，摒弃了传统戏剧的要素，通过荒诞不经的舞台形象，让观众和他们一起去体验那种感受，从而有效地揭示他们要表达的主题。

其三，语言的无意义。在荒诞派戏剧家们看来，一切都是"荒诞"的，社会是无意义的，因而，语言也就失去了它原来的意义。剧中人物的语言颠三倒四、语无伦次、文不对题、不断重复，大多数时候是沉默，甚至是长时间的沉默。荒诞派戏剧的语言特色主要是：人物不再有连贯的语言，更无机警的对话和发人深思的隽语；最大限度地减少戏剧中的口头语言，让舞台形象和道具讲话。荒诞派戏剧语言运用上的这些特点与它的表现形式巧妙地统一，取得了出人意料的效果，更深刻地揭示了荒诞的本质。

三

《等待戈多》是贝克特的代表作。这是一部给作者带来巨大声誉的作品。1953 年在巴黎上演后，一直受到经久不衰的热烈欢迎。曾被译成多种语言的版本，在许多国家演出过。1961 获得国际出版大奖，至今仍然盛演不衰并成为荒诞派戏剧的基础读物。它不但奠定了贝克特作为荒诞派戏剧领袖的地位，也为这个流派获得社会和世界文坛的承认作出了贡献。

自 20 世纪 50 年代以来，贝克特的第一部剧本《等待戈多》几乎成了“荒诞派”的代名词。如今，几乎没有人不把它视为 20 世纪一部具有里程碑意义的戏剧作品，它充分体现了战后现代派作家新的审美观与艺术观。《等待戈多》之所以受人推崇备至，一方面在于它表达了作者对西方社会的深刻认识，另一方面在于它的极其新颖独特的风格打破了传统模式。《等待戈多》是一部既没有开头和结尾，也没有完整情节和高潮的戏剧，它只是展示了一个充满沉默和具有悬念的情景，而未能按时间顺序来表现人物在我们熟悉的环境中可能产生的行为，从而迫使我们重新思考那些在历史上被人们视为天经地义的传统戏剧标准的可靠性和合理性。正如剧中所言：“什么也没有发生，没有人来，也没有人去，真是可怕。”“然而正是这种‘什么都没有’的形式最生动地表达了人类历史上规模最大的战争灾难给西方人所带来的莫大精神空虚与痛苦。通过人物的无望等待，剧本直喻了整个人类的不幸与痛苦。继尼采之后，贝克特用直观的戏剧形象再一次归咎于‘上帝’”（宫宝荣等《法国戏剧百年》，三联书店，2001 年版，P282）

《等待戈多》是一个两幕剧，故事发生在黄昏。

第一幕。地点：荒野的一条路旁，一棵树下的土墩上。时间：黄昏。两上浑身发臭的老流浪汉艾斯特拉贡（又称戈戈）和弗拉迪米尔（又称狄狄）在一条荒凉的路上遇见了，两人互相询问来干什么，都说在等人，所等的人都叫戈多，但他们都不认识。他俩好像昨天也在这里交谈过，而且明天也极有可能在此重新相会。他们漫无边际地聊天，说着叫人无法理解的梦呓般的语无伦次的对话。一个把靴子脱了穿上、穿上又脱下，一个把帽子戴上脱下、脱下又戴上，两人则互相责备、嘲弄、挖苦、争吵、言和、拥抱，他们都在焦急地等待一个名叫戈多的人。等的人不来，他们又说只要有耐心等，戈多总会来的。等啊等，终于等来了波卓和幸运儿主仆二人。他们把波卓当作戈多，原来他们都不认识戈多。他们继续等着。第一幕快结束时，等来了一个男孩子，他是戈多的使者，他对他们说："戈多先生让我告诉你们他今晚不来，但明天肯定会来。"于是他们相信明天一切都会好起来，他们唯一该做的事依旧是：等待戈多。

第二幕是次日黄昏，同样是空空的舞台，荒凉的路，但枯秃的树已长出了四五片叶子。两个流浪汉又聚到了一起。他们相视了一会儿，突然拥抱。他们仍在原地等待戈多。两个人仍旧是脱靴子、戴帽子，但动作明显加快了。他们焦躁、不安，但极少说话，更多的是沉默，长时间的沉默。戈多依然没有来。来的还是那个孩子，孩子告诉他们，戈多不来了，明天晚上准来，决不失约。两个流浪汉绝望了，决定上吊，可是又没带绳子，其中一个解下裤带，一拉就断，于是两人约好明天上吊，除非戈多来解救他们。最后，经过一阵沉默，一个问："咱们走不走？"一个答："好的，咱们走吧。"可是他们仍就站着不走，仍在毫无希望地等待戈多。全剧就此告终。

对于这个剧本，西方评论家曾经从社会学、存在主义的、基督教义的，甚至是自传的角度作过各种各样的解释。中国的评论家也曾从各种不同的角度对它给予评价。我们试图从主题、人物、语言、结构四方面来进行分析研究。

关于剧本的主题，评论家和观众曾作过不同的阐释和猜测。1974 年，罗伯·吉尔曼在《现代戏剧的形成》"贝克特"一章中指出："这部戏剧就是表现弗拉迪米尔和艾斯特拉贡怎样等戈多；戈多不来，他的本性就是他不来。他是被追求的超验，现世以外的东西，人们追求它是为了给现世生活以意义。"（转引自朱虹《荒诞派戏剧集·序》，上海译文出版社，1980年）这段话告诉我们，这部戏的主题就是"等待"，象征着没有意义的生活。这正是荒诞概念中的人类的生存条件，即缺乏意义。"希望总是不来，苦死了等待的人"。于是，人类只能从死亡中去寻求慰藉与解脱。由此，生命与生活的意义也就从根本上受到了质疑，生与死的界限进一步模糊。弗拉迪米尔的话发人深省："双脚跨在坟墓上难产。掘墓人慢腾腾地把钳子放进洞穴。"这种虚无悲观主义思想迷漫全剧，并从一开始就引起观众的关注与共鸣。剧中，戈戈与狄狄作为战后西方社会人类的象征，已丧失了他们生存的意义。他们生活在荒野中一颗没有树叶的枯树下，既没有生的希望，也没有死的可能，因为他们的裤带太脆弱了，无法承受生命之重。一句话，人类处于一种生死两不能的尴尬境地。他们渴望戈多的到来，以摆脱这种困境，可戈多永远不来，因为戈多的本性就是"不来"。明明知道他不来可还是要等待，在等待中死去、消亡。因为人们总是把希望寄予明天，"明天戈多准会来！"

当然，以"人的状况及其因无法找到存在的意义而感到的绝望"，即以荒诞为主题并非什么创新。《等待戈多》的重大意义就在于贝克特所创造的形式，一种"能够容纳混乱的形式"，使这样的主题得到了空前的揭示，并在舞台上呈现为一种触目惊心的舞台意象，巧妙地体现了一种与主题完全吻合的荒诞状态。

在《等待戈多》中，最能反映主题、表现混乱的莫过于贝克特塑造的人物。其中最重要的人物就是两个流浪汉和始终未出场的戈多。

流浪汉戈戈与狄狄是两个没有任何个性、情感与性格的人，甚至连最起码的人的尊严都没有。在剧中，有关戈戈与狄狄的具体信息少得惊人，除了他们漫无边际的闲扯之外，贝克特没有作任何有关他们的来历的介绍，关于他们过去的身份、职业、经历、文化程度和家庭背景，我们一无所知。贝克特对他们含蓄和隐晦的描述更多地是赋予人物形而上的象征意义，以此来揭示战后西方人普遍的特征。戈戈与狄狄头戴礼帽、身着破衣、脚穿破靴的形象和他们在舞台上类似于西方民间戏剧小丑的特征，以及他们在剧中怪诞、变异的行为举止，无疑暗示了现实的荒诞性，深刻地反映了现代人严重的异化感和病态心理，同时也影射了现实生活的可怕与无望。宫宝荣先生在其所著《法国戏剧百年》中谈道："事实上，和弗（戈戈）和多（戈戈）一样，波卓和幸运儿只是人类社会关系的一种缩影与隐喻罢了。任何拘泥于明确具体的解释无疑只会损害剧本的模糊性与多义性。"我们认为，这恐怕是对贝克特剧中人物最妥当的解释了。

剧中最有意义的人物莫过于未出场的戈多。"戈多"这个令人费解的名词，西方评论家绞尽脑汁，作出各种解释。多数评论家认为，戈多 Godot 这个字可能是从上帝 God 这个字引申出来的。"戈多"一词是对上帝的戏称。以此表明主人公在绝望中等待上帝来拯救他们的命运。不管"戈多"是否是上帝抑或其使者，他在戈戈与狄狄的心目中至少是代表了一种希望。"戈多，你能不能回答我一声，哪怕是偶尔一次。""他要是来了，咱们就得救了。""要是不来呢？咱们明天就上吊。"这些台词体现了荒诞派戏剧的思想特点：世界的不可知、命运的无常、行为的无意义、人的低贱状态等等。"戈多"是被追求的超验，是现实以外的的东西，人们追求他是为了给现实生活以意义。戈多不来，这是它的本性，在荒诞概念中的人类生存条件，本来就缺乏意义。他们等待，虽然存有希望，但希望又很渺茫。"他的一切行为显得无意义，荒诞、无用"，缺乏对未来世界的希望。1958 年，美国上演该剧，导演曾向剧作家贝克特询问戈多意味着什么，他回答说，"我要是知道，早在戏里说出来了。"贝克特的话其实已点出了作品的内容，即人对他生存在其中的世界、对自己的命运一无所知。这就是作者要表现的人类的生存状态。

语言，是人类交流、沟通思想的媒介。语言，在传统戏剧中成为塑造人物形象的重要手段之一。在《等待戈多》中，戏剧的语言是荒诞的，语言不再起主要作用。剧中人物的语言颠三倒四，不断重复，无前因后果，文不对题，大都是胡言乱语，甚至是沉默，长时间的沉默。语言在这里只起到填补时间空白或掩饰思想的作用。用一些毫无意义的言谈来表明在这个非理性化、非人性化的世界里，人既然失去了作为人的本质，他就没有思想，语言当然也就失去了它原来的意义。因此，剧中人物不再有连贯的语言，人物的对话枯燥乏味，自相矛盾而又常常不断重复，使人听了厌烦、恶心，而这正是荒诞派戏剧所要的效果。正如尤奈斯库所说："只有最平淡无常的日常工作、最乏味的言语被应用到超过限度时，才会于其中涌现出异常的事物来。"语言，在贝克特的戏剧里，不再是交流的工具，而只是一种证明存在与需要的手段。在漫长的等待中，戈戈与狄狄只能说一些毫无意义的空话来自慰。在剧中，贝克特几乎排除了复合句，大量使用短语，甚至这些短语还常常被破折号、省略号所打断。台词往往刚出口就被具体动作所抵消，使得本来就模棱两可的话语变得更加扑朔迷离。剧中戈戈与狄狄两人一边说"咱们走吧"，一边却"坐着不动"。显而易见，这种"人物所作断言逐渐被改变、弱化和加入种种保留，直到最后被完全取消"的现象与传统戏剧的语言的要求完全背道而驰。

在《等待戈多》中，一方面是简短的台词，另一方面却是详尽的舞台指示。除了小丑戏外，贝克特大量吸收了西方民间表演艺术如哑剧、杂耍、即兴喜剧与杂技的成分，以丰富多样的动作和具有象征意义的舞台形象来弥补剧情与台词的不足。作者通过对作品结构、时间、空间和人物的精心安排，使作品的内容与形式巧妙地吻合，形象、生动、深刻地揭示了世界的"荒诞"。在《等待戈多》的第二幕里，舞台上只有一棵已长出几片叶子的枯树、两个瘪三似的流浪汉、荒凉的小路，两个人长时间的沉默。观众的注意力已不在他们的语言上，而是仔细地捉摸舞台上所出现的道具、布景等东西后面所隐藏的东西，所包含的意蕴。"而这种回归传统的空间一旦与时间相结合便充满了新意。作为空间的隐喻，时间更多地被断裂、被凝滞乃至被取消。"（宫宝荣《法国戏剧百年》，三联书店，2001 年版）荒诞派戏剧家们把这叫做"延伸戏剧语言"。尤奈斯库说："我试图通过物件把我的人物的局促不安加以外化，让舞台道具说话，把行动变成视觉形象……我就是这样试图延伸戏剧的语言。"可以说，让道具说话和代替人物的行动，减少有声语言的作用，取得直观的舞台效果，是贝克特戏剧的语言特点，也是荒诞派剧作家们共同的追求。

荒诞派戏剧既没有传统戏剧紧张的情节、强烈的戏剧冲突，也不靠情节、矛盾、冲突、解决来达到戏剧效果。它主要依靠荒诞不经的舞台形象达到内容与形式的统一。尽管全剧两幕发生在同一时间、同一地点，但其篇幅前长后短，有欠平衡。显然，这种结构上的不对称暗示了现实的无序性。全剧没有高潮或低潮，情节也没有进展，有的只是重复与等待，最后是一个没有结局的结局。在第一幕结束时，戈戈问狄狄："嗯，咱们走不走?"狄狄也回答说："好，咱们走吧。"在第二幕结束时，狄狄这两次一问一答的内容完全一样，只是一问一答的两个人物位置互相转换而已。他们说要走，其实并没有走。不同的是，他们第一次是坐着不动，第二次是站着不动。这就形成了一个从什么地方开始在什么地方结束的环形结构。这是一种静态的、呆滞的戏剧结构。不言而喻，这种没有结局的结构与荒诞的内容和谐统一，巧妙地暗示了生活的乏味与无望。当然，我们说，贝克特对戏剧结构的突破是全面的，除了结构的结局，《等待戈多》在时空的处理上同样很有特色。首先，全剧两幕所涉及的时间为两个晚上，集中展现了两个流浪汉现在的两个生活片断，而对两人的过去与未来则丝毫未提及，让观众把注意力集中在两人目前所面临的"等待"中，让观众与剧中人物一同去等待。事实上，"等待戈多"的两个生活片断不仅构成了全剧的基本内容，而且也成为这两名流浪汉在同世界之间以及他们相互之间的关系上最重要的时刻。尽管他们的等待是徒劳的，但至少使"现在"产生了某种意义和悬念。两人在等待中谈论戈多，"我们在等戈多"一语几乎贯穿全剧。"等待戈多"在特定的时空里成了他们生存的全部意义。"时间"对戈戈和狄狄而言，已失去了意义，无望的等待成了他们打发时光的唯一出路。"时间"给他们精神上带来的痛苦，是一种无言的痛，深深地浸入骨髓，震颤着观众的心。

其次，在空间处理上，贝克特将剧中人物置于一个空荡的、贫瘠和荒凉的空间环境中。舞台上只有一棵光秃秃的树和路，没有任何其他布景、道具。“路”既是两名流浪汉相见的地方，也是他们等待的地点。“路”的象征耐人回味，这不仅意味着他们无家可归，而且还暗示着他们“等待”的延续。贝克特有意将人物背景淡化，几乎将文化和自然的痕迹全部抹去，简化的舞台空间使观众不得不关注剧中人物的困境，从而关照自身的处境。

总之，贝克特在戏剧艺术上的创新是多方面的，特别是在淡化戏剧冲突、消解戏剧动作方面比他的前人向前迈出了一大步。他的一系列的戏剧创作实践不但奠定了他作为荒诞派戏剧领袖的地位，也为这个流派获得社会与世界文坛的承认作出了重大贡献，更为当代戏剧的发展提供了无限的可能。

【参考书目】

1. 马丁·艾思林:《荒诞派戏剧》，河北教育出版社2003年版。

2. 刘明厚:《二十世纪法国戏剧》，上海文艺出版社2000年版。

3. 宫宝荣:《法国百年戏剧》，三联书店2001年版。

4. 林骧华:《西方现代派文学述评》，上海人民出版社1987年版。

幻想中的生活

——阿尔比的《谁害怕维吉尼亚·吴尔夫》(1962)赏析

美国戏剧家阿尔比，是20世纪60年代初美国最重要的戏剧家之一。他的作品曾受到尤奈斯库、贝克特等欧洲荒诞派剧作家的影响。但阿尔比在表现出存在主义痛苦的同时，深刻地揭露了社会现实中的丑恶与现实。这是阿尔比与欧洲荒诞派戏剧家不同的地方。

一

阿尔比，美国剧作家。1928 年 3 月 12 日生于华盛顿，自幼被美国一富翁里德·阿尔比收为养子。12 岁试写剧本。1945 年，他的诗作《十八》第一次出版。1946 年发表剧本《分裂》。同年进入哈特福德的三一大学，1948—1958 年在伦敦等地从事过多种职业。1958 年写了剧本《动物园的故事》。1959 年 9 月在德国西柏林席勒剧院演出，1960 年第一次在纽约普林斯顿剧场演出。同年，《贝西·史密斯之死》在柏林演出，《沙箱》在纽约演出。1961 年，《美国梦》在纽约演出，1962 年，《谁害怕维吉尼亚·吴尔夫》在纽约罗斯剧院上演，获纽约戏剧评论奖。1965 年《小艾丽丝》在比利罗斯剧院演出。1966 年《马尔科姆》在纽约演出，由于经营不当，演出 15 天即停止。同年《微妙的平衡》在纽约马丁·贝克剧院演出，获得普利策文学奖。其后，据吉尔斯·库珀的剧本改编《园中一切》，写有《匣子和毛主席语录》、《结束》、《海景》等，都曾在纽约演出。

阿尔比受欧洲荒诞派戏剧的影响较深。通过剧本，阿尔比说明人是孤单的，和别人接触是困难的，而且是危险的，人的环境与人的理想具有敌对性，人要满足自己的理想只能生活在幻想中，以幻想自慰。《谁害怕维吉尼亚·吴尔夫》以此为主题。剧中人物乔治和玛莎的家庭生活中缺少一个孩子，于是他们幻想有个儿子在外就学，并把这当做现实以自慰。在一次晚会中，同事尼克和妻子亦以幻想自慰：妻子思尼假装怀孕，陶醉在幻觉中，最后晚会散场，幻想破灭，而没有幻想的现实是可怕的。阿尔比的剧本往往无结构，无故事，人物身份不明。台词似对话，又似独白，各人说各人的话。最突出的例子是独幕剧《匣子和毛主席语录》：台上放着一个匣子，坐着一位老妇人和一位中年妇人，还端坐着一位牧师。老妇人念诗，似乎是影射着她坎坷的一生。中年妇人丈夫已死，感到自己老年将至，终日怕死亡之到来。匣子里时时说出一些毛泽东的著名言论。牧师一言不发，有时摇头，有时点头。4 人各说各的，即作者所谓各人在不同的环境说着不同的话。这种手法颇似英国 H. 品特的《风景》。

阿尔比感到对美国社会现实无法妥协，必须予以讽刺或揭露。在《美国梦》中，他讽刺人们只追求外表而不求实际，满足于外表的健美、强大，而忽视内部的虚弱。在《贝西·史密斯之死》中，他揭露了美国的种族歧视，同时又描写了有色人种的自卑感，以能跻身白人行列为荣。在《脆弱的平衡》中，他反映了美国一个中层家庭生活的空虚无聊，其家庭成员之间互相矛盾，互不妥协。

1984 年 4 月，阿尔比的新剧本《三臂人》在百老汇上演。主人公"他自己"因失去了过去的名望而痛苦。忽然，背上长出了第三只手臂，转眼间，"他自己"就成为大家奉承的对象，但好景不长，第三只手臂终于消失，声名亦随之消失。结束时，主人公痛哭流涕地跪在地上，恳求观众留下来，另一方面又恳求他们离去。有人认为，剧本表达了作者所谓"自我"感觉和自我厌恶，同时亦厌恶别人。有人认为，第三只手的失去影射作者写作才能的消失或衰退。有的评论家则认为这是坏戏，其所以能在百老汇上演，完全因为作者早年的成就和名望。

阿尔比主要的作品有：《动物园的故事》（1959）、《贝西·斯密斯之死》（1960）、《沙箱》（1960）、《美国梦》（1960）、《法姆与雅姆》（1961）、《谁害怕维吉尼亚·吴尔夫》（1962）、《小爱丽丝》（1964）、《脆弱的平衡》（1968）、《匣子和毛主席语录》（1968）、《逝去》（1971）、《海景》（1975）、《剧本二种：计算方法与聆听》（1977）、《来自杜布奎的太太》（1980）、《长有三臂膀的男人》（1983）、《婚姻游戏》（1987）、《三位说大话的女人》（1991）等。这一系列剧作的相继发表和上演，使阿尔比不但成为 20 世纪 60 年代初期崛起的、颇有锋芒的青年剧作家，而且成为二次大战后继阿瑟·密勒和田纳西·威廉斯之后美国戏剧界最强有力、最有影响的剧作家之一。

为了便于了解阿尔比的剧作思想与艺术风格，我们在重点谈他的代表作《谁害怕维吉尼亚·吴尔夫》之前，先简要介绍一下阿尔比的几个比较重要的作品。

第一个剧本是《动物园的故事》。它是阿尔比的成名作。1959年首演于柏林，先后在英国、德国、奥地利等许多国家演出，受到热烈欢迎。1960年开始在美国纽约演出600余场。《动物园的故事》是一个长篇幕剧，故事情节简单枯燥。全剧只有彼得和杰里两个人物。开幕时，彼得坐在一个公园的长椅上看书。这时来了一个流浪汉杰里。杰里主动和彼得攀谈，先是告诉他自己去过动物园了，后来又向他问路，接着劝他不要吸烟。接下来又盘问他是否结婚，有几个孩子等等。总之，杰里千方百计要和彼得搭讪，而彼得却始终保持沉默和冷漠，并对这一切感到烦恼。然而杰里并不罢休，他不管彼得爱不爱听，继续向他诉说自己的经历和人生体验，企图让彼得意识到自己生活并不令人满意。彼得不愿再听下去。杰里说："是这样的，如果你不能和人打交道，你必须在另一个地方开始，那就是和动物打交道！懂吗?"后来，杰里故意冲撞彼得，把他从长凳上挤走，并用脏话骂他，为的是惹他发火，迫使他和自己"谈谈"。在一切失败了以后，他拔出匕首和彼得决斗，结果却故意将匕首塞在彼得手上，自己扑上去自杀身亡。杰里倒在了彼得的怀里，终于达到了和彼得"沟通"的目的。

在剧里，长凳是一种象征，是彼得所占的社会地位的象征。以杰里激发彼得和自己决斗来暗示社会中人们互相争夺地位，争夺只有物所导致的人的冷漠和隔膜。杰里终于打破了人与人之间的樊篱，但却以自己生命作为代价。杰里临死时还在安慰彼得说："亲爱的彼得，你被剥夺了。你失去了你的长凳。但你保护了你的尊严。彼得，现在就要告诉你一件事：你不是植物，你是一个动物（是人）。"这就使彼得有了自我认识，也让他认清了自己在生活中的真正地位。

第二个剧本是《美国梦》。独幕剧《美国梦》1961年上演于外百老汇的约克剧场，前后演出370场，是阿尔比又一部重要的作品。

作为一部具有喜剧特征的短剧，《美国梦》并没有精心设置的令人捧腹或激动的情节，其语言也缺乏幽默、机智和讽刺的力度，但该剧主要通过如同坟墓般的家庭生活场景，揭露了在亲情、人伦光环下的精神萎缩、道德沦丧、情感荒凉，寓言化地来隐喻美国社会，展现美国价值、美国理想的荒谬性以及当代美国人文精神的危机。这个剧本几乎没有可以讲得清的情节。有一个美满的三口之家：大爹、大妈、老祖母。他们拥有大量的财富，一切应有尽有，但缺少一个代表全家未来的后代。幕启时，全家无所事事、焦虑不安地在客厅里走动，等待客人的来访。这时门铃响了，一位中年女人贝克尔太太进来了。她似乎在20年前就和这家人打过交道。她好像为这家代买过一个孩子，即“美国之梦”的孪生兄弟。于是，四个人物之间互相试探、答非所问地展开了莫名荒诞的对话。这时一个小伙子敲门进来，声称是来找工作的。老祖母喊他为“美国梦”。小伙子自我介绍说，他的内心被“抽干了、扯烂了、掏空了”，“现在就只有我的外型、我的身躯、我的脸……”，除了追求金钱外，对其他什么都“不再有感觉的能力”。对此，老祖母若有所悟地说：“你就是美国之梦！”这样就买下了这个年轻人。于是全家就什么都不缺了。全剧也就结束了。剧中这一家人是美国社会的象征，“小伙子”代表着美国人追求的“美国之梦”。剧作家借这个被“抽干了、扯烂了、掏空了”的年轻人象征美国社会活力的衰竭、外强中干。这样一出剧演出后，受到了各方面的指责。西方有的评论家甚至认为它攻击了美国的理想和信心，指责它是“虚无主义的、非道德的、失败主义的”。阿尔比在回击他们的攻击时说：“这就是我们时代的画像，当然是我的眼光看出的一幅画像。”因此，不少评论家更认为，这出戏剧的荒诞的形式表现了“美国梦”的幻灭；它击中了美国乐观主义的要害。

二

在阿尔比的所有作品中，《谁害怕维吉尼亚·吴尔夫》标志着他的戏剧创作进入了顶峰。该剧在百老汇连续演 664 场，被选为 1962—1963 年戏剧季的最佳剧作，并赢得了纽约剧评界奖，外国出版协会奖、美国国家戏剧与学术奖、外围奖和两项托尼奖。可以说《谁害怕维吉尼亚·吴尔夫》使阿尔比从一个外百老汇的实验戏剧剧作家变成了一个美国经典作家。

《谁害怕维吉尼亚·吴尔夫》，用作家自己的解释来说："剧本标题的意义是谁害怕没有幻想的真实呢?"

故事的场景是新英格兰学院历史学教授乔治家的起居室。妻子玛莎的父亲是这个学院的院长。而最令他们夫妇伤感的是婚后无子，出于寂寞的心理，他们编造了一个纯属虚构的谎言：他们有一个 21 岁的读大学的儿子。这个谎话居然使他们枯燥乏味的生活增添了不少温暖与安慰。幕启时，已是凌晨 2 点钟，乔治夫妇刚刚从院长家的周末晚会上归来。这时生物系青年教师尼克与妻子康妮由院长推荐，前来拜访。这四个人又继续狂饮、争吵，最后大打出手，一直折腾到天亮。全剧并无紧张激烈、充满悬念的故事情节，人物关系也极简单清晰。剧作家就是在这样一个封闭狭小的空间里，通过四个人物之间看似荒诞的、杂乱无章的对话，把他在许多独幕剧里面涉及到的问题集中表达出来。全剧真实而深刻地展现了美国知识分子的精神世界，描述了高等学校内部的丑陋现象，写出了生活在其中的人们的隔膜与苦闷、傲慢与偏见、自欺欺人等种种生活特征，刻画了一个个孤独、屈辱、偏执、病态的苦难灵魂，涉及到了美国社会中带有普遍性的问题——家庭的解体、婚姻的脆弱、文化的贫乏、人类生存的困境等。全剧因其震撼人心的力量，成为当代美国剧坛的经典剧作。

《谁害怕维吉尼亚·吴尔夫》中的四个人物，包含两对不同年龄的夫妻的两组矛盾冲突。一组是乔治与玛莎，一组是尼克和康妮。每组冲突又包含着丰富复杂的社会文化内涵，具有多重隐喻性。乔治与玛莎之间的矛盾是全剧的主要线索，贯穿全剧始终，提示了这个靠谎言与欺骗维系的家庭关系的可悲可怜。乔治和玛莎的年龄分别是 46 岁和 52 岁。乔治是一个敏感、神经质、在生活和事业中均属落伍者的知识分子。他被比自己大 6 岁的院长的女儿玛莎看中，成为了院长的女婿，从此背上了沉重的思想负担。按照玛莎父亲给他设计的人生目标：首先必须在历史系崭露头角；在自己退休后登上院长的宝座。然而，乔治低贱的出身、怯懦的个性、平庸的学识，使他难以胜任既定的角色。乔治在校董事会面前唯唯诺诺，在威严的岳父面前噤若寒蝉，在强悍的妻子眼中一文不值。除了战争期间人才匮乏，他侥幸代理了四年系主任外，乔治现在彻底地被淹没、遗忘在人才济济的历史系了。现在的乔治身体瘦弱、脑瓜谢顶、未老先衰，一副委顿颓废的样子。最令他伤感的是他与玛莎连个孩子都没有，即使那个仅仅存在于想像中的“儿子”，玛莎也恶毒地攻击他无法确认为自己所生。乔治是作者饱含着情感塑造的、被传统和现实的共同压迫所揉碎了的知识阶层的小人物形象。

从剧本一开始，我们就看到了乔治与玛莎这对夫妇的矛盾。玛莎埋怨乔治生性懒散，一事无成，为此心中老是怨恨不已。在玛莎看来，乔治无论是作为一个丈夫还是作为一个教授，都是失败的。她原先期望他能在历史系胜人一筹，以便能接替她父亲当院长。然而，按照玛莎的说法，乔治是个缺乏进取精神，讲得多做得少的人，他完全辜负了她的期望。玛莎被扭曲的性格与她严重的恋父情结密切相关。玛莎生母去世得早，她一直在父亲的呵护下长大。她从不掩饰她对父亲的爱慕，父亲早已成为她心目中的“英雄”。正如她对来访的尼克夫妇说：“天哪，我钦佩那个家伙！我崇拜他。……我绝对地崇拜他。我现在仍然如此。他也非常喜欢我。”剧中有许多这样闪烁其词、隐晦暗示的话语，以及她激动地、受虐似地渲染父亲与麦芙小姐的性新闻，都深刻地揭示了玛莎灰暗变态的心理。她直到 30 多岁才选择了比她年少 6 岁的乔治结婚。然而不久玛莎与父亲便失望了。按照他们的标准，乔治不但不配作丈夫，而且不配做现代社会的“人”。玛莎套用她父亲的生活模式去改造丈夫，20 年的努力终于以失败告终。因此，她的失望、恼怒便化着厌恶与憎恨。阿尔比在剧中惊心动魄地描绘了玛莎与乔治之间的含沙射影、旁敲侧击、窥探突袭、攻击防守、穷追猛打、必致对方于死地而后快的仇恨心理。夫妻之间的矛盾冲突由于尼克和康妮的来访，外力的介入与“观众”的煽情，斗志更加旺盛，情绪进入癫狂状态。玛莎对乔治的折磨手段，是借助对比的力量，来嘲笑、羞辱他的失意、落魄和无能。比如，玛莎在身强力壮、趾高气扬、曾是校园拳击冠军的尼克面前，奚落乔治的瘦弱体质，揭穿他贫寒的背景，蔑视他专业的落后，暗示他那部妻子谋杀亲夫的小说的“自传”性质。由于对乔治的失望，以及长期积累的怨恨，她想方设法在客人面前羞辱乔治，出他的丑。她甚至当着丈夫的面挑逗尼克，辱骂乔治的性无能。对于她的挑衅，乔治的回答是：“我得想出个新的法子来和你斗一斗。”于是，乔治假装收到了一份电报：他们的儿子死了。谎言的粉碎，使玛莎像泄了气的球，隐入恐惧和绝望之中。

剧作家为这对夫妻设计的出走未归的“儿子”形象，别具匠心。这是乔治与玛莎共同的虚构的秘密。他象征这对失魂落魄的中年人无法实现的人生理想、子虚乌有的事业成就感，以及对生命延续的期盼。关于“儿子”的话题，从大幕一拉开就若隐若现地徘徊于四人的交谈中，构成剧本最大的悬念。两人把“儿子”出走的原因归咎于对方，并争相按照自己的愿望来粉饰这个莫须有的“儿子”。“儿子”成为安抚他俩破碎心灵的镇静剂。甚至是他俩经常玩弄的真假难分的争斗“游戏”中的主题、道具、旁观者。在两人之间有个默契，“儿子”只属于他俩的心灵角落。当醉醺醺的玛莎居然在尼克面前用这个话题来伤害乔治，于是乔治便制造了“儿子”死亡的噩耗，决心与玛莎在精神搏斗中同归于尽。作为一个年过50的女人，一个失去了生育机会的女人，虽然只是一个虚无缥缈的“儿子”，仍能部分地满足她的母爱饥渴感。但这一切被乔治残酷地摧毁了。大幕降落时，玛莎依偎在乔治的怀里。乔治小声地哼唱着“谁害怕维吉尼亚·吴尔夫?”玛莎应和着“是我，乔治，是我。”

阿尔比曾解释剧名由来，这是他从格林威治村的一个酒吧里张贴的标语上悟出来的。标语说：“谁害怕被虚假的幻想遮蔽了的生活?”关于剧名，据作者称，维吉尼亚·吴尔夫指的是大黑狼，也是赤裸裸的真实，没有丝毫幻想的、令人可怕的真实。因此，剧名的含义就是谁害怕没有幻想的真实。也有评论家指出，剧中的维吉尼亚·吴尔夫很像美国卡通画家沃尔特·迪斯尼笔下那只贪婪、邪恶的大黑狼，它在剧中象征着潜伏在个人无意识中的神秘力量。全剧结束时，乔治夫妇依偎在一起，表示对维吉尼亚·吴尔夫的恐惧，具有意味深长的含义。

《谁害怕维吉尼亚·吴尔夫》还有一组冲突表现在乔治与尼克之间，揭示出在困扰着美国现代家庭的困境以外，还表现了当代美国知识界里人文科学与技术学科之间的对立、敌视，塑造了尼克这样一个完全不同于乔治的新生代知识分子的形象。在尼克身上，我们看到了《美国梦》中那位年轻人的影子。他身上具备着一个成功的美国人所具备的种种条件：头脑灵活、英俊潇洒、体魄健全，有着巨大的热情和对未来的信心，还有一个漂亮的妻子。年纪轻轻，已是生物系的讲师，并且目标盯着更高一级的台阶。为了讨好院长的女儿玛莎，他配合着玛莎奚落乔治。然而，尼克与康妮的婚姻也不美满。他之所以与康妮结婚，一是因康妮大惊小怪地认为自己怀孕了，于是只能顺水推舟；二是因为康妮可以从他父亲那儿继承一大笔财产。剧作的暗示是十分明显的：尼克就是20年前乔治的翻版，作为不同的是两代人都有着相似的精神命运史。乔治与尼克之间，表面看起来他们似乎是完全不同的两类人，剧本里面有两场重要的戏来展现两个男人之间的针锋相对。但有趣的是，他们之间好像也有许多相通的话语——关于妻子、岳父与性。在他们的相互诉说中，我们看到了他们两人性格的扭曲、生活的缺陷以及思想的苦闷。

阿尔比在该剧中表现的现实世界与幻想世界的矛盾以及企图在幻想世界里逃避现实，和奥尼尔的作品有相似之处。虽然全剧荒诞意味浓烈，满台充溢着争吵、哭喊、扭打的喧闹声，充斥着醉语、谎言、下流话，许多对话是由隐喻与双关语组成的，但它仍描写了一场发生在两性之间的残酷战争，是无与伦比的关于极端分歧的病态婚姻的无情解剖。同时它又是一部深刻地反映冷战时期美国知识分子精神世界的悲剧作品。

三

荒诞派戏剧是20世纪50年代在法国兴起和流行的文学流派。它是欧美二次世界大战以来最有影响的戏剧流派，后流行于德国、英国和美国，60年代统治西方剧坛。代表作家有法国尤金·尤奈斯库、塞缪尔·贝克特、阿瑟·阿达莫夫、让·热内，英国的哈罗德·品特和美国的爱德华·阿尔比等。这个流派的作家主要以戏剧形式进行创作，而且一反过去传统戏剧的规律和特点，它又被称为“反戏剧派”或“反传统戏剧派”。

荒诞派戏剧的核心是“荒诞”。“荒诞”是荒诞派戏剧作家们心目中人与人、人与世界、人与物、人与自我四方面关系的体现。英国作家、批评家马丁·艾思林在所著《荒诞派戏剧》一书中认为：荒诞派戏剧的主题是“在人类的荒诞处境中所感到的抽象的心理苦闷。”艾思林强调说：“最终说来，荒诞戏剧这种现象的出现并不是反映绝望或者回到黑暗的、非理性的势力中去，而是表现现代人为了同他生活于其中的世界达成妥协而做出的努力”。

荒诞戏剧作为一种“反戏剧”，作家一反戏剧传统的手法和程式。尽管各个剧作家的艺术特点不尽相同，每个剧作家的创作手法本身也在不断地发展变化，但作为一个流派它有共同的特点。

其一，表现手法荒诞夸张。这种荒诞夸张渗透到戏剧情节、人物塑造、舞台设计、语言运用、灯服道效化各个方面。其二，明确的主题、破碎的舞台形象。荒诞派戏剧不像传统戏剧那样靠情节、矛盾、冲突、解决的公式来达到戏剧效果，舞台呈现的大多是稀奇古怪、支离破碎的舞台形象。让舞台形象说话，让道具说话，让它们来表达用人类的语言所不能表达的东西，从而达到不可预料的奇妙效果。其三，语言失去了意义。在荒诞派戏剧里，语言不再是人交流思想的工具。语言颠三倒四、文不对题、不断重复，甚至大多数时候是沉默，长时间的沉默，语言也失去了它原来的意义。总之，为了产生荒诞的舞台效果，荒诞派戏剧大量运用象征手法。荒诞派戏剧在题材、形式、技巧与语言上的实验与突破，为20世纪戏剧的改革、发展和繁荣作出了巨大的贡献。

荒诞派戏剧在20世纪50年代并没有在美国出现。直到60年代由阿尔比等剧作家通过自己的创作，才在荒诞派戏剧中注入了美国的血液，产生了一批带有美国特征的荒诞派剧作。

爱德华·阿尔比是美国荒诞派戏剧的杰出代表。他的《动物园的故事》是荒诞派戏剧的代表作之一。“阿尔比之所以被归在荒诞派戏剧家之列完全是因为他的作品抨击了美国乐观主义的根基。”尽管阿尔比不喜欢“荒诞派戏剧”这个标签，但他的作品显然还是受到了欧洲荒诞派剧作家的影响。在他的一系列剧作中，人们可以感到一种“对存在的反抗”。阿尔比善于表现人与人之间的隔阂以及家庭中的陈腐套话的讽刺性模仿，这一点和尤奈斯库十分相似。70年代初，一位美国评论家说：“阿尔比是当今荒诞派戏剧最优秀的代表……他吸取了尤奈斯库那种具有功能的语言碎片，贝克特那种简化的情节、阿达莫夫那种象征性的暗示以及热内那种原始的暴露。”（李维屏著：《英美现代主义文学概观》）阿尔比作为一位荒诞派的剧作家，他同时又十分强调文学创作的严肃性。阿尔比自己曾说过这样一段话：“我不相信作家的责任是拿出答案，尤其是对那些并没有答案的问题——作家的责任应该是一种尖刻的社会批评——把世界和人按照他所看到的样子反映出来，并说：‘你喜欢它吗？如果不喜欢，那就改变它吧。’”（汪义群著：《美国当代戏剧》）阿尔比的作品在表现人的孤独感、隔绝感以及失去归属的同时，深刻地揭露了当代美国的种种社会问题。阿尔比作为美国荒诞派戏剧的代表人物，他的作品并没有极端到与现实主义传统截然对立。事实上，阿尔比在对戏剧形式实验与探索的同时十分讲究作品的现实性与真实性。在他的代表作《谁害怕维吉尼亚·吴尔夫》里，剧作家巧妙地借鉴了传统的戏剧手法，在悬念的设置、人物的动作性以及制造紧张气氛等方面，运用得十分出色。就阿尔比的戏剧创作而言，最显著的特色是对语言的运用。他的语言严峻、简练、晦涩多义，而且时时迸发出惊人的妙语。“阿尔比的语言不仅激活了矛盾，深化了冲突，而且有效的凸现了某些社会价值、文化特质和人物个性。阿尔比在美国舞台语言上推动的革命，通过延长语言隐喻，进入剧本的视觉装置，使隔绝的讽意缀合为绵延不绝的讽刺网络。同时使用错位组接和史诗化的方法，保存并拓展寓言的精华。”“阿尔比剧作的另一个特征，是他尽可能地消除演员与观众之间的隔阂。安尼·鲍鲁斯指出：‘使阿尔比变得出色的原因，是他坚持在舞台上给我们现实主义的体认，他带领我们进入剧中，然后慢慢地撤走区分我们自己生活经验的支架，通过我们成为剧本的参与者。’”

阿尔比作为一位杰出的荒诞派戏剧家，他以敏锐的洞察力和独特的艺术才华向人们揭示了美国社会的荒诞本质，并对现实生活中一系列虚假的观念和荒唐的行为进行了无情的讽刺与鞭挞。毫无疑问，他的作品深刻地反映了美国的现代意识和现代经验，既体现了较高的美学价值，又产生了广泛的社会影响。

【参考书目】

1. 周维培：《当代美国戏剧史》，南京大学出版社 1999 年版。

2. 李维屏：《英美现代主义文学概观》，上海外语教育出版社 1998 年版。

怪诞中的戏剧真实

——迪伦马特的《物理学家》(1962)赏析

瑞士戏剧家兼小说家迪伦马特，是公认的“继布莱希特之后最重要的德语戏剧家”，是布莱希特叙事戏剧的重要追随者。他在创作实践中不断丰富而建立的一套别具一格的“悲喜剧”体系，更使他同时拥有戏剧理论家的头衔。1962年他创作的两幕喜剧《物理学家》就形象地体现了这套“悲喜剧”理论的创作原则和审美特征——以“喜”的形式表现悲的主题。

一

迪伦马特（1921—1990）是瑞士著名的戏剧家、小说家。1921年1月5日生于瑞士伯尔尼州的柯诺芬根，父亲为基督教牧师。1935年迁往伯尔尼市，1941年在苏黎世上了一个学期的大学后，又回伯尔尼攻读哲学、文学和自然科学。大学毕业后，在苏黎世《世界周报》担任美术和戏剧编辑。1946年迁居巴塞尔，同年完成第一部剧作《立此存照》，从此专事写作。

1949年《罗慕洛大帝》首演成功，作者开始崭露头角。《罗慕洛大帝》是作者的成名作。剧中西罗马帝国末代皇帝罗慕洛·奥古斯都不理朝政，面临日耳曼人大军压境，他却从容地吃着鸡蛋。廷臣和他的妻女心急如焚，要求他立即组织抵抗，以捍卫祖国的领土与尊严。但他无动于衷，却宣称：西罗马帝国几百年来侵略成性，罪积如山，我当一个无为的皇帝，促进它的灭亡，正是为了充当世界正义的法官，来宣判这个罪恶帝国的死刑。廷臣们忍无可忍，拔刀相逼。这时日耳曼军首领鄂多亚克突然出现，他没有杀死或囚禁罗慕洛，而是让他光荣退位。该剧的历史背景是真实的，但情节是虚构的。所以作者加了个副标题：“非历史的四幕历史喜剧”。

1956年《老妇还乡》上演后迪伦马特在法国获得了莫里哀奖，在欧洲剧坛红极一时，开始获得国际声誉。剧中女主角老妇是美国一个女亿万富翁。45年前她曾与小城商人伊尔相好而怀了孕，但伊尔否认自己的责任，使她沦为妓女后嫁给一个石油大王。如今她家财万贯，带着扈从回乡复仇。她悬赏10亿美元，要小城居民为她“主持正义”，害死伊尔。结果人们终于经不起金钱的诱惑，让这位复仇狂如愿以偿。这是一出杰出的悲喜剧。其中的悲、喜成分熔于一炉。女主人公克莱尔的不可一世和男主人公伊尔的想入非非形成悲喜的场景。伊尔终于认识到“这一切都是我自己惹出来的”，并决心以性命来赎罪，于是从一个令人鄙视的形象变成了令人同情的对象。居伦居民们屈服于金钱势力，在主持正义的幌子下牺牲伊尔，渐渐失去了令人同情的因素。

1962 年创作的《物理学家》进一步奠定了他在当代世界文学中的地位。至此迪伦马特的戏剧创作独特风格——悲喜剧趋于定型。此后，他将早期的某些作品（包括广播剧）按悲喜剧的原则加以修改或重写，如 1963 年演出的根据同名广播剧改写的《海洛力斯和奥基亚斯的牛圈》、据《立此存照》重写的《再洗礼派》（1966 年首演）和据 1956 年的小说《抛锚》改写的剧本。此外，60 年代后期至 70 年代他还改写了莎士比亚的《约翰王》、斯特林堡的《死魂舞》、毕希纳的《沃依采克》以及歌德的《浮士德》等。

60 年代中期，迪伦马特新创作的《流星》被认为是他创作的新起点。《流星》（1966）一剧的主人公是诺贝尔文学奖金获得者，他死去两次，又两次复生。他要以贫穷告终，将一生中积蓄的 150 万巨款付之一炬。这出戏引起人们注意的是主人公死而复生问题，有人认为，既然陨石穿过空气可以发光，那么一颗熄灭了的大脑也可以通过与别的物质的摩擦而重新灼热起来；有人则认为，既然作者认为今天已经不存在悲剧赖以存在的社会条件，那么悲剧中的死亡就成为不朽的了；也有人说，这是作者描写奇迹进入了人的日常世界。

此后的创作没有形成新的高潮，《一颗行星的图像》（1969）、《同伙》（1973）、《期限》（1976）、《滑铁卢》（1983）等首演后均告失败。80 年代初迪伦马特宣称他的戏剧创作陷入了死胡同，他必须寻找新的创作形式，这种形式叫“素材”，这是一种回忆录性质的作品，其中有他早年收集的素材，包括神话、传说、现实故事等。迄至 1983 年，迪伦马特创作并改编的大型舞台剧共 21 出。此外还有 50 年代写的 8 出广播剧，有《维加的业绩》、《围绕驴子影子的审判》、《双影人》等。迪伦马特在理论上写有《戏剧问题》、《论席勒》、《喜剧解》、《与比奈特的谈话》等阐述他独到见解的多种评论著作。1980 年瑞士出版了他的作品集 29 卷，已被译成 40 余种语言。

二

《物理学家》是一出两幕喜剧。

在一个旧式小城附近一所用做疗养院的私人别墅里，一个护士被她所照料的一个自称爱因斯坦的病人勒死了。现在警方正派人在这里调查、拍照、验尸。由于肇事者是一个精神病患者，不构成犯罪，故医院连“谋杀”、“凶手”这样一些字眼都不许警方使用。这样的凶杀案在这所环境优美幽静、名叫“樱桃园”的疗养院里已经是第二起了。3 个月前，一位自称牛顿的精神病人，也干过同类事件。因此，这不能不引起警察当局的注意，他们与疗养院院长、一位名叫玛蒂尔特·冯·参特的著名女医生商量，决定将这座医院一律改用男看护。

疗养院里以前住着各色各样的国际上层人物。为了便于照料，其他病人都迁到新楼里去了，这所别墅里只留下 3 个病人，3 个都是物理学家。其中一位，也是主要的一位，叫莫比乌斯，他已在这里住了 15 年了，发病时便声称所罗门国王向他显圣。3 位病人平时都很规矩听话，互不相扰。疗养院院长是一位名门望族的后裔，一位 55 岁的驼背老处女，俗称“博士小姐”，她和病人相处得很和谐，她亲自陪病人下棋，伴奏钢琴，对病人的病情了如指掌。

莫比乌斯的夫人还在少女时期，就看上了这位比她大 5 岁的寄住在她父亲家里的有志青年，她说服父亲资助他上了大学，后又违背父亲意愿与他结了婚，靠自力更生过活。如今，15 年来，她拉扯着 3 个儿子，历尽艰辛，单为丈夫的医疗费用就操尽了心。由于债台高筑，生活实在难以为继，不得不嫁给一个名叫罗泽的教士，准备到太平洋马利亚纳群岛去谋生。临行前，她领着 3 个孩子和罗泽教士来医院向莫比乌斯告别。莫比乌斯一一亲切地抚摸 3 个自己的孩子，可是听他们演奏过乐器以后，又发起疯来，大吵大嚷，要他们统统滚出去，因为他们“辱没了所罗门国王”。

莫比乌斯的家属哭哭啼啼地走后，又是他的护士莫尼卡来安慰他。他对她说，他之所以要向家人发作，为的是让他们永远把他忘掉，不再来医院探视。他并且说，所罗门国王向他披露发明一切的万能体系业已完成。但莫尼卡护士告诉他，她明天也要与他分别了，因为这里要换男看护来护理。他感到颓唐。接着莫尼卡指出他并没有疯，并向他表白了爱情。莫比乌斯也宣布爱她，但叫她马上离开他，否则她有危险。这时爱因斯坦从病房出来，追述了他与他的护士的相爱，并最后把她勒死的经过，暗示莫尼卡的危险。但莫尼卡一心爱着莫比乌斯，决心与莫比乌斯结婚，并且说她已获得女院长的批准；她甚至还告诉他，她已在家乡找到工作，她还有积蓄，因此两人一道过安稳的小日子是不成问题的。她让他沿着所罗门所启示的道路勇敢奋斗。她说：“上天给你派来了所罗门，同时也派来了我。”这时夜幕降临。莫比乌斯眼眶里充满了泪水。他徐徐扯下一块窗幔，蒙住莫尼卡，把她扼死了。

警察当局又派人来调查。莫比乌斯要求他们逮捕他。但巡官说：你不是说是所罗门命令干的吗？只要我一天不能逮捕所罗门，我就一天不能逮捕你。

当天晚上，疗养院里换了3个男看护来安排晚餐。牛顿见形势不妙，吃晚饭时就向莫比乌斯亮明了身份，他是相对论的创始者基尔顿，是他的情报机关专门派他来争取莫比乌斯的。爱因斯坦来了，他也承认他是艾斯勒效应的发明者，也是他的情报机关出于同样目的派他来的。这时牛顿拔出手枪对准他，要他面壁而立。但爱因斯坦一个急转身也拔出手枪来。他对牛顿说：“我们俩都很善于使用手枪，所以还是避免一次决斗好。”于是双方各自放下了手枪。这时他们发现，他们病房的窗上加了窗格子，窗外花园里增加了监视他们的彪形大汉。他们意识到被捕了。牛顿和爱因斯坦都主张3人共同行动，一起逃走，并且各自都坚持要莫比乌斯跟自己走，牛顿保证一年内让他登上诺贝尔奖金的奖台，爱因斯坦则要他作出抉择，究竟为谁的政治服务？莫比乌斯的态度却和他们相反。他一一驳斥了双方的论调，认为科学家应该对人类承担责任。鉴于今天的物理学家的思想实际上已成了毁灭人类的爆炸品，因此今天的物理学家唯一的命运是“收回”自己的知识，永远蹲在疯人院里。因为“我们不住疯人院，世界就要变成一座疯人院了”。最后牛顿和爱因斯坦都被他说服了，都表示愿意留在疯人院里。但正当他们为杀害的护士们表示哀悼的时候，疯人院院长突然以“老板”身份出现，宣布这3位物理学家被捕，因为他们的谈话已被她窃听。她还宣称，那3个护士是她派来监视他们的，这几起谋杀是她引导他们干的。她还声称是所罗门金冠国王命令她来“废黜”莫比乌斯，接替他的地位的。她已拍摄莫比乌斯的所有资料，并利用其中一部分开设了一个又一个工厂，建立起了强大的托拉斯。此外，她还将“夺取各个国家，拿下太阳系，遨游仙女星座……”爱因斯坦惊呼：“世界落入了一个癫狂的精神病女医生手里。”莫比乌斯最后说：“凡是一度想出来的东西，再也收不回了。”

三

布莱希特在西方各国都有他的追随者，其中首先该提到的就是迪伦马特。是公认的“继布莱希特之后最重要的德语戏剧家”，他用德语写作，其戏剧创作成就享有国际声誉。

迪伦马特的主要作品都有比较明确的主题、完整的故事情节、紧张的戏剧冲突、严谨的戏剧结构和生动而幽默的语言。迪伦马特善于运用丰富奇妙的想像、尖刻俏皮的讥讽和富有智慧的哲理，善于造成一种气氛和情势，使一些显然不合理的事情完全在情理之中。迪伦马特的主要戏剧作品虽然常常采用时代的或世界性的题材和主题，但艺术上却有民间性和通俗性。

迪伦马特的戏剧思想有以下四个方面。

一是不可知论和历史循环论构成迪伦马特艺术观的哲学基础。在他看来，世界是“精神错乱的”，是一个“临近灾难的谜”。迪伦马特像卡夫卡一样，认为人类今天的处境恰似被关闭在一条前后都没有尽头的隧道之中，没有任何办法可以逃出，所采取的一切行动都毫无意义。这一切在迪伦马特的戏剧创作中都得到了反映。

二是他对戏剧功能的理解。他认为艺术包括戏剧是不能反映世界的，只能“表演世界”或“呈示一个世界的图像”。他否认戏剧的教育作用，与布莱希特不同，他称自己不是一个“革命者”，也无意让自己的戏剧担负起社会政治功能，倡导社会革命。但他是一个具有艺术抱负和革新精神的作家。他认为：“不是先有亚里士多德定律，而后才有古希腊悲剧，而是先有古希腊悲剧，而后才有亚里士多德定律。”他说：“对我来说，舞台已经变成了一种戏剧媒介而不是一个文艺讲演台。更干脆地说，我不再为演员们写戏了，我把戏和演员合在一起。我是弃文学搞戏剧的。”

三是对古典戏剧“三一律”的钟爱。他强调实践是理论的前提。但这并不意味着前人的理论就一点不起作用了，“那一度成为规律的东西，现在变成一种例外，或一个事件，它能一再发生。”例如古典主义“三一律”原则已过时了，但作为个别现象，它仍然可以存在。在迪伦马特的剧作中，至少有3出名剧（《罗慕洛大帝》、《物理学家》、《流星》）是用“三一律”写出来的。他在《戏剧问题》中说：“因此，这大概是没有疑问的：时间、地点和情节的一致——即人们长期以来所认定的亚里士多德从古希腊悲剧中得出的规律——被作为一种戏剧行动的理想来要求。这一原则从逻辑学，因而也是从美学的角度看是无可争辩的，它是如此的无可争辩的，以至产生一个疑问：这样一来是否就有了一个永远适用的、每个戏剧家都必须向它看齐的坐标系。”

四是对悲喜剧风格的独特认识和运用。迪伦马特认为，悲剧现在已经无法存在，因为悲剧主人公得预先假定他具有独有的远见和个人性责任的美德，而时至今天，我们却全都有罪，无一幸免。然而喜剧却预先认为有一个正在形成的世界，可这个世界却完全被推翻了，因为我们所能指望得到的，就是出自喜剧的悲剧感，它是突然在眼前裂开的深渊。一个真正的喜剧家绝不应该让人舒服，而应该刺痛人类。迪伦马特认为今天那种“悲剧所赖以存在的肢体健全的社会共同体作为整体已不复存在了”，因此“只有喜剧才适合于我们”。事实上，他所写的许多喜剧都称不上喜剧，而是悲喜剧。这种悲喜剧的表现手法有以下 3 种。

第一是怪诞。迪伦马特认为：“怪诞乃是一种极致的风格，一种突然出现的形象化的东西”，“是诙谐和思想敏锐的表现”，“它能抓住时代的尤其是当前的问题。”因此怪诞构成迪伦马特艺术表现的重要特征。在他的剧作中，情节是滑稽的，人物则是悲剧性的，是一种类似“黑色幽默”的悲喜剧，使你感到悲与喜、美与丑、现实与幻想结合在一起，并使你感到不舒服，或者说刺痛了你的神经，因此你不能不考虑问题，这也正是他成为继布莱希特之后最重要的叙事戏剧作品家的重要原因。所以评论家们说：“迪伦马特是运用怪诞手法进行创作，而布莱希特则是运用间离方法进行创作，其目的都在于发挥戏剧的教育作用。”但是由于世界观的不同，布莱希特强调表现的是积极的生活内容和思想内容；而迪伦马特强调表现的是消极的生活内容和思想内容。所以，同样是叙事戏剧，作者世界观的不同，二者所表现的主题也不尽相同，引导观众思考的倾向性也截然相反。“以毒攻毒”，用怪诞的艺术手段来表现怪诞的世界，这表明了迪伦马特对艺术作品本质的一个认识：对于对象基本或重要的特征，表现得越占主导地位，越突出越好。使用怪诞的艺术手段，在艺术功能上有如使用沉重的黑色幽默，能从审美经验以至于在感知方式上增添戏剧的内涵容量，即用怪诞这个艺术方式提供一种暗示，引起人们的思索和探究，无形地引导观众理解寓意，遗形取神，看到无形象之物的“形象”，看到无脸孔之世界的“脸孔”。

第二是即兴奇想。“怪诞”在迪伦马特那里是通过“即兴奇想”取得的。“即兴奇想”是诡谲多变地插入出人意料的一个戏剧情节。在戏剧故事进程中，它是“骤然间”发生的使剧情向“极坏”方向发展的“转折”。“即兴奇想”一是能够提升观众的戏剧观看兴味，二是有制造距离、揭示面目的功能。他说：“悲剧克服距离”，“喜剧创造距离”，而“即兴奇想则是喜剧创造距离的手段”。

第三是戏拟。在德语文学中，“戏拟”是指对前人的艺术样板进行形式上的模仿，同时进行内容上的更改，以此来造成形式和内容之间的冲突和张力，造成形式和内容上的不匹配、不和谐、不匀称、不相容。两种逻辑的不断消长与互相抵消，造成一种似真似假、若隐若现的艺术情趣。进而制造出对这个混乱脱节、畸形变态的扭曲世界的揶揄和讥讽效果。因此，“戏拟”可谓是喜剧赋予剧作家的一种“用一切准许的和不准许的手段进行战斗，大胆突破旧的框框、警告、规则和习俗格言等等”的自由。“戏拟”以剧作家主体意识为出发点，通过主体意识的投射，调万象于我役，遣世界于我用。它不是简单的翻版与仿制，而是剧作家别出心裁的艺术实验和再造。“戏拟”本身不是目的，而是讥讽，不是煽情取闹的讥讽，而是要人们笑有所思、有所收获的讥讽。

国外评论他的戏剧技巧和写作方法时都认为，其主要特点是荒诞和离奇，其最重要手法是讥讽和俏皮，其形式原则是偶然性，他能使一切显然不合理的事看来仿佛完全在情理之中。迪伦马特自己在《物理学家》21点说明中也说：“戏剧家的艺术在于把偶然性尽可能地、富有效果地安排在一个情节之中”。他还说：“这一个故事固然是怪异的，但并不荒谬”；“它是似乎荒谬而实际上可能的反论”；“不能把物理学的内容，而只能把它的结果当作目的”；“物理学的内容设计物理学家，而它的后果涉及一切人”；“凡涉及一切人的问题，只能由一切人来解决”；“涉及一切人的问题，个别人想自己解决的任何尝试都必然失败”；“谁面对似乎荒谬而实际上可能发生的事物，他就置身于现实之中了”。

四

《物理学家》（1962）是一个两幕喜剧，作者采用了古典主义“三一律”的形式，表现了科学与人类命运的关系问题。它的构思十分巧妙：疯人院由科学家的避风港变成终身监狱，突出悲的思想主题，又有喜的戏剧效果。主要人物的设计也别具匠心，他们疯言疯语既有滑稽的笑料，又有严肃的哲理。

此剧的怪诞风格体现在：第一层次，科学家们为了不让自己的发明被用来制造大规模杀人武器，不得不装疯，因此，他们进疯人院是应该的。第二层次，疯人院最后成了他们的终身监狱，这又是不合理的。第三层次，他们各自杀死了自己的护士，虽然护士们是疯人院院长派去监视他们的，但她们都爱上了自己的监视对象，都没有向院长告密，因此，杀死她们是太残忍了。因此，物理学家们蹲监狱是应该的。第四层次，如果不杀护士，机密泄露出去，人类安全就可能遭到威胁，从这个意义上，科学家们杀护士又是合理的，是不徇私情的果断行为。所以，结论是，物理学家们最后的结局是悲剧性的、令人同情的。而那个平日伪装理智和慈悲的疯人院院长贪欲极大地膨胀，她最后的疯狂是令人憎恶的。两种对立的逻辑这种钟摆式的运动，有助于引导人们步步深入地去思考剧作的主题。

在这 3 个物理学家当中，核物理学家莫比乌斯占着主要地位。他担心他发明的科学成果被西方大国所利用，导致毁灭人类的战争，因此他说他看见所罗门国王显灵，装疯躲进一家精神病院；但是东西方的情报机构已得知他的发明成果，并各自派遣一名物理学家装疯打进这家精神病院，以便探明他发疯的背景。后来由于医院加强了管理，病房变成牢房，3 位物理学家不得不相互亮明各自的身份，商讨出路问题。从事间谍活动的两个物理学家争取莫比乌斯到他们各自的国家去，莫比乌斯则力图说服他们仍旧留在精神病院，他说：

“有的风险是切不可冒的，人类的毁灭就是属于这样的风险。世界用它所拥有的武器正在造成什么灾难。”

“我们的科学已经变成恐怖，我们的研究是危险的，我们的认识是致命的。现在摆在我们物理学家面前的唯一出路是向现实投降。我们是不能同现实相抗衡。”

“只有在疯人院里我还有自由，只有在疯人院里我还可以思想，而在外面，我们的思想却是爆炸品。”

“我们不住疯人院，世界就要变成一座疯人院。我们不在人们的记忆中消失，人类就要消失。”

殊不知，他们的谈话已被医院院长窃听到，他们哪里也去不了，一辈子都要被关在她的这所医院里。

在剧本结尾时，这个女院长宣称：她已掌握了莫比乌斯的发明成果，医院已变成她的托拉斯的金库，监禁3位物理学家的乃是她的公司警卫的负责人。她继续说道："这一来我将比先辈们更为强大。我的托拉斯将控制一切，将夺取各个国家，各大洲，将拿下太阳系，遨游仙女星座……"在宣布她的"世界性业务已经开始，生产正在进行"以后，她便扬长而去，舞台上只剩下3个孤立无援的物理学家，整个戏都演完了。有趣的是，这3位物理学家在离开舞台以前，还分别直接地向观众作了自我介绍；他们离开舞台以后，观众还可以听到他们当中有人拉小提琴的声音。这种表现形式有其独特性，它形成了一种悲喜剧的结局。

这个结局也集中反映了剧本的揭露和讽刺意义。以莫比乌斯为代表的正直的物理学家反对世界霸权主义者的疯狂行为，结果他自己却进了精神病院，而社会上许多人却相信这些霸权主义者的头脑清醒，大有作为，愿意把自己的命运信托给他们。剧本里代表着争夺霸权的人物就是精神病院的女院长。她利用莫比乌斯的发明成果开工厂，搞生产，把她变成了世界上最强有力的人物，而这位物理学家反而成了她的囚犯。这就是是非颠倒的现实世界。

莫比乌斯为这个世界作出了个人牺牲，然而他却不是英雄人物。如果我们把莫比乌斯和迪伦马特的另一部剧作《罗慕洛大帝》中的主人公罗慕洛大帝作比较，就不难发现迪伦马特在塑造他的非英雄人物和反英雄人物的道路上的发展过程。迪伦马特把这两个剧本都称做喜剧。其实称它们为悲喜剧要更加切合实际一些。这里面的主角都缺乏具有积极意义的行动，更没有英雄行为。迪伦马特称他们是"勇敢的人"。但是评论家们指出，他们的勇敢在于不从事勇敢的事业，甚至对任何事情都不采取行动，最多只存在着某种道德力量。为了促使腐败透顶的罗马帝国走向灭亡，罗慕洛大帝采取了养鸡的消极行动；当代物理学家莫比乌斯为了不让他的发明成果被用于毁灭世界，他干脆什么也不干，装疯躲进了精神病院。他比罗马皇帝更消极，更没有作为。莫比乌斯这个人物反映了当代一般资产阶级知识分子的性格特征。

值得注意的是，莫比乌斯是剧本的主角，其他的两个物理学家在剧本里也占有重要地位。莫比乌斯担心人类惨遭他的发明成果带来的灭顶之灾而不得不装疯呆在精神病院，其他两个物理学家则为了探明他为何呆在精神病院而打入这个医院充当间谍；但是到头来，他们都作了女院长——一个资产阶级托拉斯的囚犯，眼看着“世界落入了一个颠狂的精神病女医生手里”而莫奈她何。他们的这个共同的结局不仅反映了个别科学家的悲惨命运，而且表明整个世界陷入毁灭性的危机之中。但是在对待他们的共同问题的态度上，作为剧本的主角，莫比乌斯是最能反映迪伦马特的思想观点的。

在迪伦马特看来，现实世界是荒谬丑恶的，资本主义帝国主义的疯狂势力是十分猖獗的，以致对他们采取任何积极的反抗行为都是无济于事的，而且最后必定以失败告终。正是在这种思想的支配下，莫比乌斯首先采取了装疯的对策，现在更希望其他的两个物理学家和他一道永远呆在这疯人院里。他对他们说：“我们不住疯人院，世界就要变成一座疯人院。”但是继续呆在疯人院究竟能不能保证世界不变成疯人院呢？这连他自己也是无法确定的问题。

迪伦马特是一位勤于学习和善于学习的戏剧家。自阿里斯托芬以来的欧洲喜剧传统，他进行了长期研究，并在此基础上形成自己独特的风格，即怪诞风格。但是他写的基本上是悲喜剧，其中悲剧因素来源于人类无法摆脱的困境，喜剧因素则来源于人类枉费心机地避免生活无望的可笑意图。作为布莱希特的追随者，迪伦马特戏剧情节的叙事性所反映的社会生活的明确性、主题的政治性、教育目的等等，都接近布莱希特的戏剧传统。另一方面，迪伦马特不重视传统的现实主义戏剧情节的组织和人物性格的塑造，但他所创造的戏剧情境和气氛，却是比较接近荒诞派戏剧的。

【参考书目】

1.《现代西方艺术美学文选·戏剧美学卷》，辽宁教育出版社

1989 年版。

2. 廖可兑：《二十世纪西欧戏剧》，中国美术学院出版社 1994 年版。

3. 周江林：《对抗性游戏》，中国人民大学出版社 2003 年版。

4. 《外国文艺》1978 年第三期。

语言的界限就是存在的界限

——汉德克的《骂观众》(1966)赏析

观众走进剧场，主要是进行视听审美活动，获得审美愉悦的。如果只能听到说话而看不到演员“一定长度”的表演，观众一定会坐不住。要是演员说的这些话毫无“剧情”可言，并且全都是侮骂观众的，那么，观众肯定会更加受不了。奥地利剧作家汉德克的《骂观众》就是这样一部具有后现代主义意味的“说话剧”。

一

汉德克，奥地利剧作家、小说家，是当代德语文坛上最标新立异、最具有激进实验性的作家之一，近年来声望益隆。1942 年生于格里芬，孩提时代曾经跟随父母到德国柏林居住过几年。1961 年入格拉茨大学攻读法律，但他把大部分时间花在先锋文学而不是专业课程。大学期间，他发表了一些文学作品，开始文学创作，并且成为“格拉茨文学社”的成员。

60 年代末期在联邦德国参加青年运动，他态度激烈地反对传统文学观念，认为文学不是用来表现人类经验的手段，文学无法表现外在世界，只能表现自身，以及它所由来的语言世界。在理论上他反对萨特的“介入文学”，猛烈抨击“左派文学”，同时又自称信仰“自由主义的马克思主义”。

汉德克一开始就以一种叛逆的姿态出现，1966 年他在德国著名文学团体“四七社”的普林斯顿集会上，向一些早已成名的大作家如伯尔、格拉斯等提出严厉批评，指责他们写作方式陈腐守旧、软弱无力，迎合读者和批评界的需要。他这一时期的小说和戏剧也体现了强烈的叛逆性，探讨了文学和现实的关系，他认为现实是一个幽灵，一旦它出现在人们面前，人们便以为它是真实的，而实际上，它只不过是语言造就的罢了。

汉德克最初的剧本《预言》（1966）既没有情节，也没有人物，是由一连串的谚语、套话、陈词滥调组成的语言流。但这部剧始终没有上演。剧中有四个登台人物，他们面对观众交替说了 208 个句子，这些句子大都是同义反复，譬如：

> 苍蝇将像苍蝇那样死去。
> 发情的狗将像发情的狗那样乱拱。
> 被杀的猪将像被杀的猪那样尖叫。
> 公牛将像公牛那样咆哮。

《骂观众》(1966)使他一举成名，他自称这是一出“说话剧”，剧本既没有情节，也没有戏剧性的人物和对话，只有4名演员站在舞台上宣讲作者反幻觉主义的戏剧观。作者试图对传统的表演与接受方式进行原则性的批判，让观众摆脱被动接受的地位，让舞台成为对现实的否定。

《认罪》(1966)被汉德克称为对天主教会的忏悔和在独裁政权面前自怨自艾的“形式的模仿”。一男一女并排站在舞台上。他们说的台词都是社会禁止做的事情和罪行，有些像天主教的忏悔仪式。三四十分钟都是这样的台词：“我杀死了我父亲”、“我在公共场合扔了废纸”、“我喝汤勺没拿对”……汉德克把如何处理台词交给导演和演员。从理论上说，这种东西缺少戏剧性。但实践中效果很好。看了他的戏就会对汉德克生活的社会有所了解。尽管二战结束时他只有三四岁，但我们可以感到二战结束后的气氛：“我随地扔了烟头、废纸……我当时没有救助犹太人”。这是一出以独特方法上演的悲剧。在很长的罪行记录中，总有一两条适用于某一个观众。

《卡斯帕》(1968)是他影响最大并引起严肃讨论的作品：1805年有个小伙子浪迹在纽伦堡街头，人们发现他不会说话。后来才知道他从小与世隔绝。这在当时引起了语言学家的兴趣，为什么他不会说话？为什么他丧失了语言功能？怎样才能让他重新说话？人们纷纷猜测他是从哪儿来的，有人甚至说他是皇族长子，被人关起来是为了让他弟弟继位。这个年轻人叫卡斯帕，后来被人收养，被教会说话后成为一位绅士，后遭杀害。语言学家对他为什么不会说话、后来又学会说话很感兴趣。汉德克把这件事作为一个主题展示在剧本中，不是真实人物卡斯帕的故事，而是事件引起的反应。戏开始卡斯帕很像贝克特《等待戈多》中的流浪儿，是一个小丑形象，被人推上了舞台。舞台上方有四个扩音器，像是提词人，教他怎样说话。他学会说的话越来越多，资产阶级的一套生活方式也逐渐学会了，慢慢被社会承认了。这时舞台上出现了许多像他一样的人物，重复同样的话，慢慢地卡斯帕又不会说话了，重新丧失了语言功能。这个戏说明人们通过学习语言逐渐地社会化，逐渐地接受了社会灌输的意识形态和道德情操。作者在剧中展示了语言对人的折磨，表现了人是受语言操纵的动物这一观点。这部戏的主角不是卡斯帕，而是语言。

《随想曲》(1970)由意思不连贯的语言构成，以展示他反对传统戏剧规则的意图。《驰骋在博登湖上》(1971)表现人是怎样变成套话和繁文缛节的奴隶的。作者并未采用虚拟的情节和人物，而是借助一个抽象模式，把各种各样行为和说话用蒙太奇手法串联在一起。

他的美学主张和创作实践，明显地带有对传统和习惯挑战的性质。汉德克的作品中缺少比喻和对比，他认为这两种修辞方式暗含了词与物之间先在的自明关系，他以这种方式质疑当代社会中的语言功用。他认为现代人生活在僵硬的语义系统中，这个语义系统已经失去了与外在现实的准确联系，而人们却依然天真地相信围绕着他们的这个语言系统能够准确地传达和反映外在世界。汉德克的作品，尤其是他早期的小说和戏剧，力图用不指向所指的能指层面的运作来消解这种观念。汉德克认为，文学写作应当走向词语的边缘，言说不可言说的东西，对语言的感受和关注构成了汉德克作品的特色。汉德克的小说和戏剧不是关于具体事物的，它们构成了具体事物本身。

汉德克70年代的创作发生了明显的变化，由早期对语言的批判，向寻求自我的新的主体性转化。这一阶段的作品看似有回归写实传统的倾向，实际上意在揭露语言模式对生存的异化，创造新的看待事物的方式，是前期思想的延续与发展。这一时期他发表了《罚点球时守门员的恐惧》(1970)、《短书长别》(1972)、《无以复加的不幸》(1972)等作品。对语言作为枷锁的恐惧贯穿了汉德克的创作，《罚点球时守门员的恐惧》可以看做是一个转折点，他早期作品中那种抽象的形而上的对语言的恐惧被一种来自经验的更真实的对语言的恐惧取代了。装配工约瑟夫·布洛赫因被工厂无端解雇，在城里漫无目的地闲逛，他与一名电影院女售票员发生关系，但紧接着又无缘无故将她掐死。在咖啡馆、电影院和大街上，他发现平日听惯了的语言，忽然变得那样阴暗、单调、晦涩，对他构成一种无形的压力。为了逃避这一切，他来到一个边境小城，无意中走进一个球场，那里一场足球赛正接近尾声，比赛双方正在互踢点球以决胜负，曾经当过足球守门员的布洛赫此时忽然领悟到人生的一个秘密：人每时每刻都像守门员等待接受对方踢过来的点球一样充满了恐惧。《短书长别》、《无以复加的不幸》、《真实感受的时刻》（1975）、《左撇子女人》（1976），都描述了类似的境遇，主人公由于不能加入周围的意义系统，不能把自己和他人联系起来而遭遇不幸。

1973 年汉德克迁居巴黎，几年后返回祖国，定居萨尔兹堡。《世界的重量》（1977）记录了他的巴黎之行，宣告他创作第三阶段的开始。这时期的他认为，他的主人公所经验的无望和恐惧来自于他们的无根性，即在他们的生活中缺少超验的能指，这种能指仅仅植根于神话中，因而对神话意义的关注成为汉德克作品的新的焦点。这时期他创作的作品有四部曲《缓慢的还乡》，包括《圣维尔克多的教训》（1980）、《缓慢的还乡》（1981）、《童年故事》（1981）、《漫步乡村》（1981）。

80 年代以后，汉德克面对这个愈来愈令他失望的世界，日益倾向于自我封闭，通过内省的方式继续着对现实的反抗。《铅笔的故事》（1982）、《痛苦的中国人》（1983）、《重复》（1985）、《永恒的诗》（1986）、《缺席》（1987）等这些作品以主人公追寻意义的形式，表现了他们迫切地寻找神话的需要，他们认为这种神话将在人类受威胁的生存状态和无意义的世界之间建立起意义联系。

二

1966 年，汉德克上演了他的第一部“说话剧”《骂观众》，这是汉德克的成名作。在它引起的巨大反响中，更多的是不解和谴责。

这是一部惊世骇俗的“反戏剧”，完全颠覆了传统的戏剧成规，作为戏剧要素的情节、人物、对话甚至舞台都被取消被否定。汉德克借剧中人之口激烈地指责传统戏剧是通过虚构故事来欺骗观众，将他们引入圈套，而观众则心甘情愿地受愚弄，不加设防地接受某种虚构的道德灌输。这部作品不仅在内容上是对戏剧常规的直接抨击，在形式上也处处表现出了对传统戏剧的消解与揶揄。整个戏剧只有4个身份不明的说话者，在空荡荡的场地上对着目瞪口呆的观众不停地谩骂，挖苦的对象除了观众以外，还直指传统戏剧表演的各个方面。另外，整个演出过程中都在播放节奏强烈的音乐，以及日常生活中五花八门的声音，不遗余力地打破戏剧情境，使观众无法“进入”戏中。特别是结尾处，喇叭中向观众传出巨大的喝彩声、掌声和唏嘘声，把对戏剧表达和观众接受惯例的逆反推向了高潮。这与他的“反小说”的主旨是一致的，都是对束缚读者或者观众思想的语言模式的揭露和反抗，也是当时“格拉茨文学社”文学叛逆姿态的典型体现。

依据文本规定，我们可以感受《骂观众》的剧场氛围：观众走进剧场，将听到幕后传来移动道具的响声，前排观众还会听见有人发出舞台指令。开幕铃声响起，灯光渐暗，幕起，灯光转明。舞台空空如也。这时4位说话人衣着随便走上前来，开始说话。说话长达一个小时，格言警句与攻击谩骂掺杂，句子富于韵律，但没有故事。全剧只是说话人对观众致词，用“你（你们）”相呼，充满了侵犯性。

欢迎你。这部作品是开场白。

你将听到的不是你以前在这里没听到过的。

你将看到的不是你以前在这里没看到过的。

你将听到的是你以前在这里所听到的。

你将看到的是你以前在这里所看到的。

你将听到你通常看到的。

你将听到你在这里通常看不到的。

你将看不到什么景象。

你的好奇心将得不到满足。

你看到的不是戏剧。

今晚这里没有戏剧。

你将看到一幅没有图画的景观。

《骂观众》就在上述这种不知所云的说话当中进行着。其目的大概在于剧中这样一段话：

我们将侮辱你，

因为侮辱你也是对你说话的方式之一。

侮辱你，我们就能正对你。

我们可以使你焕发活力。

我们可以消除表演区。

我们可以消除一堵墙。

我们可以专注于你。

演员还面对观众引用了大量剧评中的术语，指着观众大骂：你演得不好，你的解释完全是错误的，动机没表现清楚……全套戏剧理论和评论术语抛向观众。最后大骂观众：你这个痞子、杀人犯……观众中总会有人认为其中某一句骂的正是自己。

《骂观众》通过直接对观众致词，作品破除了幻觉，戏剧的观演方式变了，戏剧不再是生活的片断，也不是给观众讲叙故事，观众也不再是戏剧外部的审视者。由于汉德克把剧场当做了事件空间，把演出时间当做了事件时间，演员对观众致词这个现实本身就是戏剧艺术的内容，如此，观众就成为这部戏完成的必须组成部分。"说话剧"的真正主角是语言，确切地说是语言的蒙太奇，它们不以场景的形式显示世界，而是以词语的形式显示世界，而且，说话剧的词语不把世界显示为某种外在于词语深层的东西，而是用词语自身来显示世界。组成说话剧的词语，不提供世界的景象，而是提供世界的概念。在"说话剧"中，没有演员，只有说话人，他们除了说话之外别无动作，他们不是在扮演角色，而只是在强化戏剧说话这一要素，将说话推至极端，试验它的戏剧作用与社会功能。

三

汉德克与他的同乡维特根斯坦一样，都十分关注人的存在与语言的关系问题。作为哲学家、数理逻辑学家、分析哲学创始人之一的维特根斯坦，有一句十分著名的话："世界的界限就是语言的界限。"

前期维特根斯坦哲学理论的核心是"图式说"。他用这个理论回答语句为何能表述实在世界中的事实，并回答关于命题的性质问题。在维特根斯坦看来，图式反映命题与事实、语言与实在之间关系的本质，同时也反映命题的本质。基于"图式说"，制造出了语言与实在世界之间的一一对应。即：语言与实在、命题与事实都处于形式关系之中，而且它们在结构上相似。图式说所要求的语言与实在世界的一一对应关系，以及名称与它所指对象的一一对应，造成了维特根斯坦前期哲学的根本困难，并由此引起了他在哲学思想上的大改变。

后期维特根斯坦的哲学思想中，抛弃了"图式说"及其在此基础上所建立的逻辑原子论，以"语言游戏说"代替了"图式说"，以语言分析代替了逻辑分析，以日常语言代替了理想语言，以语言的杂乱性观念代替了语言与实在之间结构上的一一对应的观念。着眼于语言的使用，他说语言的意义在于运用。他把语言看做一种活动，并把语言和游戏加以对比，产生了"语言游戏"理论。这个理论是通过游戏了解语言，说明语言，其主要论点包括：一是语言像游戏一样，是一种没有共同本质的复杂的现实活动；二是语言的用法、词的功能和语境等也像棋子的走法、棋式一样，都是无穷多的；三是一个棋子的走动有其目的，同样，一个词的使用也有目的；四是像网球游戏有规则而打网球时并不处处受规则限制，词或语言的使用也是如此，并且，游戏和语言的规则在一定意义上都是随意的。

"语言游戏"理论的基本观点是首先把语言看做活动。一方面，它认为语言游戏本身意味着语言的活动，好比棋戏意味着棋子的走动；另一方面，则把语言看做是人的活动的一部分。维特根斯坦指出，语言游戏注重词及其功能的复杂性和多样性，而词的用法包括命题、语言都没有本质，而只有“家族相似”。“家族相似”指在一个家族中，总有一个成员与另一个成员相似，但其相似之处未必也是他与第三个成员的相似之处，并且没有一种相似之处是所有家族成员共有的。维特根斯坦认为，用“家族相似”说明游戏家族、语言家族、意义家族是最好不过的了。他认为，像一种普通游戏是一种社会活动形式那样，语言游戏也属于社会活动。维特根斯坦还把语言与“生活形式”概念联系起来，并借助于生活形式概念重新解释语言。他看到了语言的社会性、私人语言的困难，并强调采用日常语言。

一个词的意义在于它在语言中的用法，强调了特定语境对其中语言运用者的制约。语言并不如人们所认为的那样可以陈述一切，说明一切，证实一切。我们不能思考的东西，我们就不能言说，人必须承认，“我的语言的界限意味着我的世界的界限。”语言能够触及的地域就是我们存在的地域。凡语言无法言说的地方我们都应该保持沉默，因为此时世界表现为无。“语言破碎处，无物存在”。显然，维特根斯坦的语言哲学与人本体关系密切，这种相关性中包含了他在形而上层面的现代悲剧意识。他说：“生命在空间和时间中之谜的解决，是在空间和时间之外的。”“人们知道生命问题的解答在于这个问题的消灭。”换句话说，生命之谜是没有终极解答的。

语言与人本体的关系，语言与现代悲剧意识的关系，这两方面当然也是汉德克所关心的。但是作为一个戏剧艺术家，他更关心的是着重表现人在语言世界中的困境，或者说表现语言的二律背反。一方面，人只有在语言赋予的存在中才成为人；另一方面，语言又是人的最危险的拥有物。语言对人的存在最先造成威胁和扰乱，并有可能使人实际上丧失自己的存在。人的生存与语言的二律背反之间的关系，当然成了《骂观众》一剧的核心。同时，也很容易看出，汉德克在《骂观众》中揉进了尤奈斯库对语言的看法：语言可能是一种压制工具和非个性化工具。作为现代人本体悲剧的《骂观众》于是也就有了层次上的丰富性。

汉德克在此剧中表现的就是语言与人的辩证关系：语言促成了自我的成长，但同时语言又控制着自我。后现代主义关于语言的一个最基本观念便呈现出来：不是我说语言，而是语言说我。语言犹若巨网，它是一定空间内人们交往时必不可少的游戏，它拥有一整套游戏时人们必须遵守的规则。个人正是在语言游戏中确立了自己，也建立了自己与社会共同体的联系。但游戏不是无限制的自由，游戏规则成为界线，成为束缚，成为社会利用来控制个人的手段，当个人接受了整套社会性语言的时候，个人的非个性化趋向便会出现，因而语言成为个人异化的中介。

汉德克主要与尤奈斯库、贝克特相联系，具体些说，是与尤奈斯库的《秃头歌女》和贝克特《等待戈多》相联系。这三部剧作都有对语言的批判意味，但是，汉德克与后两部剧作的关注焦点有着明显的不同。尤奈斯库称自己的《秃头歌女》为“语言的悲剧”，剧中两对夫妻的交谈都几乎是毫无意义的陈词滥调，彼此无法沟通，其中马丁夫妇竟因无法交流而否定他们的夫妻关系。贝克特的《等待戈多》中的弗拉基米尔和埃斯特拉冈之间也存在着难以沟通的现象，这实际上是一种人际交流断绝的悲剧。《骂观众》的关注焦点不在于语言的交际功能，而在于语言与人的存在的关系，这是一个与现代语言哲学关系更为密切的问题。于是，“语言的悲剧”在汉德克的《骂观众》中也就以一种极端的形式表现了出来。所谓极端，就是以纯粹的人本体悲剧的形式来表现人在语言的世界中的困境。《骂观众》一方面把人推到了自身原始统一状态这一极端，即海德格尔所说的“此在”，或者说推到“人本体”，它是灵性与欲念、精神与肉体、理性与感性、意识与存在尚未分化的统一体；另一方面则把语言推到了极端，或者说制造了一个语言的空间，这一语言空间主导着乃至取代了人的生存空间，在这里我们看不到人的生活图景。正是在这两极对峙、冲突、纠缠等种种关系的展示中，《骂观众》对现代语言哲学关注的问题提供了作为生存象征的戏剧层面上的独特思考，并将主题直接地、形象地显露在舞台上。

此剧的真正主角是语言。此剧中的语言是被推到了极端的语言，语言本身构成了空间，确切些说，构成了人的实质的生存空间。语言空间与人本体在这里构成了一种折磨与被折磨的关系，观众在这里受到了语言的折磨。用戏剧术语来说，也就是构成了一种冲突。

在谈到现代戏剧对语言的革新问题时，马丁·艾思林认为，传统戏剧中的人物语言代表他们的思想；自然主义戏剧意识到人们并不只用语言来表达自己的思想；契诃夫把潜台词发挥到了极致，这样剧中人不再直抒胸臆，而是采用曲折委婉的方法；品特的戏中人物说话毫无动机，剩下的只有对话本身，荒诞派剧作家虽然用了语言，但力图走出语言，用形象来说明有些事物是难以用语言表达的。品特的静场和停顿正是表达难言之情方法。他认为，受语言哲学影响最深的是汉德克，他写了一系列短剧“说话剧”。尽管语言是任意的、随意的，但生活中人用语言对现实进行分析；一旦我们学会说话，我们不知不觉中就接受了某一种意识形态和宗教信仰的灌输。人们灌输给我们的语言决定了我们是什么样的人。汉德克认为，如果把关于一个问题的各式各样的语言凑在一起，陈列起来，就能让我们看到社会的方方面面，就会组成某一社会的完整画面。

四

戏剧史上总有几位站在历史转折点上的人物，在我看来，一是亚里士多德，二是布莱希特，再一位就是阿尔托。可以说，正是他们的努力，使西方戏剧史出现了三个段落：亚里士多德式的戏剧观一直延续到20世纪上半叶，戏剧人物性格的统一性，戏剧动作的贯穿性，戏剧对生活的艺术反映这种种论调，使戏剧充满文学性，它保持着与观众的距离，它自足地在舞台上营构着使人生出幻觉的世界。戏剧的这种特点存在于古典主义戏剧中、浪漫主义戏剧中，也最充分地体现在现实主义戏剧中。是布莱希特最有效地从理论上改变了人们对亚氏理论的信从，戏剧可以非戏剧化，可以运用小说的叙述，可以使戏剧行动产生有意识的断裂，可以使戏剧人物的性格突然陌生化，让观众产生思考。但布氏理论并没有从戏剧中排除文学性，排除剧本，戏剧在很大程度上仍依靠着语言，依靠着对白。布莱希特之后的戏剧，语言逐渐成为空洞的能指，对白在戏剧中失去了往日的交流功能和魅力，语言对白渐渐被戏剧抛弃，戏剧渐渐非文学化、非剧本化，戏剧逐渐追求着另一套语汇：灯光、色彩、节奏、声响、姿势动作、沉默、剧场空间、戏剧环境，戏剧利用这些重新尝试着与观众沟通，打动观众、震撼观众、包容观众。当代戏剧的这种倾向，实则上表明了戏剧实验者们对文学语言包涵有更多意识形态内容的一种避之不及的态度，他们倾心于未经意识形态化了的或较少意识形态化的人类文化符号，运用它们激起观众最原始的情感和本能。这一切都是阿尔托的功劳，提起 20 世纪 60 年代以后的西方戏剧就不能不说阿尔托。

当布莱希特在流亡期间埋头思索于他的史诗戏剧之时，早在 1938 年的法国，阿尔托也在建构他的残酷戏剧理论。可惜，当时并没有人能够理解，也没有引起人们的重视。正如后来英国著名戏剧大师布鲁克所说的一样“一半被人阅读过，十分之一被人消化过”。

阿尔托在《残酷戏剧——戏剧及其重影》中认为：西方的剧场是言辞的剧场，是逻辑化的、超强控制力的剧场，观众身处如此剧场中只能听凭摆布、压抑潜意识奔涌的欲望；而东方的剧场是前逻辑的剧场，不依赖于文字，充满魔法式的经验，观众身处这种剧场中，被控的潜意识将被开掘，人们将窥见生存奥秘的源头。依此认识，阿尔托以为东方戏剧是真实的，而西方戏剧是它的替身。他的艺术观是非理性的，也是独树一帜的。他想像中的舞台已不再是阿庇亚、戈登·克雷孜孜以求的舞台内心化、风格化和抽象化，总之舞台不是文学剧本的影子，阿尔托理想中的剧院不是为了上演剧本，而是要用一种物质的布局去体现头脑中含糊的、秘密的和隐藏的方面。为了做到这一点，阿尔托在大脑中构设着调用一切舞台及非舞台手段，利用剧场空间，组合完成一种代表有宇宙固有残酷性的仪式，迫使观众参与进来，在参与过程中达到对隐秘欲望的宣泄。值得艺术家去考虑去表现的，只有人类的本能欲望——愤怒、仇恨、情欲和强烈的物质欲望，戏剧应以不受禁令约束的方法，将意识的下意识、现实和梦境混合在一起，解放人类深藏的、狂暴的和色情的冲动，以抗拒传统所强加的人为的道德标准和等级制度。戏剧要能表现出人类灵魂深处的真正现实，表现出其中无情的野蛮状况，震撼观众，这就是残酷戏剧。因此阿尔托残酷戏剧理论至少在以下三个方面颇为新颖。

一、残酷戏剧中能够引申出总体戏剧论来，戏剧应该开发剧场中存在的一切可资利用的资源，甚至突破剧场界际，使戏剧空间无边际地覆盖生活。

二、残酷戏剧中能够延伸出仪式戏剧论来，这使得戏剧艺术回复到戏剧诞生的源头，以往贴在戏剧上的功能标签，诸如古典、浪漫、启蒙、现实、象征、表现、超现实、史诗、荒诞等都失去了血色，戏剧在人类学的视界中获得了新的立足点：戏剧是仪式。

三、残酷戏剧强调的心理治疗功能在后世戏剧功能论中得到了极大关注，戏剧艺术如果有作用，那即是释放。戏剧是针灸，目的在激活观众淤滞的心理穴位。

阿尔托是个“思想的巨人，行动的矮子”。他虽然较为系统地形成一套戏剧主张，但他并没有以突出的作品来实现它。他说：“戏剧这个领域并不属于心理的，而是属于造型的和形体的”，但他并没有以他的才能在舞台上构筑引人注目的造型，引导演员成为心灵的运动员。他说：“导演工作应该把戏剧当做魔术与巫术来考虑”，但他也并没有使剧场实现仪式化。他的价值仅在于提供了思想，而这思想繁殖了后世那蓬勃而兴的阿尔托式戏剧。

现在，人们谈论起阿尔托的继续者中，往往只谈三个人物：波兰的格洛托夫斯基、英国的布鲁克和美国的谢克纳，把他们并称为当代西方戏剧“三巨头”。他们都深入领会了阿尔托“残酷戏剧”的精髓，并在不同方向大张旗鼓地实验着这一理论。格洛托夫斯基的“质朴戏剧”理论、“类戏剧实验”、“源头戏剧实验”，布鲁克的《空的空间》理论，谢克纳“环境戏剧”理论都向我们展示了一个闻所未闻的戏剧前景。

但是，大多数论者还遗漏了一个重要人物，他也是“消化”了“十分之一”阿尔托“残酷戏剧”理论的人物之一。他，就是奥地利著名剧作家汉德克。与前三位不同的是，可惜他没有系统阐述过自己的戏剧理论，但他却用自己的作品实践着这 理论，这就是他的“说话剧”理论。可以说，汉德克的戏剧理论是“残酷戏剧”从另一个维度上生发出来的奇葩。

汉德克这出戏的艺术价值，可以从三个方面来加以理解。

一是传统的观演方式被改变，观众成为戏剧的参与部分。

二是戏剧的文学性被表演性取代，戏剧表演的行为本身构成了戏剧艺术的主体内容，因而冲破了现实行为与艺术表现间的界线，这也意味着：生活和艺术的距离消失了。这也是后现代主义艺术的一个重要特征。

三是无戏剧形式的出现。《骂观众》将戏剧简化成说话要素，是对说话形式的研究和表现。汉德克在此剧中关心的是语言功能问题。他的“说话剧”是对语言这一戏剧要素的实验。

我们可以把汉德克的戏剧实验与格洛托夫斯基作一个比较。

1970 年，也就是汉德克发表《骂观众》的四年后，格洛托夫斯基似乎放弃了他的“质朴戏剧”的主张，开始向一个新的领域进发。他用“类戏剧实验”来称呼这个新的领域。“质朴戏剧”阶段，在格洛托夫斯基心目中，戏剧是人们交流的途径，戏剧工作者所思考的只是如何改善戏剧语言，使戏剧更加有益于交流。但到了“类戏剧实验”阶段，他以为戏剧作为与生活区别开来的一种形式，事实上已经构成了交流的障碍，因而他寻求打破生活和戏剧的界限，为此，他设计了很多“类戏剧”研究项目，譬如，“假日”、“山地项目”、“三人”等，这些项目是一些组织起来的活动，持续几天到几周不等，可以在森林举行，也可以在山地举行，甚至有时可以局限在一个范围狭小的空间。他认为，这些项目不能被视为演员的训练，也不一定是艺术本身，它只是一个包容有创造性的机会，一种聚会，在精心安排的氛围中建立了人与人的联系，并考察了这种联系的程度、方式及其他。

格洛托夫斯基的“类戏剧实验”极似汉德克的《骂观众》一剧，它们有三个共同点：一是剧情，不是虚构的故事，而是真事；二是地点，真实的房间或者森林，而不是舞台上的模拟场景；三是时间，强调即时性，即此时此地正在发生的事情。

谈论20世纪60年代以后的西方戏剧是困难的，这主要是由以下两个方面的因素造成的：一是剧本的文学性已经消解在舞台性中，我们根本无法把剧本当做文学作品来阅读。这是戏剧作为一种艺术门类的自觉。因为戏剧是舞台艺术，那种把戏剧当做文学作品的观念是自亚里士多德以来对戏剧艺术的误读。戏剧应该具有文学性，但戏剧绝不是文学。二是作品的观念大于形象，形式重于内容，特别是西方当代实验戏剧，他们往往注重一种观念的传达却很少考虑为这种观念披上一件形象的外衣。正因为如此，我们才改变叙述策略，着重从戏剧观念及其影响入手来分析汉德克的《骂观众》。

【参考书目】

1. 马丁·艾思林：《欧洲现当代戏剧理论与实践》，载《戏剧》1994年第一期。

2. 阿尔托：《残酷戏剧——戏剧及其重影》，中国戏剧出版社1993年版。

3.《中国大百科全书·戏剧》。

4. 刘象愚：《后现代主义文学作品选》，高等教育出版社2002年版。

在布莱希特与阿尔托之间

——“太阳剧社”的《1789》赏析

20世纪真正对戏剧语言进行颠覆性活动的当数德国的布莱希特和法国的阿尔托，他们几乎同时向亚里士多德以来的西方传统戏剧语汇发动了革命性的清算。从某种意义上说，20世纪下半叶以来的西方戏剧都在不同程度上实践着“叙述体戏剧”和“残酷戏剧”理论。以姆努什金为首的法国“太阳剧社”集体创作的《1789》就是典型的一例。

一

“太阳剧社”的前身是姆努什金和玛蒂娜·弗兰克两人于1959年10月共同创立的巴黎大学生戏剧协会。姆努什金领导的巴黎大学生戏剧协会从成立之日起就有着许多与众不同之处，他们并不只是招募戏剧类学生，而是不问专业与经验地广泛吸收各类有志之士，然后再进行专业培训。他们还经常不断地举办各种戏剧讲座，邀请诸如萨特这样的大家来作专题报告，此外还十分注重与国外戏剧团体进行交往等。而剧社也没有专设导演一职，而是视情况临时邀请导演。1931年出生的姆努什金此时仅仅负责协会的组织与行政事务，并不参与任何艺术创作活动。

1964年，姆努什金等人对巴黎大学生戏剧协会进行了改组，创建了“太阳剧社”。与当初的协会相比，“太阳剧社”成员不再局限于大学生，而是来自于各行各业，既有专业演员，更有业余票友。他们一起工作，一起生活，轮流司炊，轮流打扫，不领取任何报酬。除了这种生活方式在当时显得与众不同之外，剧社在艺术创作方面并没有什么惊人之处。作为第一年的开张首演剧目，剧团选择了由法国荒诞派戏剧家阿达莫夫改编的高尔基的《小市民》。经过将近半年的准备之后，于1965年11月对外公演，但没有引起外界的注意。

1966年，剧社上演的剧目是《弗拉卡斯统领》，描写了17世纪上半叶路易十三统治时期一个流浪戏班的卖艺生活。虽然演出也没有出现观众踊跃的场面，但它在剧社的发展史上却不可小视，因为姆努什金在此首次采用了意大利假面喜剧的即兴表演手法来训练演员，同时还要求他们自己动手做服装和搭景装台。演员们因此不仅提高了表演技巧，而且还真切地体验到了17世纪法国演员的生活。

1967年，随着英国当代戏剧在世界的崛起，“太阳剧社”选择了英国左翼剧作家阿诺德·韦斯克影响较大的《厨房》。这是一部表现第弗里饭店里厨师和侍者生活的剧作，在韦斯克的笔下，厨房简直就是一座监狱，工作高度紧张却又乏味单调，使得厨师与侍者都变成动作机械、情感冷漠的机器人，与此同时彼此之间还发生着一幕幕弱肉强食的悲剧性事件。作品通过他们几近疯狂的生活节奏来揭示资本主义工业化生产对底层人民身体上与心灵上所带来的迫害。为了准确表现劳动大众的工作与生活，同时也为了吸引平时不太看戏的普通百姓，剧社每个成员都专门到饭店厨房去作实地观察，亲身体验厨师与侍者生活的快节奏和紧张气氛。剧社的这一切努力使得《厨房》的演出既保证了剧本的写实特点，又避免了自然主义，从而初步寻找到了自己的风格。因此，它于4月份在蒙玛特尔马戏团的演出立刻大获成功，评论家和各界名流趋之若鹜，普通观众更是蜂拥而至，以至于一直持续到了年底，观众总共达6万多人次，不仅为剧社赢得了荣誉，而且极大地减轻了剧社沉重的债务。也正是从这时候起，剧社成员开始拿起了数目相同的工资，不再需要外出打工挣钱。

1968年是“太阳剧社”发展中具有重要意义的一年。一方面他们继续在建立自己风格上大胆探索，如在排练莎士比亚喜剧《仲夏夜之梦》时首次邀请了音乐家与舞蹈家参与。此剧在上半年公演后，虽然一度引起部分专业人士的异议，但再一次得到了观众与多数评论家的欢迎，“太阳剧社”的地位从而进一步得到了稳固。另一方面，他们为戏剧介入现实而积极努力。在《仲夏夜之梦》演出后期，规模空前的“五月风暴”在巴黎爆发并很快在整个法国蔓延，剧社虽然每晚演出之后都要赶往索尔邦大学与学生们进行交流，但是并没有取消奔赴外地巡演的计划。当全国演职人员号召总罢演以支持学生运动时，他们在激烈争论之后决定到各地工厂为工人演戏并与他们一起讨论社会问题。这种送戏上门、与观众一起讨论修改的做法既是剧社介入现实的有效尝试，也为此后的几部反映当代社会问题的大戏积累了经验。自“五月风暴”后，尚处于摸索之中的姆努什金及其“太阳剧社”越来越注重发挥戏剧的社会功能。

此后，由于法国社会动荡不稳，原先签订的国内外演出合同纷纷取消，剧社生存面临危机，幸好汝拉山区阿克与塞南盐场及时雨般地发出了演出邀请。于是演员们在那里过起了名副其实的团体生活，除了抓紧进行各种各样的戏剧表演训练如歌唱、假面喜剧的即兴表演、小丑戏等之外，还吸收了美国“生活剧团”的经验，允许当地村民参加他们的训练，互相学习。演员与观众团团围坐，相互模仿对方的动作，不仅演员从中得到了极大提高，就是村民们也能即兴表演出所熟悉的动物或人物。剧社最终与当地村民打成了一片，相互之间经常举行交流演出，气氛之融洽、效果之强烈，远远超过了在任何一家正规剧院所进行的演出。虽然在盐矿只度过了短短的两个月时间，但它对“太阳剧社”的创作方向却产生了不可低估的影响，其标志便是作出了一项重大决定，即再也不从现存的古典剧目中选择上演剧本，而是从实际生活中去寻找表现题材与对象。与此同时，他们还决心继续创造一种崭新的戏剧语言以建立新颖的观演关系和最大限度地发挥戏剧功能。为此，姆努什金积极鼓励演员大胆想像，甚至要求他们将传统的假面喜剧人物、小丑戏形象与现代动画片中的人物等糅合在一起来训练自己，这种离经叛道的方法竟然吓跑了大半成员。

1969 年，他们上演了令人耳目一新的《小丑》，标志了“太阳剧社”创作上的一个新的转折点，剧社与姆努什金的名声也由此大震。它既是剧社成立以来的第一部集体创作，演出并无任何现成剧本，它是在姆努什金这位实际上的一社之长兼导演的指导下，先确定主题，即表现当代人的各种生活困惑，如争权夺利、担心失业、性骚扰、家庭纠纷等，然后由每个演员各自根据某一传统角色信马由缰地驰骋想像，通过自由联想、文字游戏等作出即兴表演。由于剧社尚未固定场地，又要四处巡演，排练断断续续，再加上许多人对这种方法难以适应，因此最后拿出来的独立片段水平参差不齐，在巴黎上演时观众反应十分平淡。虽然这是一出不太成功的作品，但作为剧社创作上的一个转折点，它的意义在于：经过将近五年的探索努力，姆努什金与“太阳剧社”终于找到了独特的演出风格。在这里，剧本不再是演出的必要前提，更不是“一剧之本”，传统意义上的文学语言也不再是观演交流的唯一工具，甚至连完整统一的剧情、缜密无缝的结构等都不再不可或缺，重点已经转移到阿尔托所强调的动作、嗓音、声响、环境等一系列非语言要素之上，如果人物还被保留下来的话，那也绝不是从所谓的心理或性格出发，而是从角色甚至面具出发。这一切当中，最为重要的乃是通过观众与演员之间的交流来达到认识现实的目的。

沿着《小丑》所确立的阿尔托式戏剧风格，姆努什金在经过冷静思考之后，决定趁热打铁，让剧社投入新一轮创作中去。表现什么呢？选择题材的最重要依据自然是观众与演员能否产生共鸣。姆努什金认为，对于刚刚经历过“五月风暴”的法国人民来说，以崭新的视角与手段重新演绎两百年前法国大革命，一定是一次具有现实意义的演出。果然，这部名为《1789》的戏剧经过将近半年时间的排练之后，1970 年底在意大利米兰一炮打响，并迅速在法国产生了巨大影响。尽管意大利观众不懂法语，对法国大革命的历史也不甚了解，但还是反应极其热烈，演出取得了巨大成功。“太阳剧社”的命运也因之大为改观。继文化部将之列入“常设剧团”名单并发放津贴之后，巴黎市政府又为其提供了一座位于东南郊万桑森林中一个废弃的军火库。《1789》连续上演了三年之久，观众据统计多达 25 万人次。按照批评家道特的说法，万桑“军火库”一下子成了巴黎的戏剧圣地。“太阳剧社”如日中天的名声还突破了法兰西疆界，来自全世界的邀请如雪片一样飞来。在法国政府艺术行动委员会的赞助下到英国、德国、南斯拉夫等国上演，所到之处无不受到各国观众的热烈欢呼。

由于《1789》表现的内容只是大革命的一部分，即从大革命爆发前夕到 1792 年的“热月政变”，因此姆努什金从一开始就有另排续集的打算。第一部戏演出的巨大成功极大地鼓舞了全社成员，他们再接再厉地于 1973 年推出了《1793》，军火库又一次成为全国关注的焦点。然而，姆努什金并没有因为成功而得意忘形，她清醒地认识到这两出戏的局限。为了直面人生不逃避现实，她重新将目光投向了当代社会生活，并在两年之后推出了《黄金时代》（1975）。

虽然手法依旧，即在个人的即兴表演基础上进行集体创作，但面目全新，因为它是剧社第一次正式面对法国当代社会现实。军火库门庭若市的景象表明，他们的尝试再度获得了观众的认可与支持。

然而，在这三大集体创作剧目之后，姆努什金的艺术观似乎发生了不小的变化，其创作兴趣竟然一度转向了电影。自 1974 年起，她先是将《1789》拍成影片，后又与剧社成员一起写作、拍摄了大型传记片《莫里哀的一生》。至此，姆努什金已经再也不是集体创作中的“普通一员”了，而是自然而然地成了公认的领袖。果然，当她重返舞台时，完全融入了当时蔚然成风的“导演戏剧”大潮之中，导演创作终于取代了集体创作，撇开剧本以即兴创作为主的创作方法也再一次让位给经典剧作，“太阳剧社”回到了建立在文本与幻觉而非节日与游戏基础上的传统大众历史剧上来。进入 80 年代之后，姆努什金运用东方戏剧的形式导演了一系列的莎士比亚作品，获得了一次又一次成功。80 年代下半期“太阳剧社”推出的《西哈努克》（1985）、《印度亚特》（1987）等一系列以世界重大历史事件为题材的史诗般演出，然而在此类剧作如潮涌来的世界剧坛上，“太阳剧社”已经不再像过去那样独领风骚地笑傲群芳了。

二

在姆努什金及其“太阳剧社”80 年代之前的创作中，以大革命隐喻“五月风暴”时期法国社会的《1789》、《1793》和直接从现实生活中取材的《黄金时代》三大作品，无疑最有影响也最具代表意义，因而受到戏剧评论家们的一致注意与推崇。《1789》的成功首先是在内容上迎合了当时法国民众普遍的社会心理和艺术理想。

60 年代后期，随着法国的失业人口越来越多，各种政治力量互相较量，整个社会动荡不安，危机四伏。到 1968 年失业大军竟高达 50 万，许多大学生一毕业就不得不跨入这支可怕的队伍，他们的命运关系到法国的千家万户，因为学生人数相当可观，10 年中翻了两番，达60万人次。对出路的渺茫和忧虑，引起大学生们严重的精神危机，产生出对现存教育制度和社会现象强烈的反抗情绪。从1968年3月起，在一些大学中出现了煽动者到处组成德国式团体的现象。5月3日，警察封锁巴黎大学，发生了第一次冲突与斗殴事件，其直接后果是学生们自发地行动起来。5月7日，巴黎拉丁区动员的学生达6万以上。学生们纷纷举行罢课、游行、占领校舍、建筑街垒，不久巴黎的学潮运动扩展到外省各地。

这场学生运动得到了法国工人、农民和知识分子的声援与支持，60多万人走上巴黎街头参加大规模的游行。5月13日，为抗议政府对年轻学生的镇压，法国工人举行了声势浩大的全国工人总罢工，全国教育联合工会也发出罢工的命令。这一天，所有工会在巴士底广场组织了20万人的大示威。不久，农民也在全国各地组织示威游行，封锁交通。知识分子还和学生一起占领索尔邦大学，有的甚至加入街头与警察的战斗。

这场近似一次大革命的“五月风暴”，旨在反对压制个性的国家官僚机构，反对传统观念，争取自由与和平。戴高乐政府迅速宣布一系列改革举措，终于平息了这场以学生为主体的抗议运动。但“五月风暴”的结果，便是戴高乐的下台，第二年4月，戴高乐辞去总统的职务。

作为50年代末60年代的产物，“太阳剧社”从成立一开始就被深深地打上了时代烙印，主要体现在对戏剧新观念新手法的不断追求。在布莱希特叙述剧理论已经广泛深入人心之后，姆努什金及其剧社再也不愿意关起门来将戏剧变成与世隔绝的象牙塔艺术。和所有认同布氏理论的戏剧家一样，姆努什金反复强调戏剧的批判与教育功能，强调它与历史、与现实、与政治、与生活的结合，坚决反对那种旨在麻醉和欺骗观众的“幻觉戏剧”，主张通过戏剧来唤醒观众重新认识自己所生活的现实社会，进而思考改变这种现实的可能性，并能挺身起来与造成不合理、不公正现象的资产阶级势力作斗争。有鉴于此，一些批评家们便把“太阳剧社”所从事的戏剧称为“政治戏剧”。

姆努什金毕竟是经历过50年代布莱希特风暴洗礼的一代，因此，演出中布莱希特的影子同样时时闪现，叙述剧的手段处处可见。在决定选取大革命主题之后，姆努什金便对演出的表现方式进行了深入的思考。一般认为，处理这一历史题材时存在着两种可能性，或是从曾经发挥过重大作用的名流如罗伯斯庇尔、丹东、马拉等的角度出发，或是从普通百姓如工人农民的角度出发。然而，姆努什金最终却别出心裁地选择了第三种方法，即采取布莱希特叙述剧手法。姆努什金在演出一开始就设置了一名叙述者，由他来向观众讲述这场其实对每一个法国人来说都非常熟悉的大革命，以其鲜明的现代视点与平民目光通过舞台上的一个个场面来展现革命发生的前因后果。并在叙述当中穿插艺人们对人物与事件的看法，他们时而在集市舞台上向观众口头叙述，时而用动作模仿他们的所见所闻。有时同一事件还可以从不同的角度加以表现与评论，从而避免将现存的任何观点强加给观众，力图达到通过重新讲述历史来让观众作出自己的评判。为了增强这种效果，剧社竭力在演出中追求一种“清晰、直接、明快的风格”。他们让舞台技术人员在观众的眼皮底下置景、操作灯光等，而演员化妆、换装等也是当众进行，采取“间离效果”，从各个方面阻止“幻觉”的出现。

《1789》由序、三级会议诏书、陈情表、木偶戏、审判会议、国王叛变、占领巴士底狱、八月四日之夜事件之后勒夏泼利埃报告、议会辩论、拍卖十“场”戏组成。全剧没有完整统一的情节，如没有贯串始终的人物（演员本身也无固定表演某个人物），更谈不上有血有肉的人物性格了。相反，演出从一开始就采用了寓言剧常见的抽象化与拟人化手法，即将贵族、教士和第三等级分别以公鹅、乌鸦和驴来代表，又以一些贫苦的妇女或夫妇来展现整个底层百姓的深重灾难，从而揭示出巴士底狱为人民的愤怒烈火捣毁的必然性。在大革命爆发后，还让马拉为患病的年轻姑娘即“法兰西民族”进行诊治。在表演上姆努什金大量借鉴了18世纪民间集市戏剧的形式，从而出现了“艺人”与“戏剧演员”分别扮演同一人物的情形。而艺人除了与人物保持距离之外，还往往在观众面前明确显示好恶，如在“审判会议”这一场，扮演路易十六的艺人除了事先进行自我介绍之外，还对角色进行嘲笑，表示厌恶。在“国王叛变”一场中，在“艺人一魔术师”介绍即将扮演不同人物的演员们时，在强烈的鼓声伴奏之下相关演员均是“狂舞着冲向观众”……此外，姆努什金还运用了木偶剧表演、“戏中戏”等形式，而各个时期不同风格的音乐，尤其是节奏多变的鼓声既为全剧增添了强烈的气氛和丰富了表现手段，同时也是避免观众产生幻觉并保持清醒的批评态度的有力保证。

三

除了布莱希特理论的渗透之外，源自法国本土却又从大西洋彼岸刮来的“残酷戏剧”之风也同样吹进了“太阳剧社”，如果说布莱希特的教导使之强调戏剧的社会批判功能的话，那么阿尔托的主张则令他们注重戏剧的表达功能。

“阿尔托式戏剧”是20世纪下半叶以来曾经风靡一时的重要戏剧现象之一。从某种意义上讲，“阿尔托式戏剧”这个概念似乎可以用来涵盖在50年代末开始崛起的西方实验戏剧演出的总体风格和美学倾向，可惜，阿尔托本人是个“思想的巨人，行动的矮子”，他并没有创作出与他的理论相对应的著名剧作。但是，那些在六七十年代席卷欧美剧坛的各种实验戏剧浪潮中，却几乎都在每一次演出活动实践着“残酷戏剧”的理论主张。《1789》也不例外。

1. 对文学剧本的超越

对于常规的戏剧来说，它的演出形式和整个演出在很大程度上都受到剧本的严格制约。对于那些严格地忠实于剧作者意图和剧本的演出者来说，形象的创造是早已由剧作家完成了的，并且都已经用文字的形式在台词中或明或暗地写在那儿。演出者的任务只是通过对剧本的研究和理解，把这些早已存在了的形象因素从剧本的字里行间挖掘出来，再把它们由文字形式转换成具体形象就行了。虽然从实际的情况来看，演出者难免会把自己的理解和解释掺入这“二度创造”中去，但在这种“二度创造”中，文学依然是唯一生动的元素。因为它是以实现剧作者的全部目的意图为最高使命的。

然而阿尔托式的戏剧不是那种强调再现原著的文学性戏剧，它的演出形式和演出的总体形象的产生可以由各种不同的方式发展而来。如果要采用一个剧本的话，那么并不是为了要去“翻译”它、解释它、再现它，而更多的则是把它作为一种寄托、一块共鸣板。在他们看来，他们所面对的文学作品并不是神圣不可侵犯的。阿尔托在《残酷戏剧第二宣言》中说过他“将抛弃戏剧中对剧本的迷信和作家的独尊”。“我们将不顾剧本而排戏”，甚至还说：“我们不准备演出一部写好的剧本，而是围绕主题事实或著名作品而进行直接排演”。换句话说，就是运用作者提供的素材、思想和直感去发现和揭示出自己对剧本的深层目的的反应，以构成非文学形式的演出台本。

当姆努什金最终决定以大革命为表现对象之后，35 人的剧社立即行动起来，他们先是分头前往各图书馆查阅资料，观看影片，还邀请历史学家作专题讲座。在充分掌握了大革命的历史知识之后，他们分成四五个小组，用即兴手法表演不同的历史事件。白天他们各自准备，晚上相聚一起互相交流。在整个创作过程中，所有剧社成员，不管是初来乍到的还是老资格的，其地位都是平等的，谁也不能凌驾于他人之上。部门之间也没有严格的界限，不管是行政的还是技术的，任何人都不具有绝对的权威。在创作的每一阶段，每个人都必须有所贡献，且人人都得参加演出的各个环节，包括设计、搭台、绘景、服装等，而技术人员必须听从的是全组意见。在此期间，姆努什金的作用十分值得关注。她本人并不参加任何一组的即兴表演训练，因而与演员的创作保持了一定的距离。她所做的，更多的是在原则上进行把关，以批评的目光对各组的表演素材进行评价与取舍。最后，在各组将三十多个即兴表演段子汇总起来之后，她再与全体演员一起讨论，在集思广益的基础上完成整个创作。演出在国内外一炮打响之后，这种集体创作方式立即在法国蔚然成风，不仅“太阳剧社”自身接着又如法炮制了两台演出，而且各地其他剧团也竞相仿效。

2. 演出空间的组织结构及其观众的参与

空间是一切戏剧活动得以实现的不可缺少的条件。戏剧空间的本质在于它是演员与观众交往的组织形式，是他们的相互关系的空间组织。显然，戏剧空间的组织结构不仅影响着信息的传递方式和它的冲击力的大小，同时也影响着演员与观众的交流方式。戏剧的演出形式长期来基本上都是在一个由镜框式舞台和观众席组成的剧场空间里进行的。这种从18世纪继承下来的剧场形式在将近200年的时间里一直没有什么大的变化。如果有什么创新的话，也仅仅局限于舞台部分，但观剧的形式仍然未变。然而，阿尔托在他的“宣言”中则提出设想说：“我们必须废弃舞台和观众厅，而用单一的场所来取代它，不存在任何分割或障碍，它将成为动作的剧场”，他甚至具体地建议放弃正规剧场建筑，而使用废弃的车库或谷仓等建筑，把它们按照教堂，或西藏喇嘛寺院的形式和比例结构加以改造。在这种结构的内部，高度和深度都有着特殊的比例。四堵墙壁上没有任何装饰。事实上在阿尔托所设想的这样一个空间里已经取消了通常意义的舞台，表演可以在整个空间里进行。阿尔托曾设想让“观众坐在房间中间，在地板或活动座椅上，可以跟随围绕他们四周进行的各种演出而移动。……在房间的四个主要点上还为演员和动作保留着特殊的地位”。这样一来动作就可以在空间的各个角落里展开，而观众则为演出中的各种动作、声音所包围。另外，由于表演扩散到整个空间，这就促使灯光和照明都会投到观众身上，这样他们就像演员一样经受着各种情境的刺激和各种因素暴风雨般的外部冲击。

对姆努什金来说，此剧理想的演出场地乃是一般的中学操场、篮球场或体操房、旧仓库等。然而，这个十分简单的要求竟然在法国难以得到满足。有了万桑森林的军火库之后，剧社很快重新布置，偌大的仓库里搭起了5个面积不等的大平台，一边的3个与另一边的两个相互之间有过道相连，5个表演区构成两组，观众处于两组平台之间，并被整个演出围住。两组平台组成的长方形中央为观众之所在，但只能站立，而阶梯座位则安排在长方形表演区之外，显然只是为少数难以支持的观众准备的。大多数观众都选择了站立，并且随剧情的变化而更换位置，从而能够更积极更主动地投入到演出当中，与演员一起营造大革命的热烈气氛。如果观众在整个演出过程中都呆在一个位置的话，那么观演双方所获得的效果就会大打折扣。5 个平台的轮番或同时使用使得演出本身处于一种流动状态，同时也无疑逼迫着观众不断地变化视角，观众只有与演出一起流动才能真正全面地感受和领悟到其中的魅力。观演之间的距离几乎都被打破，无论是观众还是演员，在演出过程中都会随时“侵入”到对方的领地，不仅演员会跳下台来走进观众，观众也会跳上台去参与演出。这种多表演区的空间形式无疑极大地增强了观演之间的直接交流，从而增强了演出的表现力。尤其当 5 个表演区同时表演时，它能够在观众身上产生无比巨大的震撼力。如在演出之初有一个表现大饥荒给法国百姓带来的严重恶果的场面，4 个表演区同时有 4 对饥寒交迫的夫妇出现，4 个丈夫同时将孩子从妻子手中夺过来扼死……于是，令人撕心裂肺的哀嚎痛哭之声从四面八方向观众袭来。这种方式所获得的效果应是单独任何一个表演区的演出所难匹敌。又如，在艺人们向观众描述表演“攻占巴士底狱”时，5 个表演区同时进行，效果极为强烈。

3. 宗教仪式感

阿尔托式的演出打破了演员与观众的分割，运用象征性的意象去充满空间，全包围式地裹卷和震撼观众的感官和神志，力图使他们的感受进入一种更为深邃更为敏感的境界。在阿尔托看来“这正是巫术和仪式的实际目标，而戏剧仅仅是这种巫术和仪式的反映”。

事实上，戏剧与仪式都是同宗同源的东西。从历史发展的角度来看，戏剧就是由古代宗教仪式一步步地演变而来的。人作为一种社会动物需要一种东西去维系他们的一致性。而仪式就是一个原始的部落以及一个高度发达的现代工业社会用以体验这种一致性的手段之一，仅仅就共同体验这一点来说我们就可以把戏剧看做是一种仪式。比如灯光，由于表演是在观众中进行的，那些灯光在照射到演员身上的同时也会使观众同样地沐浴其中，产生同样的物理体验和生理心理的效应。在阿尔托式的戏剧演出中，演员与观众之间的空间关系使得两者之间的交流更为直接，体验更为同步。这种直接的空间经营允许演员根据需要把观众拉入演出事件中去，在不同的场景让他们扮演农民、战士、宗教仪式的参拜者甚至死尸等等。对于参与者们与信徒们来说这种动作既是象征的又是真实的。当然这还只是在物理水平上实现的参与，而真正意义上参与还必须使它渗透到更深的精神层面上去。另外，就仪式和戏剧演出的时态来说也是相同的，它们都处在一个永远的现在时。每次戏剧演出中观众与演员都经历着一些仿佛是第一次发生的事件。在仪式中信徒们所经历、所接触的也是一些永恒的，因而可以无限重复的事件和概念。

在《1789》中，这种传统集市艺人的夹叙夹议的演出风格最便于直接营造出一种欢快热烈的节日气氛。换言之，演出绝非寻常意义之“表演”，它已经成为一场阿尔托一心向往的“仪式”。演出不再是已经发生的过去之再现，而是一场正在发生的“行动”。演员不是在表演革命场面，而是边讲述边生活，时进时出，时此时彼，使得观众很容易受其感染。如“攻占巴士底狱”一场，观众在演员的刺激下似乎忘记自己是在看戏，而俨然成了当时的公民。于是，观众与演员一起“身临其境”地加入事件和欢庆节日。如此，大革命已远非只是剧社的纪念对象，它更是一次让观众与演员一起过节的理由。值得一提的是，为了强化这种风格与气氛，剧社还特意在入场口设置了快餐酒吧，观众还未曾观戏就被节日的气息所感染。在表演区内部，更是废除了一切陈规陋习，既不对号入座，也无引座员……

《1789》的演出在欧洲导演史上意义重大。它打破了统治欧洲戏剧三百多年的意大利镜框式舞台演出模式，恢复了戏剧作为大众节日的狂欢精神。而军火库也不仅仅只是阿尔托“残酷戏剧”理论的具体体现，它更多地成为布莱希特所追求的那种集乌托邦与批评于一体的戏剧场所。通过对阿尔托残酷戏剧理论与布莱希特叙述剧理论的兼收并蓄，姆努什金和她的“太阳剧社”很快成为整个法国乃至全世界影响最重大、成就最引人注目的剧团。

【参考书目】

1. 宫宝荣:《法国戏剧百年》，三联书店 2001 年版。

2.《中国大百科全书·戏剧》。

在严肃和通俗之间

——彼得·谢弗的《马》（1973）赏析

彼得·谢弗是美国20世纪50年代崛起的一位著名剧作家。谢弗的剧作既有深刻严肃的思想内容，又不乏紧张生动的戏剧张力。谢弗的作品既获得批评界的好评，又受到观众的青睐。“他是一个成功的故事，一个获得通俗文化的商业回报的严肃剧作家。”

一

彼得·谢弗1926年出生于英国中部的工业城市利物浦，后来在伦敦的圣·保罗学校就学。1947年考入剑桥三一学院并于1950年毕业。二次大战期间，他作为应召入伍的士兵在一个煤矿工作；后来又在纽约图书馆以及伦敦的一家音乐出版社工作了一段时间。在50年代和60年代，他还分别担任过《真实》杂志的文学评论、《时代与潮流》杂志的音乐评论。由于谢弗无意于抛头露面参与各种社会活动，甚至很少对公众感兴趣的事件发表个人看法，因此，在五六十年代的同时代作家中是个知名度较低的人。然而谢弗却始终埋头创作，很少谈及自己的个人生活以及对某些重大问题的看法。也许正是由于这个原因，人们对他的生平所知甚少。

谢弗不属于那种干预社会的剧作家。他曾说过："人类历史的最大悲剧性就在于人们总想通过结成党派来表明自己的极端的立场。"而他却企图对此持某种超然的、独立不羁的态度。这一点既是他的政治原则，也是他的艺术原则。谢弗对音乐的爱好，在他的作品中常常有所体现。我们从他的《五指练习曲》、《上帝的宠儿》等剧作中都能看到这一点。

二

谢弗从50年代到80年代的主要剧作有《五指练习》、《皇家猎日记》、《黑色喜剧》、《白色谎言》（意谓无关紧要的遁词）、《马》和《神的宠儿》。其中《皇家猎日记》、《马》和《神的宠儿》是谢弗的三部代表作，也是他最有影响的作品。虽然题材不同，可以视为同一主题的三部变奏曲。这主题，用谢弗的话来说就是"人总是要么试图变成神，要么试图戕害神"。真是一个严肃得不能再严肃的主题了。

《皇家猎日记》讲述西班牙皇家远征军征服古老印加帝国的故事。故事开始，一位心灰意冷、人到中年的昔日远征军副官向观众回忆当年。一支招募来的探险队即将离开他的家乡，远航南美。此行的目的，远征军船员说是黄金，而随行牧师说是福音。抵达南美后，远征军首领彼莎罗听说印加皇帝具有超凡的力量：即使他死去，当第二天的阳光落在他身上，他即复活，因为他是“太阳之子”。彼莎罗不禁心向往之。当远征军的战士为了黄金跋山涉水拼命前奔时，彼莎罗只想一睹印加皇帝的风采。远征军与皇帝阿塔华坡相遇并屠戮了他手无寸铁的 3 000 扈从，把他本人扣作人质。彼莎罗在看守皇帝，等待他的子民用黄金将他赎回。这期间，彼莎罗和皇帝结下了友谊，他虔诚地相信：皇帝的确是太阳之子。他开心地高喊：“我出海猎神，结果猎到了神，一个永不死的神！”现在，他是印加帝国太阳之子永生神话的信奉者和捍卫者。印加帝国的子民们交上赎金，然而阿塔华坡皇帝还是被远征军绞杀了。彼莎罗跪在阿塔华坡尸体旁，等待朝阳唤醒皇帝。阳光沐浴下的尸体仍然冰冷僵硬，彼莎罗的信念破灭了：“骗局！你欺骗了我！神不过是你脚趾上的虚名，而就是这样一个虚名，它出现的第一刻就引来了遍地哀鸣，留下满目疮痍！但是，如果没有一丝一毫的身后希望，还要苟延残喘，我们又能用什么来拼凑一个神啊，啊，啊，难道这就是永垂不朽！”

剧中人物都来自真实历史。历史上，彼莎罗的远征军不过 167 人，而阿塔华坡的印加帝国却有 600 万人口，彼莎罗收到赎金杀掉了作为人质的阿塔华坡。历史上彼莎罗是个拜金人、淘金人，不是什么精神文明的追求者。在这个大问题上，谢弗没有尊重历史，尽管他参照了文学家布来斯科的《秘鲁征服史》，并在人名、地点的细节上十分精确。有评论家认为，这出剧反映的是两种文明的冲突。这个判断如果针对剧本的素材，倒是准确的。但在谢弗的剧中，基督教被描画得冷酷、虚伪，充满死亡气息，“太阳崇拜”的国度则处处莺歌燕舞，人民质朴纯良。剧中的彼莎罗在南美的命运，可并非由文明的冲突决定，因为谢弗笔下的彼莎罗不是西方文明的代表，阿塔华坡也不是印加文化的代表。彼莎罗在印加找到了信仰，又丢失了信仰。找到信仰后，他脱去了冷漠的外壳，洗涤了玩世不恭的心，再造了灵魂，但这是出于信仰需要，同印加帝国的“太阳崇拜”本身无关。在这出剧中，猎物不再是黄金而是信仰。就是说，殖民者彼莎罗不远万里来到南美，不是为了寻求黄金而是为了寻求信仰。在这个根本的问题上，这个关于动机的根本问题上，谢弗的创作彻底歪曲了历史。他留给印加帝国的断壁残垣一个背影，而将目光投向非历史的神性世界和“精神家园”。

《神的宠儿》里的莫扎特和萨利埃里，一个是神的代言人，被神抱在膝上，一个渴望成为神的代言人，渴望被神抱在膝上。被神抱在膝上的是莫扎特，他的名字就是这个意思，“Amadeus”（“神的宠儿”），正是作者取其作为剧名的用心所在。庸才有理想、有道德、严谨勤奋、彬彬有礼、温、良、恭、俭、让；天才无道德、任性随意、口无遮拦、纵酒好色、一掷千金。庸才敬奉上帝，克勤克俭，把自己的一切都交给了上帝，唯一的祈求是上帝赋予他讴歌上帝的才能。庸才发现上帝没有这样做，庸才又发现——众人中只有他这样发现——上帝把这份恩宠给了一个满嘴污言秽语、行为乖张、举止粗鄙、四处留情的半大小子。他感到了不公，一种痛入骨髓的感觉，于是他向神宣战，他要亲手毁掉这个上帝的宠儿、上帝的声音，这个唯有他一人识破了的天才。在神的宠儿活着时名利双收、享尽荣华富贵的庸人，活到了自己的平庸之作在神的宠儿死后被抛进垃圾堆的一天。他最后的摆脱平庸的努力终于还是失败了：没有人相信这个耄耋老者杀害了上帝的宠儿。他不过是个老糊涂。世俗社会唯一能辨识神的宠儿的神性的竟然是神的宠儿的戕害者。当初世俗社会看不到莫扎特的超凡脱俗的神性，现在世俗社会竟然也看不到萨利埃里戕害神性、试图超凡脱俗的努力。这种反讽正是《神的宠儿》在编剧法上的不俗之处。

《神的宠儿》交替使用了戏剧体与叙述体，这是吹遍英国的布莱希特风的影响所及。“风言”和“风语”与《第三帝国的恐惧与痛苦》中的党卫军"甲"、"乙"和"男人"、"女人"极为相似，他们拉远了观众和演出的距离，中断故事的进程，同时又连接不同的场景。在《神的宠儿》中谢弗再次采用了他惯用的主要人物追述往事的方法。观众随着萨利埃里从1823年秋夜的客厅来到了几十年前富丽堂皇的舍恩勃鲁恩宫。此后，场景的变化、时间的跃进，都是由萨利埃里的叙述来实现的，甚至场间联系也由萨利埃里对观众的叙说来实现。这固然不同于现实主义佳构剧，但目的与效果却不是"间离"，而是观众对主要人物的认同。观众感觉自己是在灯下倾听一位老友娓娓细语。同时，萨利埃里向观众袒露心扉毕竟打破了故事发生在此时此刻的幻觉，在舞台上营造了多重时空，很好地调节了戏的节奏。

作者改造了某些布莱希特"史诗剧"的手法，也加强了演出的节奏感。但真正为这出剧的演出增加光彩的是白瑞的舞台设计。这出两幕剧共有28次时空转换：维也纳、萨利埃里的住处、舍恩勃鲁恩宫、瓦尔德施泰德滕男爵夫人的书房、18世纪的剧场、波拉特尔酒店……面对如此频繁的时空转换，白瑞的解决方法是在舞台后部安放一个"光盒"。"光盒"内安置了"街道"、"歌剧院"、"王宫"等绘制的景，以幕隔开，可按剧情发展层层打开。如从萨利埃里的病榻转到舍恩勃鲁恩宫时，光盒中的蓝幕布升起，露出沐浴在金色光线中的宫廷，而这是由多面镜子和一座大得惊人的金色壁炉组成的。舞台上只有一架钢琴、一把椅子、一张小桌，这是一个中性空间，可以随着剧中人物的行动或结合光盒中拉出的"样片"，变换成不同的场景。剧情要求从舍恩勃鲁恩宫回到莫扎特的住所。灯光转暗，黑暗中皇帝和群臣离去，莫扎特从另一侧上台，走到钢琴前落座。同一架钢琴，现在是放在莫扎特家中。白瑞又很好地运用了灯光来界定地点并引导观众的注意力。例如，上一场戏在舍恩勃鲁恩宫，而下一场要求直接转入"后宫诱逃"的演出现场——一座18世纪的歌剧院。白瑞迅速改变灯光，在舞台后部的背景上投射出歌剧院枝形灯的影子。这样，一瞬间我们就坐进了歌剧院。

演出中还始终有一位从不出场的演员，起到了点睛作用，那就是莫扎特的音乐。例如，萨利埃里偶尔听到莫扎特和妻子不堪入耳的私房话，正在难堪时，莫扎特那只应天上有的音乐飘过，盖住了少年夫妻的昵喃，我们听来心旷神怡，而落到萨利埃里耳中犹如晴天霹雳。亵语与仙乐对比立时点明了天才的超凡脱俗。萨利埃里读莫扎特乐谱的场面又是一例。萨利埃里急不可耐地扯去缎带，撕开纸袋，抓出乐谱读了起来：莫扎特 A 大调第十九交响乐的开始部分隐隐响起。当他将目光转向观众时，乐声便戛然而止，当他把目光移回乐谱时乐声重复响起。乐音渐渐高亢，乐谱从萨利埃里手中纷纷飘落，萨利埃里慢慢瘫倒在地。作家要我们在为莫扎特神奇的音乐倾倒的同时，体察庸才被嫉妒煎熬的心思，要观众——无名的众生，同萨利埃里一起倒地。

三

谢弗曾谈到《马》（又译作《伊库斯》）的创作动因。他说，那是在一个周末，他和一位朋友驾车旅行，当汽车驶过乡村的一个马厩时，他的朋友突然想起在伦敦的一次宴会上听到的关于一个男孩疯狂地用铁钉刺瞎马眼睛的犯罪案。关于这件事的细节，谢弗一无所知，但这一丧心病狂而又无法理喻的举动，都使他大为震惊，并促使他于 1973 年写出了《马》这部作品。作家巧妙地将故事放在一个精神病院里展开。从表面看来，这似乎是一出推理剧。剧中的精神病医生犹如侦探片中的警长一样，耐心地调查、分析病例的起因，将一桩一桩能够说明作案动机的证据收集起来并一一加以验证。该剧以强烈的悬念开始，以悬念的解除以及整个事件的真相大白为结局。剧本强烈的感染力，自始至终吸引着观众。

伦敦郊区一个小镇上，一个出身宗教桎梏极严的家庭的少年，在马厩被妇人引诱后竟然愤而刺瞎了圈养的马匹。作者开篇采用了和《皇家猎日记》相同的手法，他让主要人物狄撒特大夫面对观众回忆一段亲身经历。人到中年经验丰富的精神病专家狄萨特受地方法官所罗门委托为刺瞎了六匹马的少年罪犯进行心理检查。接下来，故事的发展似层层剥笋，随着狄撒特大夫调查的深入，观众对少年艾伦的了解愈来愈多。艾伦生活在舒适的中产阶级家庭，父亲是无神论的自由主义者，而母亲是虔诚的基督徒。母亲在他幼时便在枕边为他讲圣经故事，而父亲坚决反对母亲的灌输："孩子被这些东西搞得神不守舍，总是精神恍惚地看着那些宗教画。"他扯下孩了母亲挂在孩子床头的基督受难图画，换上了一张白马图。不知不觉间在孩子心目中白马占据了神的地位，孩子第一次骑马的经历更使他将戴着嚼子的马等同于戴着荆棘冠的耶稣。艾伦爱马，可以膜拜它的画像，可以为了它在马厩干又脏又累的活，为的是换取每三周可以遛一次马的机会。这时，他就可以体味马神的气息，抚摸马神的躯体。马是他的主宰，是它的一切。直到有一天，他从色情电影上目睹了男女之道，心中若有所动，但马上为自己对马神的这种不忠感到内疚。也是无巧不成书，在电影院中他撞见父亲，结果对父亲的尊敬也烟消云散了。接着，热情似火的基尔又向他投怀送抱，两人在马厩里正要领略阴阳妙趣时，艾伦却在背上感到了马神的目光。艾伦此后的爆发当如何解释对于细读剧本的我们是一个谜。而作者本人对此也没有讲出个子丑寅卯。

作者的语焉不详是因为作者的兴趣在别处。剧中，令狄撒特大夫和作者本人感到迷惑、激动和羡慕的，正是这少年无法言说的精神热情。按职业要求，狄撒特大夫把一切过度的热情都视为情结，对任何不规矩的行为都要匡正。但谁能想到，这位精神病大夫同时又是一个迷恋古希腊神话的人。他默默无言地神游于奥林匹斯众神的世界，平平静静地面对 6 年不曾吻过的妻子。艾伦的不正常在常人眼中是不幸，在社会派来使他恢复正常的狄撒特眼中却是幸福，他没有胆量尝试的幸福。狄撒特的痛苦，是没有信仰的痛苦。按谢弗的看法，同时也就是没有生的热情和性的激情的痛苦。

从前一部戏里彼莎罗和阿塔华坡这对人物关系的设计中，我们已经看清了谢弗的思路：发现了新的信仰，彼莎罗就获得了他的新生命；神话被揭破，他就痛不欲生。艾伦在狄撒特的治疗下将恢复正常的生活，没有马神的生活，同时也是没有信仰的生活。彼莎罗的故事提示我们，艾伦的恢复正常意味着什么。这就是精神的死亡，一如阿塔华坡肉体的死亡。艾伦在剧中是一个孤独者、一个畸形儿、一个心理扭曲的怪人。随着故事的展开，我们听到地方法官所罗门所代表的法律的声音（作者采用《旧约》中这个英明的执法者的名字当然不是随意的），听到了孩子的父亲所代表的自由主义的理性声音，听到了正常性行为的代表基尔的声音，艾伦的声音与这些不合拍、不协调，现在他要加入合唱了。

戏剧结尾时艾伦的“病灶”被狄撒特去除了。可狄撒特却失去了自己的常态。艾伦告别了昨天，狄撒特也告别了自己的昨天，狄撒特替艾伦摘去了马嚼子，却套在了自己嘴上。这一换位正是这出戏的戏剧性之所在。

《马》1973 年 7 月 26 日在老维克剧院首演后连续演出了很长时间。1974 年 10 月 24 日在百老汇商业剧场上演，并连演 1 009 场，其间当今影星安东尼·霍普金斯出演狄撒特，影星理查波顿和安东尼·帕金斯都曾担任主要角色。1976 年又推出了根据戏剧改编的电影。《马》的舞台演出获得了许多奖项，包括 1975 年“圈外评论家最佳剧作奖”、1974—1975 年度“托尼奖”最佳编剧、“洛杉矶评论家奖”最佳编剧。剧作商业上的成功可能与故事有关，毕竟素材本身就具有耸人听闻的因素。

谢弗的剧本在表层总有一个精彩的故事。谢弗特别擅长设置悬念，通过“发现”使剧情产生“突转”。谢弗不仅仅满足于向观众叙述这一个有头有尾的故事。在他的表层故事背后，总蕴含着更深一层的意义。这也是他在严肃与通俗之间得到认同的奥秘所在。剧本很能抓住观众，展开方式很像侦探小说。但和一般抓凶手的套路有所不同，开场时罪人是谁已经清楚，所以观众面对的实际上是一场调查。狄撒特关注的是为什么艾伦要这样做，而不是他做了什么。剧作家从容地采用闪回手法，把愈来愈多的细节展示给观众。随着调查的深入，侦探对自己追捕的对象的心底秘密知道的愈多，对于后者有罪还是无罪也觉得愈来愈难以说清，对于自己的使命也愈来愈产生疑虑，而观众也愈来愈被既是主角又是叙述人的侦探的视角所限定、所吸引。

在这个表层的故事背后，作者给我们展示了一个西方现代家庭的悲剧。它形象地揭示了在“高度文明”的社会里，人的自然本性是怎样受到压抑和扭曲的。在这里，家庭教育、社会规范、宗教道德被描写成一种压抑和束缚本性的“超我”力量。尽管主人公艾伦生活在一个优裕的家庭环境里，但这种优裕在他身上制造出来的都是一片精神荒漠。他没有朋友，没有娱乐。父母的关心都成了他身心发展的束缚。他的一举一动都得征得父母的同意和许可，他常常被告诫“不可以这样”或“不可以那样”。对于性的问题，更是被父母作为下流的、不道德的东西排斥在孩子的生活之外。正是这种本性的长期压抑，导致了艾伦的原始生命力最后以非理性的暴力形式表现出来。从这里我们可以看到弗洛伊德心理学对作者的影响。

但是，《马》既不是对弗洛伊德心理学理论的机械图解，也不是用戏剧形式探讨青春期性心理的教科书。谢弗借助于弗洛伊德理论，向我们提出一个越来越受到关注的问题，即现代文明与人类自然天性的冲突。作者将这个苦恼着现代人的新课题，用艺术的形式生动地表现了出来。

剧本还触及到了父母宗教信仰上的冲突对子女的影响这样一个在西方社会具有普遍意义的问题。艾伦的母亲是一个虔诚的宗教信徒，而他的父亲则是一个粗暴的无神论者。父母在宗教信仰上的冲突，导致了艾伦心态的异常复杂化，最后导致了艾伦在马厩里的疯狂举动。

在剧本最后狄萨特医生的独白中，我们看到了作者更加深入的思索。狄萨特医生治好了艾伦，但与此同时，他却摧毁了男孩为自己创造的神话。他的热情，他的崇拜，他的原始创造力也随之永远失去了。崇拜的失落，导致了自我的失落。在与艾伦的接触中，医生对自己的工作的意义，对社会的正常生活产生了怀疑。医生治好了艾伦，艾伦回归社会，重新回到人性的重重束缚下来，而这种束缚正是导致艾伦发疯的原因。这种的结尾，使作者的思考具有了更广阔的社会内涵。

演出形式对于这出剧的成功也起了重要作用。整场演出全体演员始终不离场，无戏演员可以是目击者、证人和歌队。他们围坐在木制的一个解剖台似的装置周围，装置上方悬有一个金属圆环，圆环上布灯。演出空间后面有台阶状逐渐升高的观众席，上面的观众看上去很像医学院里上解剖课的学生。同时，这一设计也使舞台很像一座祭坛，对面的观众看上去就很像是参加仪式的善男信女，不过是现代精神分析代替了原始信仰。荷马时代祭司们从牺牲的肠子的形状来卜算未来，而狄撒特梦中解剖孩子像是在提示我们精神分析医生已代替了昔日祭司的功用，在他们的分析武器前，人类不会再有任何神秘和蒙　。舞台演出形式很有效地体现了剧本的内涵。

【参考书目】

1.《外国当代剧作选》，中国戏剧出版社 1991 年版。

2. 李醒：《二十世纪的美国戏剧》，文化艺术出版社 1994 年版。

后　记

1986 年我从北京师范大学中文系毕业以后，就一直在云南艺术学院戏剧学院从事《编剧理论与写作》、《中外戏剧史》、《名剧分析》等课程的教学与研究工作。多年来，戏剧院校的欧美戏剧史论的教学多止于 19 世纪的批判现实主义，此后的作家作品很少涉猎，而且国内几乎很少有这方面的专门教材。20 世纪初，随着世界经济与科技的飞速发展，西方文坛发生了一场翻天覆地的变革。如何让学生及时掌握并了解西方现当代戏剧的发展与动态、作家与作品，是我在教学中一直思考的问题。

在实际教学过程中，与学生的一次次交谈，以及学生在学习戏剧过程中所流露出的那份渴望与执著的热情，使我萌生了编写这本教材的强烈愿望，由于精力有限，因此，我特别邀请了本教研室的严程莹讲师来共同完成这一课题。为了配合戏剧文学专业《西方现当代戏剧》这门课程的教学，我们有针对性地选择了欧美现当代戏剧中有重大影响的 20 位戏剧家的作品，从作家生平、代表作品、剧作特点及其艺术思想等几个方面进行分析阐述。在对作家作品的论述中，我们力图在剧中人与读者之间架起一座心灵的桥梁，努力寻找作者与读者的情感交汇点，通过我们自己的认识、感受和理解来诠释剧中一个个鲜活的生命，与读者一起共同体验人类血脉相通的心声。在编排体例上，我们基本上是以剧作创作时间先后为序的。

感谢云南艺术学院院长吴卫民教授在百忙之中拔冗作序！感谢云南艺术学院领导、教务处和戏剧学院领导的大力支持！特别鸣谢陈卫东先生、李启斌先生在我们编写过程中给予的支持与帮助！本书在编写过程中参考吸取了国内外专家学者们的研究成果，谨在此一并致谢。

由于我们理论水平的局限、资料的匮乏和时间的仓促，书中难免存在疏漏和遗憾之处，恳请读者多多原谅。

熊　美

2004 年 10 月　麻园

图书在版编目（CIP）数据

欧美现当代名剧赏析/熊美，严程莹著．—昆明：云南大学出版社，2004（2013 重印）

ISBN 978-7-8106-8875-8

I. 欧… II. ①熊…②严… III. ①戏剧文学—文学赏析—欧洲—现代②戏剧文学—文学欣赏—美洲—现代 IV. ①I500.73②I700.73

中国版本图书馆 CIP 数据核字（2004）第 118707 号

新世纪高等院校艺术专业系列教材

欧美现当代名剧赏析

熊　美　严程莹　著

项目策划：徐　曼　柴　伟
责任编辑：纳文汇　张秀芬
责任校对：陈国保
装帧设计：何　璞

出版发行：云南大学出版社
地　　址：昆明市一二一大街云南大学英华园内　邮编：650091
电　　话：0871－65033244　65031071　传真：0871－65162823
E－mail：market@ynup.com　网址：http//www.ynup.com

印　　装：昆明卓林包装印刷有限公司
开　　本：787×1092 毫米　1/16
字　　数：240 千
印　　张：17.25
版/印次：2004 年 12 月第 1 版　2013 年 7 月第 2 次印刷

书　　号：ISBN　978-7-8106-8875-8/J·40
定　　价：26.00 元